講談社文庫

名探偵傑作短篇集
火村英生篇

有栖川有栖

JN210182

講談社

contents

名探偵傑作短篇集
火村英生篇

Masterpiece Selection
Great detective Hideo Himura

名探偵傑作短篇集
火村英生篇
Masterpiece Selection
Great detective Hideo Himura

赤い稲妻

Masterpiece Selection
Great detective Hideo Himura

1

それはとんでもない夜だった。

二人の女が命を落とした血腥《ちなまぐさ》い事件。六月の末とは思えないほど冷たい雨が、その死を抱きくるんでいた。

まずは、ジェニファー・サンダースの死から始めよう。

＊

その夜、午後十一時前。大阪に住む私、有栖《ありす》川有栖《がわありす》は、京都に住む友人、火村英生《ひむらひでお》の電話を受けて車で現場へ急行した。私は推理作家、火村は京都の英都《えいと》大学社会学部の助教授だったが、われわれがこのような形で警察の捜査に加わることは稀《まれ》ではなかった。というのも、火村はフィールドワークと称して刑事捜査に参加し、数々の事件解明に多大の貢献をしてきたし、私はその助手と認められていたからだ。〈臨床犯罪学者〉火村の存在は警視庁他、いくつかの県警本部に知られているが、京阪神では特に有名だ。が、彼本人の希望と当局の事情が一致し、火村の名前が世間に出ることはなかった。

現場は十階建てのマンション、シャンテ桂《かつら》。桂川からほど近く、京都近郊にしては淋しいほどのところだった。周囲には空き地が多く、工場が点在している。そのシャンテ桂の七階から女が突き落とされたというのだ。ただ、それだけの事件ならば府警本部の柳井《やない》警部は火村に「きますか?」という一報を入れなかっただろう。それが「ぜひきてください」という電話になったことの理由は、まず、事件の目撃者が英都大学社会学部の二回生、つまり火村の教え子であったこと。もう一つの理由は、後述するが、その目撃者の証言に非常に不可解な点があったためだった。

さて、オンボロのブルーバードを現場に乗りつけた私は、いつものように見知った顔を捜した。死体が横たわっていたらしきあたりには、もちろん捜査官らの姿が多くあったが、野次馬は意外と少なかった。肌寒い雨の中にわざわざ傘を差して出てくることをはばかってのことだろう。後になって知ったのだが、まだ新しいシャンテ桂の売行が芳しくなくて、入居率が二割程度しかなかったせいもあった。

腕時計に目をやると、もう十二時が近い。これでは野次馬たちももうベッドの中か。

車から降り、被害者が墜落したマンションを振り仰ぐ。その瞬間、稲光が私の目を刺して、ごろごろという雷鳴が低く響いた。大阪をとうに通り過ぎた雷が、ここではまだ暴れているらしい。雨はひどく冷たかった。

「有栖川さーん、こっちです！」

手を振りながらそう呼ぶ小柄な影は、柳井警部のものだった。傍らでちょっと手を上げたのは火村だ。また雷光が閃いて、彼らとその周囲の捜査員らを照らす。不吉なほど眩《まばゆ》い光だった。

「とんでもない天気の中を呼び出しちまったな。事件の方もとんでもないものらしいぜ」

そう言う火村の足許を見ると、白いスラックスの裾がたっぷりと雨を吸っているようだった。グレーのスーツ姿の警部は、裾はおろか上着の肩なども濡れて黒く見える。

「ここで被害者は発見されました」警部は少し離れた地面を指差した。「この雨ですから、血痕の一つも遺《のこ》っていませんけれど」

「このマンションの住人だったんですか?」と私は訊《き》く。

「七〇七号室に住んでいたジェニファー・サンダースというアメリカ人の女性です。年齢は二十五歳。職業はモデルです」

私は納得した。シャンテ桂は賃貸ではないらしいし、まだ築後間もない。モデルとしてかなりいい稼ぎをしていたのだろう。

「隣人の話によると、結構売れっ子のファッションモデルだったようですね。しかし、大阪や神戸での仕事が多い彼女がこんなところに生活の拠点を置いていたことにはわけがあったようです。聞き込みをしてすぐに判ったんですが、部屋を買い与えたパトロンが存在したようです。恰幅《かっぷく》がいい中年の紳士がこそこそ忍んでくる姿を目撃したという証言が得られています」

「その男性は日本人ですね?」

「そのようです。被害者の部屋を捜索したところ、そのパトロンらしい男の住所と電話番号のメモが見つかっています。今確認を取っていますから、まもなくはっきりするでしょう」

死んだのがアメリカ人のファッションモデルだったというだけでは、火村が私を呼びよせる理由にならない。彼女の死に方に尋常ならざるところがあるはずなのだ。私は早くそれが聞きたくなった。

「殺人事件らしい、と電話で火村から聞いたんですけれど、誰かに突き落とされたということですね？」

「はい。目撃者がいます。それが奇《く》しくも火村先生の教え子でしてね。これからもう一度彼の話を聞こうというところです。有栖川さんもぜひ聞いてみてください。合点のいかないミステリーが出てきますから」

そうなのか、と火村に目で尋ねると、助教授は片方の眉を上下させるだけで何もコメントしなかった。

「目撃者がいたのはあちらのマンションです」

柳井警部はシャンテ桂の南側にある六階建ての建物を指差した。二つのマンションの距離は八十メートル近くあるだろうか。その間には向こうのマンションの小さなグリーンベルトと片側一車線の道路があった。

「あちらには桂グリーンコーポという名称がついています。目撃者の名前は串田斉《くしだひとし》。英都大学二回生で、二十歳です。彼は、事件を目撃したところ——すなわち自分の部屋にいますから、そちらに向かいます」

警部の後について歩きながら、私はその学生を知っているか、と火村に尋ねた。

「こちらに呼び出された彼とさっき一度話したんだけど、顔を見たら覚えがあったよ。毎回欠かさず講義に出て熱心に俺のギグに耳を傾けてくれる真面目な学生だ」

「ギグ？　アホ。ロックコンサートか」

「それと、これは事件の捜査に関連することだけど、視力がいい」

「そんなことまで判るのか？」

「教壇に立ってりゃ簡単に判るさ。いつも大教室の最前列の右端に席を取って、せっせとノートを取ってるんだけど、ちょこちょこっと小さく板書したものも、苦もなく控えてる」

「大教室で講義を受ける一男子学生のことをよくそれだけ観察してるもんやな」

火村はにやりと笑っただけだったが、私が抱いた疑問はまもなく解決した。

桂グリーンコーポ六〇五号室のチャイムを警部が押す。「はい」と応えながら顔を出したのが串田斉だった。角ばった顔にスポーツ刈り。黄色いトレーナーとジャージ姿の彼の身長は優に一メートル九十ありそうで、これなら火村先生の印象に残るのも納得がいった。

「悪いね、串田君。もう一度、君が見たものを話してもらえるかな。あちらで色々と聞き込みをしてみて、どうにも腑に落ちない点がでてきているのでね」

一メートル六十の警部は、文字どおり証人を見上げながら穏やかに言った。

「はい。——どうぞお入りください」

彼は私たちをリビングに招き入れた。両親は昨日から北海道にフルムーン旅行にでかけていて、一人きりなのだそうだ。「いいよいいよ」と警部が言うのに、ぎこちなくお茶を淹れてくれた。ぬるい煎茶《せんちゃ》だった。

「人が墜落する瞬間を見てしまって、びっくりしました。まだ胸がどきどきします」

串田は大きな図体に不釣り合いに気の弱そうな声で言い、私たちの前の席に掛けた。

「火村先生が刑事さんと一緒に現われた時も驚きましたけどね」

「フィールドワークって言っただろ」助教授はわざとらしい笑みを作って「本題に入ろう」

目撃者は話し始めた。

2

もう昨日となってしまった六月二十八日。八時半に家庭教師のアルバイトを終えた串田斉は、帰り道に弁当を買った。雨はまだ降っていなかったが、西の空で遠雷が轟《とどろ》きだしていた。彼が桂グリーンコーポに帰り着くなり、ざぁーっときた。音楽を鳴らしながら弁当を平げた彼は、しばらく窓辺でぼけっとしていた。激しい雨がアスファルトを叩き、木々の梢《こずえ》を揺する。雷は騒々しく、凶暴に荒れ狂い、明らかに落雷したと思える音が二度三度と続いた。停電でもするんじゃないか、と串田は少し心配になりかけていた。

神の怒りのような落雷の音が、これまでになく近くから聞こえた。雷嫌いではない彼だったが、さすがに落ち着かない気分になり、立ち上がって外を見た。目が眩《くら》むような稲光が走り、向かいのマンションを照らし出す。

九時十五分頃だった。

シャンテ桂の七階のバルコニーに人影が見えた。こんな雷雨の中、おかしな人間がいるな、と目を凝らして見つめる。

長い髪が揺れていた。次に雷光が瞬《またた》いた時、バルコニーの人物が若い女であることが確認できた。女は何をしているのだろう？　干したまま忘れていた洗濯物を慌てて取り込んでいる様子でもない。髪や両手が大きく揺れているところを見ると、何やら運動をしているようでもあったが、まさかずぶ濡れになりながらジャズダンスを踊っているわけでもあるまい。そんなことをしているのなら狂人だ。さらに気になったのは、女の髪が金色に輝いて見えたことだった。

——外国人？

興味をそそられた彼は、双眼鏡でもあればな、とちらりと思った。

——そうや。オペラグラスがあったぞ。

彼は母親が観劇用に買った品を思い出し、それがどこにしまってあったか考えた。またピカリときた。その閃光は、バルコニーにいる人間が一人ではないことを彼に示した。もう一人、誰かいる。何をしているのか、二人の体は妙な動きをしながら交錯していた。彼の好奇心をますます激しく掻《か》き立てられ、ダイニングの食器棚に走った。母親は、その抽斗《ひきだし》に何でもかんでも突っ込む悪癖があったので、おそらくオペラグラスもそこだろう、と考えたのだ。はたして求めていたものはあった。簡単に見つけられたので、彼が窓辺を離れたのは、せいぜい十秒ぐらいだっただろう。

オペラグラスを手に戻った彼は、それを構える前に、まず肉眼でさっきのバルコニーを見た。それを向ける方向の見当をつけようとしてのことだった。

そこで、また天が下界にフラッシュを浴びせ、彼は目を細めた。網膜が乾板になり、目にした光景を写真のように焼き付けられそうだった。

女が見えた。

中空にあった。

バルコニーから転落したのだ。

彼は「あっ！」と叫び、息を呑む。オペラグラスは手からぽろりとこぼれ、床で跳《は》ねた。

女の体は重力に従って、真一文字に落下していく。糸を引くよう、という表現がぴったりだった。後になって思い返すと、その場面は高速度撮影されたもののようにゆっくりとしたものに思えたが、実際は二秒とかからなかったはずである。

女の体が地面に叩きつけられるところを見ることはできなかった。シャンテ桂の裏の木立ちが二階より下の部分を隠していたため、無残な瞬間を目にせずにすんだのだ。

彼はすぐになすべきことに思い至り、行動に移った。まず一一九番だ。シャンテ桂の七階から女が転落したことを告げ、次に警察へ通報した。女が落ちるのを見ただけなのに、どうして一一〇番したのか、についてはうまく説明できない。彼は、女が突き落とされる場面を目撃したわけではなかったのだから。——ただ、オペラグラスを取りに行く前に見た光景がひっかかっていたのだろう。バルコニーでは何やら常ならざることが起きていたことが、彼に第二の通報をさせたのだ。

二つの電話を終えてからオペラグラスを拾い上げて、女がいたバルコニーを見た。さっき、彼の視線は落ちて行く女の姿を追いはしたが、バルコニーにいたはずのもう一人の人物の反応を見ることはなかった。もう一つの人影はどうしているのか？

バルコニーにはいなかった。

別におかしいとは思わなかった。自分がしたのと同じように一一九番や一一〇番をしているのかもしれない。そのうちにまた姿を現わすだろう、と思った。が、しばらくレンズ越しに見守っていても、誰もバルコニーに出てきはしなかった。

雷鳴。

稲光が無人のバルコニーに降り注ぐ。

——そうか、下に降りたんやな。

と思った途端に、彼は自分も降りて様子を見に行きたくなった。何かしなくてはならないと感じたからなのか、単なる怖いもの見たさだったのか、それは自分でも判らない。とにかく傘を取り、部屋を飛び出した。

雷鳴は遠ざかりつつあったが、それでも雨はまだかなり強く降っていた。下半身をほとんどずぶ濡れにしながら、彼は走った。他にも女の墜落を見た者がいるのではないか、と思ったのに、シャンテに向かう者などいなかった。桂グリーンコーポを振り返ってみても、どのバルコニーにも人影はなく、ほとんどの窓にはカーテンが引かれていた。

――見てたのは俺だけか？

こんな天候の中なら、そんなこともあるかもしれない、と思いながら墜落現場に急いだ。グリーンベルトを斜めに横切り、道路を越える。受話器を置いてから現場に駈けつけるまでに要したのは、およそ五分ぐらいだった。――彼が雨に打たれるジェニファー・サンダースの遺体を発見したのは、九時二十分頃のことだ。

女の体は、建物と植え込みの芝の間に俯《うつぶ》せになって転がっていた。四肢《しし》はばらばらの方向に投げ出され、金色の髪が乱れてのたうっている。やはり外国人らしい。スカートの裾からすらりと伸びた長い脚の美しさが、かえって凄惨《せいさん》さを増幅しているようだった。淡いピンク色のシャツの襟許がどす黒く染まっているものの、雨が洗い流したためか血溜まりなどはできていない。それでも、彼は濃厚な血の臭いを嗅いだような気がした。

恐る恐る近寄ってその顔を覗き込んでみた。かっと両目が開いたままで、どう見てもこと切れているとしか思えない。左の耳に大きなイヤリングが嵌《はま》っているのが後々まで記憶に残った。

彼は周囲を見渡してみたが、誰の姿もなく、動くものの気配すら感じられなかった。しんと静まり返って、恐ろしいような心細いような気持ちになってくる。バルコニーにいたもう一人はどうしたのだろう、という疑問が沸き起こってきた。

——もしかして、この外国人はもう一人いた人間に突き落とされたのか？　それで逃げてしまったのかもしれん。

オペラグラスを取りに行くために窓辺を離れたので、彼は金髪の女が転落する決定的瞬間を見逃している。驚きのあまり、彼女が何故落ちたのかを考える余裕もなかったが、単純な事故ではないのかもしれない。

——としたら、俺が見たのは殺人の現場？

不意に悪寒《おかん》が背筋を這《は》い上がった。

救急車とパトカーのサイレンが夜のしじまを破って近づいてくる。ふだんなら不吉に聞こえるその音を耳にした時は、ほっとして胸を撫《な》で下ろしたくなった。

何事だ、というように、二つのマンションのあちらこちらの窓に人影が浮かんだ。

＊

「さっき伺った時と内容はまったく同じですね。つけ加えるようなことはありませんか？」

柳井の問いに串田は首を捻《ひね》った。

「いいですか、自信がない点があったら正直に言ってくださいよ。――あなたがバルコニーで二人の人間を見たというのは確かですか？　二人いたというのは錯覚で、本当は一人しかいなかったんではありませんか？」

どうして警部がそんなことを疑ってかかるのか、私には判らなかった。

「いいえ」串田はきっぱりと答える。「二人いました」

「亡くなったサンダースさんと、稲光でできたその影を見て、二人いると見間違ったという可能性は？」

「いいえ、そんなことはありません。動きがまるで違いましたから」

ここで警部は私に顔を向けた。

「私がこんな質問を重ねるのには理由があるんです。現場に到着した後、私どもはすぐにサンダースさんの部屋の検分に向かったんですが、部屋には誰もおらず、それでいて内側からチェーンが掛かっていたんですよ」

「はぁ。ということは——」

「ミステリーってことさ」

無礼なことに、反応の鈍い私の語尾にかぶせて火村が言った。警部の話の中に不可解な点があったことぐらい理解しているとも。

二人の人間がバルコニーにいた。そのうち一人が転落し、もう一人はいずこかへ姿を消した。しかし、第二の人物がわけあって逃走したのなら、ドアに内側からチェーンが掛かっていたという状況はあり得ないのではないか、ということだろう。

「ドアを通らず、隣りのバルコニーを伝って逃げるということはできなかったんですか？」

と私は尋ねる。警部はあっさりとそれを否定した。

「とても無理です。間にフェンスがありますし、まさかロープを垂らしてそれを伝い降りることもできなかったでしょう」

「そんなことをすれば、いくら気が動転していたとはいえ、僕にも見えたはずです」

訊かれもしていない串田が言葉を挟んだ。

「ですから、第二の人物というのは存在していないのではないか、という疑いを抱いてしまうんです。そうでなければ、その人物は空を飛んで逃げてしまったことになります」

「第二の人物が実は存在しなかったというのなら、ミス・サンダースの死は自殺か事故ということになるんですね？」

「バルコニーの柵は胸までの高さがありますから、事故と考えるのも無理があります。かといって、自殺と決めつけて簡単に処理することもできません。部屋に遺書がありませんでしたし、それに……」警部はまた困ったような顔になって「彼女の悲鳴らしいものを耳にした住人がいるんです」

自分の意志で身を投げたのであれば、悲鳴をあげたりしないだろう。となると、事故か他殺の臭いが漂ってくる。

「串田君は悲鳴を聞いていないのか？」

火村が初めて質問を発した。

「ええ。距離があったせいでしょうけれど、その時は雷が凄かったんですよ。いくつも落雷していましたから、その音に掻き消されてしまったんだろうと思います」

警部は頷《うなず》く。

「シャンテ桂の住人も『悲鳴らしいものを聞いたように思ったが、雷と雨の音ではっきりとは判らなかった。気のせいだと思った』と話していました。しかし、無視してしまうわけにはいかない証言です」

私ははたと閃いた思いつきを口にする。

「ミス・サンダースは自分の部屋のバルコニー以外の場所から転落したんではないですか？　そうだとすれば、内側からチェーンロックが掛かっていたことに説明が――」

「よけいつかないじゃねぇか」

火村に足をすくわれ、ぎゃふんとなった。悔しいが、どうも私は隙《すき》が多すぎるようだ。さらに串田青年が追い撃ちをかけてくれる。

「あのぅ、これは自信があるんですけれど、僕がおかしな人影を見たバルコニーは、七階の右から七番目の部屋でした。上からも左から四番目、という座標に間違いはありません」

「それはまぎれもなく彼女の部屋です」

警部が苦々しげに認めた。

「チェーンに細工の痕跡などは？」

「ありません」とにべもない返事が返る。

視力のいい目撃者が「錯覚ではない」と言い張る限り、話が袋小路に入ってしまうな、と思いかけたところで、ドアのチャイムが鳴った。串田がインターフォンに出ると、府警本部の刑事の声がした。警部に何事か報告にきたようだった。串田がドアを開けに立つ。

「被害者のパトロンを連れてきたんでしょう。田宮孝允《たみやたかよし》という男らしいんですけどね」

警部はおっとりとした口調で言ったのだが、もたらされた報告は予想外のものだった。

「田宮がやっと見つかりました。灯台下暗しで、亀岡署《かめおか》にいました」

「亀岡署？」

部下の言葉に警部は訊き返す。

「どうしてそんなところにいたんだ？」

「田宮の夫人が事故で死亡したんだそうです。つい一時間ほど前のことです」

3

もう一人の女、田宮律子《りつこ》の死の様子はこうだった。

*

篠突《しのつ》く雷雨の中、園部《そのべ》発21時22分の山陰本線上り296M列車は時刻表どおりの運行を守りながら、京都に向かっていた。終点の九駅手前である亀岡を出たのが21時40分。以前なら線路はここから保津川《ほづがわ》にぴたりと寄り添って乗客に渓谷美を楽しませたのだが、現在の新線はトンネルをくぐってショートカットしてしまう。無論、午後十時近い時間ともなれば、線路がどこに敷かれていようと車窓は闇に塗りつぶされているが――

事故現場は、亀岡を出て数分で通過するはずの踏切だった。夜の豪雨。運転士の証言によると、前方の見通しはかなり悪かったという。遮断機が下りた踏切の中にシルバーメタルのクーペが立往生しているのを認めた時、列車は時速六十キロで走行していた。急ブレーキをかけたが、とても間に合わない、と運転士はすぐに覚悟を決めた。濡れた鉄路、少ない乗客という悪条件も重なり、ブレーキの利《き》きはよくなかった。稲光に照らし出された車がぐんぐん迫ってくる。さして減速もできないまま、列車は乗用車にぶつかって粉砕した上、その骸《むくろ》を五十メートルも引きずった。

——ドライバーは逃げ出してたんだろうな。

衝突のショックを受けてよろけながら、運転士は祈ったが、それはかなわなかった。

丸められた紙屑のようになった車の運転席から、女の死体が見つかったのだ。免許証から身元が判明し、家人に連絡が取られた。

＊

「田宮律子、三十九歳。事故現場から車で十五分ほどのところに住んでいます。家路を急ぐあまり踏切で脱輪してしまい、車を捨てて逃げるよりも何とかしようとがんばっているうちに電車がきてしまったんだろうと思われます。夫人は即死で、遺体は病院に運ぶ必要がないような状態でしたので、そのまま一旦、亀岡署に収容されました」

　刑事は重々しい口調で続けた。

「事故を知らせた時、田宮孝允は自宅にいたのか？」と警部は尋ねる。

「はい。午後八時過ぎに事務所から戻り、夫人の帰宅が遅いので心配になりかけていたところだったとか。すぐに連絡を取れたので十時半には署に飛んできたということです」

「他に家族はいないのか？」

「いません。二人暮しです」

「ふむ。その田宮というのは何をしている男なんだ？」

「京都市内に事務所を構える弁護士です。四十五歳の押し出しのいい男で、市会議員選に出馬するという噂があるそうです。地位もあれば資産もあるということです」

　地位も資産も、モデルの愛人もある――

「ジェニファー・サンダースについて聞いたんだな？　反応はどうだった？」

「否定しても仕方がないと察したのか、すぐに友人だったと認めました。半年前から関係があったと言っています。マンションを買い与えたのが三ヵ月前。――妻と愛人が一時間としないうちに相次いで死んだと聞いて、頭を抱えてしまったそうですよ」

「こっちへはこられそうもないか？」

「すぐには無理です。本人は取り乱したりせず、比較的冷静なんですが」

「では、後でこちらから行こう」警部は私たちを振り返った。「お二人がシャンテ桂の七〇七号室を見てから行きましょうか」

「ええ。——邪魔したね」

火村に声をかけられて、串田は黙ったままぺこりと頭を下げた。思い出したり気がついたことがあったら知らせて欲しい、と警部が繰り返してから、私たちは辞した。

「田宮孝允とやらの妻と愛人が一時間と間隔を措《お》かずに死亡した、というのは偶然とは思えんな」

私はグリーンベルトの濡れた芝を踏んで歩きながら感想を述べた。数歩前を行く柳井警部は、火村がどう応えるか聞き耳をたてているかもしれない。

「偶然じゃなかったらどうだって言うんだ？　田宮孝允に恨みを抱いた人間が連続殺人を行なったとか、田宮が二人を殺したとか、律子が愛人を殺してから自殺したとか色々妄想《もうそう》をたくましくしてるな？」

図星だった。現段階で何を言っても憶測にしかならないことは承知していたが、とにかく、雷雨の中で続いた二人の女の死が、純然たる偶然であると私には思えなかった。もちろん鍵を握っているのは田宮孝允だ。さっきの刑事の報告によると、彼は午後八時過ぎに帰宅してからずっと一人だったのだから、アリバイを持っていないことになる。

シャンテ桂のエントランスは御影《みかげ》石を敷きつめた豪華なものだった。照明もシャンデリア風で、シティホテルに踏み込んだような気になる。高級マンションではあったが、オートロック・システムは採用されていなかった。夜間の管理人もいないらしい。これならばどんな外来者も簡単にマンションに入ることができる。

私たちはまだ落書きはおろか、ひっかき傷一つないエレベーターで七階に昇った。十の部屋が並んだ廊下を進み、奥から四番目で警部は立ち止まる。表札には英語と片仮名が上下になって故人の名が書かれていた。

「靴のまま上がってください。ミス・サンダースは、日本でも生まれた国の習慣に忠実に生活していたようですから」

フローリングの床に土足で上がり込むことに抵抗があったが、遠慮しても仕方がない。日本人が靴を脱ぐところには分厚いマットが敷かれていたので、私は丁寧に靴底の泥を拭った。

ＬＤＫと三つの部屋。すべてが洋間だったが、それは住人が改装したのではなく、元々そうであったようだ。リビングには半畳もありそうなカンディンスキーの絵画が飾られている他、さしたる装飾品はなかった。ソファーやクッション、食卓は黒。壁紙やカーテンは白。シンプルにモノトーンでまとめられているのが都会的なようでもあり、芸がないようでもある。

バルコニーに出ると、冷たい風が私たちの髪をなぶったが、雨は小降りになってきている。雷鳴はもう耳を澄ましても聞こえないところまで遠ざかっていた。周囲に高い建造物が少ないため、昼間ならすこぶる見晴らしがよさそうだ。秋ともなれば、紅葉の嵐山《あらしやま》が額に入れて飾ったように眺められるだろう。桂川に架かった阪急《はんきゅう》電車の鉄橋が右手遠くに望めたが、この時間ではそこを列車が通ることもない。正面にはあの桂グリーンコーポが対峙《たいじ》しており、先ほどまでいた部屋のあたりを見ると、若い男が窓辺で大きく手を振っているのが見えた。串田だ。

「彼の証言に無理はないな。視力が一・〇もあれば向う側に立った人間が金髪の女らしい、というぐらいのことは識別できたろうな」

私は一メートル少々ある柵から身を乗り出して眼下を見た。高所恐怖症でなくても、ここから落ちたらと思うと、背筋がぞっとする。地面はひどく遠い彼方に思えた。両隣りのバルコニーとの間のフェンスは非常時には簡単にぶち破れるものだが、何も異状はない。それを乗り越えて隣りに移るとか、道具を使って上下に逃げるのがおよそあり得ないことだというのが、ここにきて実感できた。

「その隅《すみ》にこれが落ちていました」

警部は小さなビニール袋を私たちに差し出した。かなり大振りのイヤリングが一つだけ入っている。

「サンダース嬢の左耳にこの片割れがついていました。踊っていたのか、第二の人物と揉みあっていたのか知りませんが、激しく動いていたようですからぽろりと落ちたんでしょう」

火村は黙ってそれを警部の手に返した。

バルコニーの次は錠だ。チェーンロックは警察によって切断されていたが、それ以外には変わった点はなく、細工の跡なども発見できなかった。火村は首を傾《かし》げて肩をすくめる。

「うんざりするな。お前が飯の種にしてる密室というやつみたいだぜ」

「らしいな。けれど、最近の推理小説では、なんで現場が密室になっていたのかというその必然性が問われることになってる。この場合やったら、殺した後で密室にして、自殺か事故かに偽装しようとしたことになるな」

「しかし」火村は穏やかに反論する。「あのバルコニーから大の大人がうっかりと事故で転落するとは常識では考えにくい。それに、自殺に偽装するのなら、犯人はそれなりの工夫を施したんじゃないか？　遺書めいたものを遺しておくとか、靴を脱がせてバルコニーに揃えておくとか」

「アメリカ人も身投げをする際には靴を脱いで揃えておくのか？」

さすがの火村先生も一瞬、言葉に詰まった。

「——知らん」

へん、ざまぁみろ、と思ったが、深く追及せずに赦《ゆる》してやった。そこへ警部が「ご覧ください」と何冊かの雑誌を持ってきた。表紙を見ると、金髪の美女が挑戦的な視線をこちらに投げかけている。切れ長の目が特に魅力的だった。

「これが異国で悲運に遭ったミス・サンダースです。ファッションモデルをしていたぐらいですから、プロポーションが素晴らしいのは当たり前ですが、その上、大した美人ですね。私はモデルの顔というのはあまり好きになれないのが多いんですけど」

真面目くさった顔で警部が言った。その口調も、新型のコンピュータの使い心地をコメントしているかのごとくなのがおかしい。

「生きて潑剌《はつらつ》としている彼女にお会いしたかったものです」

火村は受け取った雑誌をめくって亡きモデルの姿を見ながら言い、私も同感だった。

4

警部が乗ったパトカーの後に続き、私は火村をブルーバードに乗せて走った。衝突事故があった亀岡の踏切に到着した時には、もう午前二時が近かった。シャンテ桂から二十分ほどかかっている。雨はようやく完全にあがっていた。

「ジェニファー・サンダースの墜落死が九時十五分ぐらい。田宮律子が踏切で命を落としたのが九時四十分過ぎ。そして、シャンテ桂から亀岡に移動するのに要する時間がおよそ二十分。——これも偶然か？」

サイドブレーキを引きながら、私は助手席で煙草をくゆらせていた火村に尋ねた。彼は黙ったまま煙草を灰皿で揉み消し、先に車から降りた。問いかけに応じる気がないのか、と思っていると——

「アリス、お前の頭の中にある仮説はこういうことか？　田宮律子は夫の愛人宅に押しかけ、彼女をバルコニーから突き落とすと、何らかの方法でチェーンロックの掛かった部屋から脱出して家に戻ろうとした。が、犯行の直後の興奮や緊張と悪天候が災《わざわ》いして運転をあやまり、この踏切で脱輪させてしまった。電車が迫ってくるのを見たらまず車から飛んで逃げ、運転士にストップを促すために発煙筒でも振り回すべきところ、平常心を喪失していたためにエンジンキーを捻りながら虚《むな》しい努力を続け、ついには命を落とした――」

「まぁな。雑に言うとそんなところや」

「ここまで緻密《ちみつ》に考えてなかったくせに何が雑だよ」

踏切付近には、まだ事故の痕跡が生々しかった。列車の運行の妨《さまた》げにはならないだろうが、踏切内には車の細かな破片が散っており、五十メートルほど東の線路脇にはひしゃげたクーペの残骸らしきものの影が見える。右も左も水田で、半径五十メートル内には人家のない淋しい踏切だった。雷雨のただ中でパニックに陥った田宮律子が助けを求める相手も周囲にはいなかったわけだ。

「田宮律子の家はこの先です。ここまで帰ってきていたのなら、もう歩いても戻れるぐらいだったでしょう」

寄ってきた柳井警部は地図を片手に南を指差して言った。にじんだような街灯の明かりの向こうにまばらに家が見える。

「柳井さん。知りたいことが一つあるんです」

火村が言うと「何です？」と警部は軽く問い返す。

「亡くなった田宮夫人の耳には、ピアスを嵌めるための穴が開いていたでしょうか？」

わけの判らない質問だったが、警部は「確認してみましょう」と言ってパトカーに戻った。五分後に電話で得られた回答は「なし」であった。火村は「そうですか」と言っただけだった。

「ここはもうよろしいですか？」

火村が「はい」と警部に答えると、私たちの二台の車は南に発進した。田宮孝允は三十分ほど前に亀岡署を出、今は自宅にいるのだ。

「ピアスがどうかしたか？」

私は気になって尋ねてみたが、彼は「後で」などとそっけなく言って口をつぐんだ。

五分と走らないうちにその前に着いた。町からはずれているが、ちょっとしたお屋敷だった。室町時代からそこに住んでいるのだ、と初対面の挨拶の後で聞いて、さすがは京都だ、と感心した。余談だが、以前にもある京都人から「うちとお隣りさんとは織田《おだ》信長《のぶなが》が上洛《じょうらく》してきた頃からお隣り同士どす」と聞いてひっくり返ったことがある。主が現われるまでに少し間があったので、火村は珍しげに家の周りをぐるりと回っていた。

やがて憔悴《しょうすい》した様子の田宮孝允は、「ご苦労様です」と言って私たちを通した。リビングには車が何台か買えそうなほど立派なオーディオセット、ハイビジョンテレビが鎮座《ちんざ》し、壁際のラックにはＣＤとビデオのライブラリーができていた。テーブルやチェストも贅沢そうな品ばかりで、金満家ぶりが推察できる。

「悪夢のような夜です」

年に似合わずすっかり白髪になった田宮は、応接間のソファに身を沈めると、悄然と言った。大きな肩ががっくりと落ちている。端整な顔立ちをした紳士だった。信頼が重んじられる弁護士としても、目指している市会議員としても、風格だけは申し分がない。

警部は神妙な顔で悔やみの言葉を述べたが、容赦なく、すぐに仕事に自分の職務にとりかかっていく。

「サンダースさんとは俗に言う愛人関係だったと伺っていますが、お知り合いになられたのはどこでですか？」

「一月の終わり頃、あるゴルフ場のクラブハウスで会ったのが最初です。彼女はモデル仲間やファッションデザイナーと一緒だったんですが、そのデザイナーの一人が私の大学時代の同級生だったんです。それで合流してアフターゴルフで河原町《かわらまち》に飲みに行って……まぁ、彼女と話が合ったわけです」

「彼女はいつから日本にいたんでしょうか？」

「三年前からです。日本語を勉強するために京都文化大学に入学したんですが、大阪に遊びに行った時に街中でモデルにスカウトされて、それ以来学校は休学中でした。しかし、仕事を通じて活《い》きた日本語を覚えられたせいで、ほとんどぺらぺらでしたよ。日本に身寄りはなかったそうですけど、彼女は父方の祖母が日本人だったとか……」

写真を見ただけではそれは判らなかった。

「マンションを買う援助をしたのもあなたですね？　失礼ですが、おいくらでしたか？」

「六千万円です。あのあたりならそんなものですよ」

「六千万でも大金ですよ。その買物については、もちろん奥様は知りませんでしたね？」

「俺の甲斐性《かいしょう》だから文句を言うな、とどなれるほどの豪傑じゃありませんから」

答える田宮は、さすがにバツが悪げに伏目がちだった。それにしても、六千万円のマンションがぽんと買えるとは大したものだ。

「無躾《ぶしつけ》な質問ですが、奥様との間はうまくいっていたんですか？」

「……まぁ、そうでしょう。愛人を持ちながら言うのも口はばったいですが、私は妻を愛していました」

「サンダースさんとの関係も良好でした？」

「ええ、そうだろうと思います。私は月に一、二度訪ねていくだけで、彼女の生活に干渉することを避けていました。ですから、彼女にしても不満はなかったと思いますし」

「彼女の死が事故なのか、自殺なのか、他の原因によるのかまだ判明していません。自殺だとしたら、原因に心当たりはありますか？」

彼は首を振りかけて、途中でやめた。

「私に思い当たることはありません。しかし、今もお話ししたとおり、彼女の生活の深いところまでを知っていたわけではありませんから、どんな悩みを抱えていたかは判りません」

「一番最近お会いになったのはいつです？」

「先週の日曜日です」

大方、ゴルフを口実に家を出てシャンテ桂に向かったのだろう。私はゴルフ嫌いのせいか、ゴルフがはやる理由の一つは、そんな時に便利だからだ、と決めつけている。

「その時に、彼女の様子で何か気がついたことはありませんか?」

「ありません。ふだんどおりでした」

ジェニファー・サンダースの死について、彼は何を聞かれても、知りません判りませんを繰り返すばかりだった。それが嘘だと指摘する根拠はないが、私は彼の紳士風の外見は案外信用できないものかもしれない、と思い直しだしていた。というのも、彼の目にどこか落ち着きのない、隙を見せてなるものかという警戒の色が浮かんでいることに気づいたからだ。愛する二人の女を失った悪夢のような夜に、彼は一体何を守ろうとしているのだ? 私には判らない。それがばれることこそが不幸だ、という事実を背中の後ろにでも隠しているのか?

「サンダースさんの死には不審な点があるものですから、私どもは他殺の疑いも捨てていません。そこで訊きにくいことも訊かなくてはならないのですが、田宮さんは今晩、九時頃どこで何をなさっていましたか?」

彼は苦いものを噛んだように口許《くちもと》を歪めた。

「アリバイですか。残念ながらそんなものはありません。八時過ぎに帰宅してから事故の知らせを受けるまで、雷や雨の音をのんびり聞きつつ、テレビを観たりしていましたから」

「奥様はどこに出かけていたんですか？」

「京都市内に買物に行くとだけ朝聞いていました。それがあんまり遅いので、何かあったのか、と嫌な予感がしたものです」

「あのクーペは奥様のものだったんですか？」

「そうです。私は別に自分の車を持って通勤に使っているんですが、今日――いや、昨日は知人と飲んで帰る予定があったので電車で出勤したんです。それが先方の都合でキャンセルになったので、事務所近くで夕食だけすませ、早く帰宅したんですけどね」

「サンダースさんを恨んでいた人間に心当たりはありませんか？」

「私は知りません」

「彼女が転落した直前、部屋にもう一人何者かがいたことが明らかになっています。彼女自身がチェーンロックを開けて招き入れたと思われるんですが……」

「判りませんね。どんな友だちがいたかを掌握《しょうあく》していたわけじゃないですから」

警部はちらりと火村を見て、訊きたいことがあるならどうぞ、と目顔で伝えた。では、と助教授が口を開く。

「あなたの浮気が奥様にばれていたという可能性はありませんか？」

「絶対にありませんよ、そんなことは」

断固とした口調だった。横目で火村を見ると、彼が満足している気配が私には判った。可能性の問題を問われたのなら、絶対にないなどという返答ができるはずがないのだ。それなのに相手は頭ごなしに強く否定した。精神状態が普通ではないことを考慮したとしても、反応として不自然だ。その不自然さを引き出せたことに満足しているのだと思う。

「サンダースさんがあなた以外に恋人を持っていたということはありませんか？」

弁護士は明らかにむっとしたようだった。「そんなこと、知りません」と強い調子で言い、にらむように火村を見る。

「判りました。質問を変えます。田宮さんが帰宅なさったのは午後八時過ぎだったそうですね。その時、雨は降っていましたか？」

「まだ降っていませんでしたよ。降りだしたのは九時近くになってからじゃなかったでしょうか。時計を見ながら観測していたわけではありませんから、よく覚えていませんが」

火村の質問の意図はよく理解できなかったが、昨夜の天候はちょっと変わっていた。どういう気象条件によるものなのか私には説明できないのだが、とにかく雷の暴れ方が激しかった。串田斉の話によるとシャンテ桂付近では八時半から一時間近く空がぴかぴか光っていたということだが、私が現場に到着した十一時頃にも稲妻が天を掻きむしっていたではないか。私はそんなことを思っているうちに、死んだモデルの名前、サンダースの中にも雷《サンダー》が含まれていることに、はたと気づいて因縁《いんねん》めいたものを感じた。——だが、そんなことは事件解明に何ら寄与しないのは言わずもがなだ。おまけにスペルが違う。

「ご覧になっていたテレビ番組は何です？」

「テレビをつけたのは九時になってからでした。観ていたのは映画劇場の『砂の器』ですよ」

名画だからおそらく観るのは初めてではなかっただろう。内容はどうでしたか、と尋ねてもあまり意味はなさそうだ。ただ、そのような質問を向けることから、火村が田宮のアリバイにほころびがないか点検していることが窺《うかが》える。

「奥さんはドライバーとしてどうでしたか？」

「運転はいたって慎重でしたよ。どうして踏切で車輪を落としたりしたのか、不思議です。思いがけず帰りが遅くなったので、気が急《せ》いていたのかもしれません」

その返答を聞いた火村は黙ってしまった。そして、考えごとをする時の癖で、唇を人差し指で何度もゆっくりとなでている。もういいのか、と警部がまた目で尋ね、彼は無言のままこっくり頷いた。ひどく散漫な質問で終わったようだが、いいのだろうか？

それでは、と警部が再び訊き手を引き受けようとした時、火村は顔を上げて鋭く言った。

「田宮さん、八時過ぎに帰宅してから事故の知らせを受けるまでこの家にいたというのは嘘《うそ》ですね」

5

弁護士は呆気《あっけ》にとられたように火村を見返した。

「あなたは何を言うんです、失礼な。警察には協力を惜しまないし、多少の無礼は諦めますが、あなたのような民間人協力者が出過ぎた真似をすると表立った問題にしますよ」

火村はそんな抗議を受けつけなかった。

「ここにいなかったのなら、どこにいたんです？　あなたは昨夜九時十五分、シャンテ桂にいたんじゃないですか？」

田宮は何か言おうとしたが、火村はそれを許さずにまくしたてた。

「ミス・ジェニファー・サンダースの死には非常に不可解な点がありました。転落の直前、バルコニーには彼女の他にもう一人何者かがいたらしいのです。これはたまたま向かいのマンションから望見していた人の証言です。ところが、彼女が転落した後で警察が部屋に上がってみると、ドアにはチェーンロックが掛かっており、それを切断して踏み込むと室内には何者もいなかった。彼女の死の真相を目撃したであろうその人物は、どこかへ消え失せてしまっていた。それは何者だったのか？　どこへどう消えたのか？　何故消えたのか？　この答えを私たちは捜し求めているのです。――あなたのお話を聞いているうちに、私はどうやら筋の通った解答を発見しましたよ」

田宮孝允の話に嘘が混じっていると火村は言うが、それが何を指しているのか私には判らなかった。警部も同様らしく、困惑したように目をしばたたかせている。そして、弁護士が金魚のように口をぱくぱくとさせている間に、助教授はさらに言葉を浴びせていった。

「あなたの嘘を指摘するのは後回しにして、ミス・ジェニファーの部屋のバルコニーにいた第二の人物の正体をまず暴きましょう。それは女性です。あなたの奥様だったと私は考えています」

「女だったと証人が言っているんですか？」

田宮は不貞腐《ふてくさ》れたように言う。

「いいえ。現場のバルコニーに大きなイヤリングが落ちていたことから推理したんです」

「ジェニファーのものかもしれないでしょう」

「違います」と火村は断定した。「生前の彼女と面識はありませんが、その写真は何枚か見ました。アップになったショットを見てはっきり判ったことですが、彼女はピアスをするために耳に穴を開けています。耳に穴を開けた女性が、痛い思いをしてあんな大きなイヤリングをぶら下げることは普通じゃない。落とし主は、ピアスを嵌めない女性だ。あなたの奥様のようにね」

田宮は再び失語症に陥り、何も言い返す言葉を思いつけない様子だった。

「ミス・サンダースは地面に叩きつけられるまでの短い間に悲鳴をあげている。バルコニーの柵は不注意による転落事故を防ぐのに充分な高さがあった。だから事故の線は極めて薄い。自殺にしても不自然過ぎる。となれば疑わしいのは他殺だ。一緒にいたのがあなたの奥様だったなら、殺人の動機もあった。愛人に対する怒りです。被害者が愛人の妻を部屋に招き入れた経緯は判りませんが、奥様が最初はごく冷静に話し合いたいと申し入れたのかもしれません。ところが話しているうちに激昂《げっこう》して、バルコニーで争いになり、激情のあまり突き落としてしまった——」

また田宮の口が酸素を求めて動いた。

「殺人というより事故と呼ぶほうが正しい状況だったのかもしれません。向かいのマンションの証人は、もっとよく見ようとオペラグラスを捜していて、犯行の決定的瞬間を見逃したのです。証人はミス・サンダースの墜落を見て慌て、今度は電話に走った。さぁ、そのために証人はまたも何かを見逃したわけですが、それは何だったでしょう？　奥様の消失の現場だ。人を殺してしまったことで恐慌をきたした律子夫人は、発作的に飛び降りたんですよ」

「無茶苦茶だ」

ようやく弁護士は声を発した。

「妻はジェニファーの存在も知らなかった」

「それはあなたの希望的観測でしょう。六千万円もの買物をしておいて、奥様に隠しおおせたという保証こそありません。興信所に依頼してつきとめていたかもしれませんよ」

「イヤリングが妻のものだというのは憶測じゃないか。第一、その片割れはジェニファーの耳にぶら下がっていたんだろ？」

「おや、いつ私がそんなことを言いました？」

田宮の顔が瞬時に蒼《あお》ざめた。

「語るに落ちてしまいましたね。やはりあれはあなたの細工だったんだ。友人との約束がキャンセルになったのを幸いと、あなたは昨夜、シャンテ桂に向かった。そこで、悲劇の現場を雷鳴の中で目撃してしまったんでしょう。相次いで空から降ってくる二人の女。あなたは何が起きてしまったのか理解した。そして、悲しんだり自らの不徳を悔いたりするよりも、弁護士として、次期の市会議員として、耐えられない醜聞《しゅうぶん》が襲いかかってくる悪夢をリアルに感じた。ジェニファー・サンダースの死体は放っておいてもいい。とにかく妻の死体を運び去らなくては。愛人が日本人だったら部屋に脱いだ靴が遺ってしまったでしょうが、あなたの場合はそれを始末しに七階に上がっていく必要がなかった。目撃者はいないようだったし、幸い、夫人が乗ってきたクーペがすぐ目についた。あなたは夫人を車に担ぎ込んで逃げることにした。その時、妻のイヤリングが片方ないことに気がついた。どこで落としたのか判らないが、捜し回る余裕はない。そこで、夫人の耳に残っていたものを死んだ愛人の耳につけ換えたんだ。そうすれば、もう片方がマンションのどこかで見つかろうと、墜落現場付近で見つかろうと問題はなくなりますからね。ただ、先ほど私が述べたような不自然さには思い至らなかったわけだ」

まくしたてる火村を止めることは誰にもできなかった。

「しかし、墜落死した夫人の死体をどう処分するかという問題があった。どこか高い建物の下に転がしておこうか、と考えたかもしれないが、事故だと自然に警察が納得してくれる場所をとっさには見つけられない。夫人の体から流れる血で車のシートが汚れてしまったので、できれば車もろとも処分する必要も出てきた。そこで思いついたのが自宅近くの淋しい踏切で電車にぶつけてしまおうという計画です。全身打撲も鉄道事故に偽装するのならごまかしが利くと考えたんでしょう」

「ま、待ってください、火村先生」

ようやく彼を止めたのは柳井警部だった。

「夫人は鉄道事故で即死という所見が出ています。電車は死体を轢《ひ》いたんではないんですよ」

「だとしたら……」火村は苦しげな顔をした。「夫人は瀕死《ひんし》の状態でまだ生きていたんでしょう。地面ではなく、芝の上に落ちて死を免《まぬが》れていたのかもしれない。想像するだけで酷《むご》さに顫《ふる》えがきますが」

私の両腕にさっと鳥肌が立った。そんな冷酷なことを目の前の男は実行したのか？

「あなたは車を踏切の真ん中でわざと脱輪させた上、まだ微《かす》かに息がある夫人の体を運転席に移した。人気《ひとけ》がないところとはいえ、誰が通りかかるか、他の車がやってくるか判ったものではありませんから、電車が接近するのを待ってタイミングを計って行なったんでしょう。脱輪事故をセットしたら車を降り、徒歩で帰宅した。歩いて五分の距離ですから遺体の身元が割れて通報が入るまでに悠々と家に戻ることができたでしょう」

田宮は唇を嚙《か》んで黙ってしまった。

「どうだ、アリス」火村は私を振り返った。「密室の謎に説明がつくだろう？」

「それはそうやけど……」

確かに説明はつく。先ほど口を滑らせた時の田宮孝允の表情からも、彼がクロなのは今や疑えない。しかし——

「証拠があるのか？」

弁護士は絞り出すような声で言った。それは私も危惧《きぐ》したことだ。

「証拠？　こんないきあたりばったりで杜撰《ずさん》な犯罪が証拠を遺さないと信じているんじゃないでしょうね。掘れば山ほど出てくるに決まっていますよ。律子夫人があなたの不貞を嗅ぎつけていた形跡を見つけることも可能でしょうし、昨夜の彼女の行動を追跡することも警察の力をもってすれば難しくない。夫人の毛髪が七〇七号室から出てくることも期待しましょう。そうそう、お宅のアルバムを拝見できますか？　夫人の耳に、例のイヤリングがぶら下がった写真が貼ってあるかもしれない。それより司法解剖の結果が気になりますね。墜落死と鉄道事故とでは遺体の損傷状況が異なるはずだ。車のシートの血痕だっておかしな点が見つかるかもしれない」

相手は何も言い返せない。火村はさらに攻撃の手をゆるめなかった。

「あなたは嘘が下手だ。ずっと家にいたなんて信じられませんよ。『砂の器』を観ていたですって？　それは変だ。リビングのビデオライブラリーにそのソフトはちゃんとあったのを私は通り過ぎざまに見ましたよ。テレビで放映されたって、観るもんですか」

「……そんなこと、決めつけられるもんか」

反論する声は弱々しかった。

「気まぐれを起こしたのを認めたとしても、まだ信じられない。雷と雨の音を聞きながらのんびりしていましたよ、なんてね」

火村は急に立ち上がり、窓辺に寄ってさっとカーテンを開いた。

「私はここへきてすぐ、家の周りを何気なく一周してみて発見したんです。裏庭のあの木はどうしたんですか？」

まだ若い楠《くすのき》だろうか。先が裂けて、半ば倒れている。

「明らかに落雷の跡がありました。訊かれなかったからとはいえ、庭に雷が落ちたことをあなたが話に出さなかったことは理解に苦しみますね」

また顔色を失った男に火村は言った。

「弁護士を呼びますか？」

ブラジル蝶の謎

Masterpiece Selection
Great detective Hideo Himura

1

京都からやってきた火村英生と私は、阪急梅田《うめだ》駅の宝塚《たからづか》線ホームで落ち合い、急行で池田《いけだ》に向かった。池田は終点宝塚の七駅手前。大阪府の最北部にあたる。上方落語『池田の猪買《しし》い』ではまるで辺境の地のように描かれていたが——事実、そうだったのだろう——小林一三《こばやしいちぞう》の阪急の開発によって、今では高級住宅が立ち並ぶ落ち着いたベッドタウンになっている。といっても、私たちは、これから菓子折りを土産に大学時代の恩師を訪ねるわけではない。いつものことながら、目的地は殺人事件の現場だった。

二十分ほどで、能勢《のせ》の山並みが迫った池田に到着する。その山の中腹にある、とある邸宅が現場なのだ。駅までパトカーの出迎えがあるはずもないので、タクシーに乗り込み、メモしてきた住所を火村が読み上げる。

「電話は船曳《ふなびき》警部からやったんか？」

市街の眺めが少しずつ眼下に下がっていくのを横目に、私は電車の中で訊《き》きそびれていたことを火村に尋ねた。友人は若白髪《わかしらが》が目立つ前髪をひょいと掻《か》き上げて、「いや」と言う。

「森下《もりした》さんからだ。『火村さんのフィールドワークにぴったりのおかしな状況なんです。有栖川さん向きでもあるかな』って」

犯罪社会学者である彼にとってのフィールドワークとは、警察の了解の許《もと》に現実の犯罪現場に踏み込み、捜査に加わって事件の全容を観察することだ。そんな独特の研究方法から、私は彼を〈臨床犯罪学者〉と呼び、その成果に多大の関心を抱いている。そして、今回もそうであるように、助手という名目でしばしばフィールドに同行しているのだ。大学の助教授である彼とは違うけれど、推理作家という自由業者であるので、突然「お前もくるか？」という電話を受けても、たいていの場合は「行くわ」と即答できる。それについて「生活時間に余裕がありすぎですよ」と知り合いの編集者は笑うが。

「おかしな状況って、どんな？」

「聞いていない。お前が書く小説みたいにファンタジックで馬鹿馬鹿しいもんじゃなければいいんだけどな」

馬鹿馬鹿しくて悪かったな、と思っているうちに、車がのろのろと徐行をしだした。前方を見ると、赤色灯を回転させた数台のパトカーが路上に並んでいるために、車の行き違いができにくくなっているようだ。

「ここで結構です。降ろしてください」

運転手が何か言うのより早く火村が言い、さっさと料金を払った。私たちは運転手の目に何者だと映ったことか。

さて、知った顔は、ときょろきょろしているところをいつものように森下刑事が見つけてくれた。トレードマークのアルマーニのスーツの裾をひるがえしながら、「どうも！」と駈け寄ってくる。どう見ても大阪府警捜査一課員というより、ジャニーズのOBだ。外見から、古参刑事の反感も買っているらしいが、仕事熱心という意味では誰にも負けないはりきりボーイであることはみんなに認められている。

「早かったですね。まだ十時やから、火村先生にお電話してから二時間ちょっとしかたってませんよ」

「私は今日は講義がなかったし、アリスは寝る以外、予定がなかったようですからね」

俺はどれだけ閑《ひま》やねん、と言い返そうとしてやめた。殺人現場の玄関先で漫才をしている場合ではない。

「ここの主人が被害者なんですね？」

火村は高いコンクリート塀で囲まれた邸宅を見ながら訊いた。鉄筋らしい立派な作りの豪邸だが、石灯籠《いしどうろう》が水面に影を落とす庭は純和風のものだ。

「いいえ。主人は二週間前に亡くなっていて、殺されたのはその弟で土師谷《はじや》朋芳《ともよし》といいます。ここの亡き主は土師谷利光《としみつ》。ほら、ボナールローンという準大手サラリーマン金融のオーナー社長だった」

「ああ、それでこんなでかい家に……」

ボナールローンはテレビで派手なＣＭを大量に流すような規模ではないが、あちこちの駅で大きな看板を見かける会社だ。パン屋かフランス料理店みたいな名前のサラ金だな、とおかしく思ったことがあった。土師谷利光社長についても、聞き覚えがある。

「死んだ土師谷社長について週刊誌で読んだことがありますけど、かなり強引なことをして伸《の》し上がった人やないですか？」

森下は頷《うなず》いた。

「ええ、夜の街の豪遊ぶりとあわせて、面白おかしく書いてあるのを私も何かで読みましたよ。取り立てが非常に厳しいことで有名だったとも。ですから、このお屋敷も他人の涙や恨みを土台にして建っているのかもしれません」

それはまた強烈な表現だ。

「殺された弟というのは、やはりボナールローンの経営に関わっていたんですか？」

庭を眺めたまま火村が訊く。

「いいえ、違います。それどころか、被害者は兄とまるで人生観が異なっていて、もう二十年近くも交渉を断っていたそうなんです。土師谷朋芳という人も随分と変わった人やったらしくて、ほとんど世捨て人として生きていたみたいですよ。兄弟で見事に対照的な生き方をしていたわけです」

「というと、彼は兄のように誰かから恨みを買うタイプではなかった、ということですね？」

「敵も味方もいなかったと思われます。何しろ、世捨て人といっても山の奥に草庵《そうあん》を結ぶなんていう生易しいもんやなくて、離れ小島に一人で暮らしていたんですからね」

「離れ小島に一人って、それは文字通りのことなんですか？」

火村は森下に向き直る。

「瀬戸内海の無人島で十九年間暮らしていたんです。香川県の直島《なおしま》の近くやったそうですから、絶海の孤島でも何でもありませんけどね」

「十九年もの間、離れ小島で何をして生活してたんですか？」

当然の疑問を私が口にすると、刑事は答えかけて途中でやめる。

「詳しいことは後でご説明します。まずは警部にお会いしていただいて、現場をご覧になって下さい。普通やありませんから」

私たちは彼に従って土師谷邸に上がった。足許の絨毯《じゅうたん》から頭上のシャンデリアまで、どれもこれも値のはりそうなものばかりだが、あまり趣味がいいとは言いがたい。癖の強い調度や装飾ばかりで、それらの自己主張が家中に乱れ飛んでいるようなのだ。そんな廊下で何人かの捜査員たちとすれ違いながら奥に進んでいき、端まできたところで船曳警部の丸みを帯びたシルエットを見つけた。

「ご苦労様です。先生のために芸術的な現場はちゃーんと保存してありますよ」

警部は、こんもりと盛り上がったおなかの上でアーチを描くサスペンダーを両手で摑《つか》んだお得意のポーズで私たちを迎えてくれた。つるつるに禿《は》げた頭と恰幅《かっぷく》のよさ、サスペンダーの三つの印象があいまって、古いギャング映画のボスのようだが、部下らが陰で呼ぶ仇名《あだな》は「海坊主」である。

「またお世話になります――ところで、さっきから思わせぶりな表現ばかりを耳にするんですけど、一体、犯行現場はどんなふうにおかしな状況で、どう芸術的な有様なんでしょう？」

火村の言葉に警部は苦笑して、

「百聞は一見に如《し》かず、ですね。事件のあらましをお話しする前に、現場を見てもらいましょうか。その後で別室に集まっている関係者からの事情聴取に立ち合っていただこうかな。――ご案内しましょう。現場は一番奥の庭に面したリビングです。別名、陳列室ともいってたそうですけど」

陳列室と聞いたら、何を並べてあるのだろう、と気にかかる。警部は、説明することなく、大きな背中を見せてのっしのっしと歩きだした。火村と私を挟むように、後ろから森下がついてくる。

「この家はボナールローンの社長だった土師谷利光氏のものやったんですけど、彼は二週間前、三月十九日に肺不全で亡くなっています。金運には恵まれていたんでしょうけど、気の毒なことに、家庭運はからっきしなかったみたいですね。先妻にも二人いた子供にも先立たれています。愛人には不自由しなかったにせよ、本当に心を許せる人間が近くにいない、というのはしんどかったでしょうね」

警部は背中を向けたまま、独白のようにしみじみと呟《つぶや》く。

「すると、土師谷社長はこんな大きな家に一人で住んでいたんですか？」と私は訊く。

「一年ほど前にまだ三十前の若い後妻をもらって二人で暮らしていたんですが、今年に入って破局を迎えて別居中です。旧姓西島沙也夏《にしじまさやか》といって、元は部下だった女性なんですけどね。このまま離婚になりそうな雲行きだったそうです。言い換えると、まだ婚姻関係は終了していないわけです。この後妻との間には子供はいません」

火村は「別居の原因は何なんですか？」

「どちらにも原因はあったようですよ。彼女は夫に浮気がばれたことを認めていますし、夫にも新妻に対するあからさまな不実があったと話しています」

私は雑誌で見た故人の写真を思い出す。ポマードでこてこてになでつけた胡麻塩《ごましお》のオールバックをした猫背の男。およそ美男子と呼ばれたことはなさそうな容貌だったが、皺《しわ》くちゃになった笑顔にはどことなく愛敬があって、艶福家とはああいうものなのかな、と妙に納得した覚えがあるのだ。

「私にないものばっかり持っていた人やったんですね」

「そう思いますか、有栖川さん？　しかし、心の隙間《すきま》を埋めてくれる相手をなかなか見つけられずに淋しい思いをしてたみたいですよ。そんな淋しさは金では埋められませんからね。決して、有栖川さんが羨《うらや》むようなことはなかったでしょう」

「はぁ……」

「家族に降りかかってきた悲運との戦い。ビジネスの上での戦い。そのどっちもで疲れた時、慰めになる道楽が彼には一つだけあったんやそうです。それが、問題の部屋に飾ってあるもんなんです。——ここですわ」

飴《あめ》色のドアの前で立ち止まった。その扉の向こうが陳列室とも呼ばれるリビングで、殺人現場のようだ。

「死体はとうに搬出して、もうありませんけれど——どうぞ」

警部はドアを大きく開いて脇に寄り、私たちを促した。先に火村が入り、私も踵《きびす》を接して続く。

「これは……？」

われ知らず、声が出ていた。傍らで、火村も私と同じように天井を見上げて、呆気《あつけ》にとられているようだ。ややくすんだ白色をした天井。

そこには、色とりどりの美しい羽を広げた蝶がいたのだ。天井一面に、何十匹もの蝶が。

2

どれも羽の大きさは五センチから十センチ弱だろう。色は光沢《こうたく》を帯びた青と緑、黄色と紺、オレンジ色と紺、赤と紺、青と黒褐色など幾種類もの組合せだ。二枚重なったうちの下の羽——後翅《こうし》というらしい——に目玉のような紋が入っているものもある。ある種にこだわった系統だったコレクションであるやに見えた。もちろん、紋白《もんしろ》蝶と揚羽《あげは》蝶の区別ぐらいしかできない私には、何という名前のものなのかは判らない。

全く無作為に留められているようなので、一瞬、生きた蝶が羽を休めているのかと思ったほどだ。指差しながら端から慎重に数えてみると、全部で二十七匹もある。

しばらく、ぽかんとしていた。

「びっくりなさったでしょう」

船曳の声が後ろでした。私たちの驚きを楽しんでいるような響きが感じられる。

「こんなのは初めてです」と火村が応える。「確かに、芸術的といっていいでしょうね。きれいな蝶々ばかりだ」

「故土師谷社長が心の安らぎにしていたのは、蝶なんです。蝶のコレクションが趣味というか、道楽やったんですな。たまに早くうちに帰ってくると、そこのソファに腰掛けて、蝶の標本を愛《め》でながらちびちびと酒を飲むのが楽しみだった、と沙也夏夫人は証言しています」

私はようやく視線を天井からはがして、室内を見渡す。入る前は、陳列室というから書画骨董《こっとう》の類いや、下手をすると鎧《よろい》兜《かぶと》などがごてごてと詰め込まれた部屋ではないか、と想像していたのだが、案に相違してこざっぱりとした部屋だった。陳列棚などもなくて、きれいに展翅《てんし》された蝶でいっぱいの蝶額が三方の壁に掛かっていた。数えてみると、全部で九つある。

ドアと向き合ったサッシの大きな窓からは常夜灯がぼっと灯った裏庭が見えていた。その手前の床に、空になった蝶額が三つ転がっている。どうやらそこに入っていた蝶を、何者かが天井に移したのかもしれない。

「あの箱に入っていた蝶を取り出して、天井に留めていったんですよ」船曳が言う。

「誰が何を目的にそんなことをしたのかは不明です。昨夜の十時までここにきていた客たちは、こんなことにはなっていなかった、ときっぱり言っておるんですが」

天井は薄い合板らしいので、特別なことをせずとも標本は簡単にピンで留められそうだ。最初に見た時は、何と面倒なことをしたんだろう、と感じたが、実際はさほど手間のかかる作業ではなかったのかもしれない。上背のある男性なら背伸びをしただけでできただろうし、ソファや窓辺の椅子を踏み台にすれば、女性にもさほど難しくなかったものと思われる。ざっと見積もった所要時間は、五分から、踏み台を要した場合でもせいぜい十五分以内か。

「犯人のしわざと考えるのが自然なんでしょう？」

黒いシルクの手袋を嵌《は》めながら火村が投げた問いに、警部は頷いた。

「常識的にはそうですね。しかし、人を殺した後でどうしてそんなことをする必要があったのか、という疑問が宙ぶらりんになって残ります。まさか、現場を美しく飾りたかった、というわけでもないでしょうし、死者への手向《たむ》けとも思えません」

「まるで犯人にからかわれているような気分です」

森下が感想をつけ加えた。

「それにしても、剛腕社長は可愛らしいものを集めていたんですね」

火村は近くの壁に寄って、顔をくっつけるようにして標本を見ていた。ふだん、プレッシャーに耐えながら激務をこなしていた反動で、土師谷利光はこんな童心を誘うようなもののコレクションに夢中になっていたのかもしれない。――いや、無理にそんな理屈をつける必要もないか。外では他人から恐れられるような男が、自分の部屋に入ると鉄道模型を走らせたり、ピンセットで切手をつまんで整理して喜んでいる、というのは、よくある図だ。

「純然たる趣味としてコレクションしていたんですね。投機的な価値がある、とかいうんではなくて？」

そう訊きながら、火村は次々に蝶額を覗いていく。

「だそうです」

警部が答える。

「そのあたりの事情については、後で関係者から聞いて下さい。ここにある標本を買い集めるのには相当なお金がかかったんでしょうけど、換金するとなったらせいぜい数百万円なんやないですかな。土師谷社長にしたら、それぐらいは金銭的価値として何ほどのものでもなかったでしょう。この蝶については、昆虫博物館の学芸員にきてもらうことになっていますので、そのあたりについても後で確認したいと思っています」

「死体はどんな様子だったんですか？」

火村はジャケットに両手をつっ込み、標本から向き直る。

警部は、懐中から現場写真を数枚取り出して、そんな彼に示した。私も横から覗き込んでみたが、出血はごく微量だったらしく、あまり刺激的な写真ではないのはありがたかった。

「右の側頭部を鈍器で殴られて、ソファの後方に横向きに倒れていました。犯人と格闘をしたような傷はなかったし、室内の状況もソファとテーブルの位置が少しずれていた程度でしたので、後ろから不意打ちをくらったのかもしれません。言い換えると、顔見知りの犯行である疑いが濃い」

「顔見知りというのも変やないですか」と私。「被害者は十九年間も離れ小島で一人で暮らしていたんでしょう？」

「ごもっとも。ですから、ごく限られた範囲の人間が怪しいんですよ。該当するのは四人だけでしてね」

警部は火村から受け取った写真をポケットにしまって、手帳を開いた。

「まずは、さっきから名前が出ている沙也夏夫人です。後の三人は、彼女の兄の西島詠一《えいいち》。土師谷社長の古い友人で参謀役でもあった尾藤寛《びとうひろし》。それから、えーと……顧問弁護士だった川辺《かわべ》延雄《のぶお》ですな」

夫人、その兄、参謀、弁護士。一度聞いて名前までは覚えられないので、その属性だけを頭にメモする。

「四人とも隣りの部屋にいますから、直接話を聞くことができますよ。尾藤寛はこの近所の自宅に帰っていましたけど、先ほど戻ってきていますし」

問われもしないうちに、森下がてきぱきと答えた。

「物色された痕などはなかったんですか？」

火村はようやく蝶々の鑑賞をやめて、死体が横たわっていたことを示すプレートが置かれた周辺を検分しだした。そして、ソファやテーブルに向き、それぞれの位置関係を脳裏に刻もうとするかのような神経質な眼差《まなざ》しを注ぐ。仕事熱心な森下は、火村の視線を逐一追っているらしかった。

「ありません。強盗のしわざに偽装する手間もかけていないんです」

「これだけの家で、しかも主人には少なからず敵がいたんですから、防犯用の装置などが備えつけられていてもよさそうなものですが」

「警備会社につながった警報装置はありますが、作動していません。被害者が招き入れたからでしょう。大袈裟《おおげさ》すぎるといって、土師谷社長が防犯カメラをつけていなかったことが残念です」

警備会社に異状が伝わらなかったのは、犯人が不意を襲ったからなのだろうが、そもそも離れ小島からやってきたばかりの被害者は、警報の鳴らし方など知ってはいなかったであろう。そして、犯人はそんなことを見越していたのに違いない。

「犯行は昨日の夜だったそうですね」

犯罪学者は部屋の中をぐるぐると歩き回る。

「はい。死体が発見されたのは昨日、四月二日の午後十一時二十分。被害者は十一時十二分まで生きていたようです」

「午後十一時十二分。やけに正確に推定されているんですね」

私が言うと、警部は閉じた手帳の角で肉がたるんだ顎を掻く。

「もちろん、検視をしただけではそんなことは判りません。これは関係者たちの証言から出てきた時間なんですよ。実は、被害者は十一時十二分に尾藤寛に電話をかけておるんですが、どうやらそれは、犯人に襲われた直後にかけたものやったらしいんです」

さすがに火村も振り向いた。

「その電話は、確かに被害者がかけてきたものなんですか？」

「状況からみて、そのようです。そして、電話に驚いた尾藤が、沙也夏夫人や川辺延雄とともにここに駈けつけてみたら、土師谷朋芳の死体と対面したわけです」

「わざわざみんなで集合してから駈けつけたんですか？」

私もひっかかったことを火村が尋ねる。

「川辺、尾藤の両名はこの近所に住んでいるんです。夫人は尾藤宅に泊めてもらうことになっていましたので、わざわざ集まったというほどのことではありません」

「なるほど。——その最後の電話が十一時十二分だったんですね？」

「そうです」

「被害者が尾藤にかけてきた電話の中で、自分の身に何が起きたか話さなかったんでしょうか？」

「誰に襲われたとか、意味のある言葉は一切聞き取れなかった、と尾藤は話しています。そのあたりは、私から彼に重ねて質《ただ》してみます」

「関係者からの事情聴取はみんなまとめて行ないますか？」

「そのつもりです。——ここを充分ご覧になったら、そろそろ始めようと思いますが」

火村は手袋をはずした。

「ここはまた後でもよさそうですから、まず関係者から経緯を聞きたいですね」

「判りました。——有栖川さんもよろしいですか？」

もちろん、名目だけの助手に異存などなく、関係者たちが待つ別室に向かうことになった。

別室とは、リビングと壁一枚隔てられたダイニングである。亡き社長の意向であろうか、リビングとはつながっていないので、一旦、廊下へ出なくてはならなかった。ドアを開けると、四人の男女がテーブルを囲んで座っていた。まるで、晩餐会《ばんさんかい》が始まるのを待っているかのようにかしこまって。

「そのお二人はどなたですか？　警察官ではないようですが」

濃紺のスリーピースに身を包んだ細身の男が船曳警部に質問した。咎《とが》めるような調子だ。

「こちらは英都《えいと》大学社会学部の助教授の火村先生と、その助手の有栖川さんとおっしゃって、大阪府警本部で捜査に協力と助言をいただいてる方です」

「何なの、それ？」

真っ赤な口紅をひいた女が、隣りに座った下駄のように四角い顔の男に不満げに言った。おそらく夫人の沙也夏と詠一の兄妹なのだろう。

「川辺先生、こういうことはよくあるんですか？」

少し青みがかった色の眼鏡をかけた年嵩《としかさ》の男がスリーピースに尋ねた。ということは、眼鏡がローン会社の尾藤寛ということか。弁護士の川辺はそれに答えず、ぼそりと言うのが聞こえた。

「犯罪学者の火村……。聞いたことがあるな」

隠密にフィールドワークを続ける火村助教授だが、どこからか噂が洩《も》れているらしい。弁護士の呟《つぶや》きが耳に届かなかったかのように、火村は無表情を保っていた。

「先生に皆さんをご紹介しましょう。まず、そちらが弁護士の川辺先生。そして――」

警部も涼しい顔のまま、一座の四人を紹介していった。別居中の妻、沙也夏は現在は大阪市内のマンション住まい。兄の詠一は勤めていた繊維問屋が倒産して失業中。尾藤寛は総務と営業の両部門を統括しているボナールローン副社長だということだった。

「もういっぺん、昨夜のことをお話しいただけますか。土師谷朋芳さんがここにおみえになるまでの経緯も含めて。川辺先生から伺うのがよさそうですね」

警部に指名されて、弁護士は軽く咳払《せきばら》いをした。

「かまいませんよ。じゃあ、僕からお話ししましょう」

その目が、警戒するようにちらりと火村を盗み見た。

3

川辺延雄の供述を基にして、土師谷朋芳の死体発見に至るまでの昨日の出来事を以下にまとめてみる。彼は、まずは土師谷兄弟が絶縁をしたいきさつから話を始めた。

＊

一歳違いの利光と朋芳は、昔からあまりそりが合う方ではなかったらしい。現実的で上昇志向が極度に強かった利光に対して、朋芳は子供のように夢見がちで内向的だったというだけでなく、互いに相手の人生に対する態度に深い嫌悪感を抱きながら育ったのだ。二人はともに大学進学を目指すが、どちらも入試にしくじり、兄は大阪の信用金庫に入庫。弟はいくつもの会社をふらふら渡り歩いて二十代を過ごした。彼らが三十代の時に両親が揃ってある事故で亡くなり、多額の保険金と慰謝料、そして遺産が手に入ったことが転機となる。利光は弟の相続分も預かり、それを元手に小さな金融会社を興し、才覚を発揮してみるみるそれを大きくしていく。同業他社にいた尾藤を引き抜いて懐刀《ふところがたな》にしたのもこの頃だ。一方、朋芳は相変わらず職が定まらないまま気ままに暮らしていた。そのままなら、双方が相手に干渉することもなかっただろう。朋芳の学生時代からの友人がローンの返済に困り、自殺してしまうようなことがなければ。

友人の死の責任の一端が兄にあると信じた朋芳は、激しく利光をなじったのだが、二人の話が嚙み合うはずもなく、怒り狂った弟は、自分が手にしうる額の金を要求して、我利我利《がりがり》亡者《もうじゃ》のような兄だけでなく、彼と大同小異の人間があふれた塵界《じんかい》と一切の交渉を断つことを決意した。まるで出家である。それが離れ小島への移住なのだが、海釣りが唯一の道楽だった彼は、かねてよりその瀬戸内海に浮かぶ小島に目をつけていたのだそうだ。もっとも、その島もかつては十数戸の世帯が暮らしていたのだが、それぞれがわけあって島を去り、十年前から彼一人だけになってしまったということだ。

浮き世に愛想を尽かす気持ちも判らなくはないが、朋芳の場合はその徹底ぶりに驚かされる。利光はそれについて、惚れていた女に裏切られでもして何もかもが嫌になったんだろう、と尾藤に話していたらしいが、事実かどうかは定かでない。一人きりになるまでは近隣の島民とともに岡山や高松に遊びに出ることもあったということだが、隣人らがいなくなってからは、本人の弁によると、たったの一度も島を出ていないというのだ。世間の水がどんなものだったかと懐かしんだり、人恋しくなることは全くなかったからだ、と。他の人間が全員島から出ていって、淋しがるどころかさばさばしたのかもしれない。ここまでくると、立派な変り者だろう。といっても、フライディに会うまでのロビンソン・クルーソーのように完全に孤立していたわけではなく、一週間に一度は周辺の島々を縫って走る定期船に立ち寄ってもらい、必要な物資を購入していたそうだし、電話もつながっていたそうだから、病気や怪我など緊急の場合は助けを求めることもできたのだけれど。

そんな彼だったから、利光が急死することがなければ、何十年も世捨て人として島にこもったままだったことだろう。あるいは、兄との強烈な反目が続いていたら、兄が自分の会社を遺して逝《い》こうと、俺は知ったことではない、とうそぶいたかもしれない。そうでなくなったのは、利光が自らの生き方を省み、悔恨の念を綴《つづ》った手紙が、彼の死後二日たって朋芳の許に届いたからだ。死を予期した床で書かれた手紙の中には、朋芳の友人に行なった非情な仕打ちに対する懺悔《ざんげ》の言葉もあった。そのため、「和解したい」という兄の申し入れを、弟は受け容れることにしたのだが、すでに大阪で葬儀も終わっており、遅すぎたというよりない。朋芳の凍りついていた心はゆっくりと解けていき、十九年ぶりに大阪に出て兄の仏壇に線香でもあげてやろう、と考えたらしいが、周囲の状況はそんなのどかなものではなかった。

遺された財産と会社をどうするか、という大きな問題が彼に降りかかった。利光の最新の遺書には、本人が望めばそれらを朋芳が相続できるようにしたい、との一文があったからである。この一枚の紙切れによって、彼は捨てたはずの浮き世に引き戻されていく。朋芳はもっと早く島を出てきたかったのだが、岡山まで彼を迎えに行く川辺や尾藤の日程の調整に手間どっているうちに、兄の死から二週間ほどがたち、昨日、四月二日になってしまった。

宇野《うの》港で待つ川辺と尾藤の前に現われた土師谷朋芳は、気のせいか、余人とまるで違った雰囲気をまとわりつかせていたそうだ。他人に対して警戒して身がまえたり、見下したり威圧するような素振りはなかったのだが、どことなく超然とした、茫漠《ぼうばく》とした目つきをしていたのだという。ただ、潮風に焼けた頬とひっかき傷だらけの両手が印象的だったとも。それまでにも長い電話を何回もやりとりしていたが、対面するまで判らないことはいくらでもある。

「色々と問題があると、兄の手紙にありました。すべてすっきりさせたいと思います」

それが朋芳の第一声だった。

「解決しなくてはならない法律上の問題が山積みです。私の方で、できる限りのことをしっかりやらせていただきます」

彼はボナールローンの経営などに興味があるのだろうか、と訝《いぶか》りながら、川辺は丁重に挨拶《あいさつ》をした。十年ぶりに本土の土を踏んだ朋芳は、ふんと鼻の穴を広げる。

「兄は色んなことを書いていましたよ。死に直面して、それまでいかにものが見えていなかったか、を思い知ったんでしょう。無念がっていました」

「無念は事業家として当然です。まだまだこれから、と野心を燃やしていらっしゃいましたから」

神妙な声で言う尾藤を、ロビンソン・クルーソーはぎろりとにらんだ。そして――

「色々あるようですから、順につぶしていきたいと思っています。私は不正や不実というものが、がまんならんのです。死と引き替えにそれを知った兄の無念に、私は必ず応えます。浦島太郎《うらしまたろう》だと思ってなめられては困ります。好みでこんな生き方を選んではいますが、私はもともと兄より実行力も政治力もあるんです。覚えておいてください」

彼は何度も「色々」と強調する。トラブルを抱えていることはこれまでの電話のやりとりで共通の認識になってはいたが、喧嘩《けんか》を売るような口調が川辺には愉快ではなかった。尾藤も堅い表情になって、口許をもぞもぞさせる。

「では、兄のお屋敷とやらに案内していただきましょうか。西島沙也夏さんとも、早くお目にかかりたい」

朋芳が夫人を旧姓で呼んだことを咎めたかったが、摩擦を大きくするのを嫌った川辺は何も言わずにおいた。

彼らは車で岡山まで出て、新幹線で大阪に向かったのだが、その間、朋芳は十年ぶりの娑婆《しゃば》を、きょろきょろもの珍しげに見回すこともなく、眠っているのか考えごとにふけっているのか、腕組みをしたまま目を閉じていた。

新大阪駅からタクシーに乗り、池田の屋敷に着いたのは午後五時近くになってからだった。朋芳が旅装を解くと、予約してあった市内の料亭に向かい、そこで沙也夏、詠一の兄妹と会う。五人で話し合うべき深刻な問題が「色々」あったのだ。

その問題については懐石料理をつつきながら簡単に解決するような性質のものではないことはみんなが承知していたことながら、非常に重い空気が支配したままの会食だったということだ。

「沙也夏さんにはそれなりにお世話になったようですが、兄はあなたとの短い結婚生活を後悔していました。法律で定められた相続分はお取りいただいてかまわないから、あまり欲の深いことを言わずに満足して引き下がってください」

「詠一さんがこの場にしゃしゃり出てくることがそもそもおかしい。お会いするのはこれが最初で最後にしたいですな」

「尾藤さんに会社を託すことだけはしないよう、兄から申しつけられています。いわば、それだけが彼の遺言でした。あなたが背信的な行為を行なっていることを兄はうすうすながら気づいていたんですよ。他人様《ひとさま》に自慢できないことをあなたに知られていたり、健康を損ねたために悩んでいたようですが、私はあなたに容赦なんかしない。膿《うみ》はすべて出してしまうつもりですから、覚悟なさってください」

「兄は、川辺さんにお願いしていた個人財産の保全についても心配していました。他の弁護士さんを雇って、細かく調査させていただきます」

おっとりとした世捨て人か頑固なだけの世間知らずだろう、と想像していた朋芳の口から遠慮のない厳しい調子の言葉がほとばしるのに気圧《けお》されて、四人は当惑した。仲居が料理を運んできたり、空いた皿を下げに現われた際も、その耳を気にして言葉を控えることはなかったという。

六時に始まった会食は八時までの予定だったのだが、あまりに話が中途半端だ、と朋芳が散会するのを嫌った。そこで、時間を延長して、さらに問題の洗い出しに関する討議を続けることになる。和《なご》やかさのかけらもないやりとりは、九時になってやっと終わった。結論が出たわけではなく、朋芳自身がくたびれてしまったためだ。

「では、また明日の正午前にご連絡を入れた上で伺いますから、今夜はゆっくりお休みになってください」

川辺の言葉に、初めて相手は「ありがとう」と言ったという。

4

川辺はひと息つかせてくれ、というようにハンカチで口許を拭《ぬぐ》った。ここから先は、船曳警部が質問をしながら話を進めていく。

「では、九時に散会となった後、皆さんがどうなさったかを尾藤さんからお聞きしましょうか。問題の電話を受けたのがあなたでしたから」

「あ……ええ」

何か他のことを考えていたのか、ボナールローン副社長は、慌てて顔を上げた。

「えーと、ですね。朋芳さんは昨夜、この家に一人で泊まることになっていました。ホテルをお取りしなかったのは、ご本人が希望なさらなかったからです。社長がお亡くなりになって以来ここにいらしてた沙也夏さんは、朋芳さんがお泊りになるというので大阪市内のマンションに帰る予定でした。しかし、話し合いが初《しょ》っ端《ぱな》から紛糾気味だったため、近所にある私の家に集まって相談することになりました。どうすれば朋芳さんの誤解を解くことができるか、について」

「彼は何か誤解をしていたんですか?」

警部はテーブルに突いた右肘を梃子《てこ》に体を乗り出す。

「あんなに喧嘩腰だったのは、何か勘違いをしていたとしか思えませんね。私が背信的なことを陰で行なっていただなんて、根拠のない言い掛りです。川辺先生への暴言にも呆《あき》れてしまいました。鎌をかけていたわけでもなさそうでしたから、何か魂胆があってのことなんでしょう。世捨て人どころかとんだ食わせ者ですよ。だから、油断しないように注意してことに当たりましょう、と四人で話すことにしたんです」

他の三人はばらばらに頷いている。死んだ男との間に険悪なムードが漂っていたことをわざわざ進んで話すのだから、彼らの言うとおり朋芳の方が普通ではなかったとも取れる。しかし、料亭の仲居たちに聞き込みが及べば警察に様子が明らかになることを見越しての供述だ、と考えることもできるだろう。

「そのあたりは後回しにしましょうか。――それで、皆さん四人は尾藤さんのお宅にお集まりになったわけですな。料亭から直行したんですか？」

尾藤はずれた眼鏡をかけ直して、

「いいえ。沙也夏さんと西島さんが朋芳さんをここまでお送りし、私と川辺さんは自宅に帰りました。その上で、九時過ぎに拙宅にお集まりいただいたんです」

「夜中までずっと四人で話し込んでいたのではない、ということでしたね？」

「はい。十時半になると、詠一さんが席を立ちました。会社の内情に関わる話になってきたので、部外者がいない方がいいだろう、と気になさってのことです」

「ほぉ。そんなふうに気を遣うのなら、最初から内輪だけで話し合えばよかったのにね。気分を害したらごめんなさいよ」

警部は説明を求めるように詠一の四角い顔を覗き込んだ。詠一は気弱そうに曖昧《あいまい》な笑みを浮かべる。

「妹は世事に疎《うと》いもんですから、金銭的な問題で不利益をこうむらないか、兄として心配でしてね。奇人変人の義弟が島から出てくるのでこわい、と彼女が不安がるものですから、保護者として——父兄としてかな？　——のこのこ出てきたという次第です」

肉親の情として不自然ではないが、この西島詠一という男にはどこか狡猾《こうかつ》そうな雰囲気があり、全面的には信用できない。金の匂いがするところには鼻を突っ込まずにいられないだけなのかもしれない。

「十時半に尾藤さん宅を出て、どうしましたか？」

「帰りましたよ」と詠一はそっけない。

「どこにもよらずにですか？」

「頭を冷やしたかったのと、夜桜の下を散策するのもいいな、と思って、駅まで二十分ほどかけて歩きましたけどね。いい月夜だったし。正雀《しょうじゃく》の自宅に着いたのは十二時を回ってからです」

朧《おぼ》ろ月《づき》の光を浴びて夜桜の下を歩きたかった、という気持ちはとてもよく判った。単純な私は、少し彼に親近感を覚えてしまう。

「途中、誰かに会うなんてことはありませんでしたか？」

「ありませんねぇ」

まぁ、いいだろう、というように警部は質問の先を尾藤に戻した。

「他のお三方も、十一時までの間に中座したことがあるそうですね？」

「資料が必要な話になって、川辺先生がご自宅までひとっ走り取りに帰ったことがありました」

ベストのポケットに両手の親指を掛けた川辺はこくりと頷いたが、黙ったままなので尾藤がさらに補足説明をする。

「十時二十五分から四十分にかけての十五分ほど席をはずされましたかね。会社の特損金の中身について詳細な数字が判る資料を取りに帰ってくださったんです。そんなやりとりを聞いていて、西島さんが『お邪魔みたいだから』と気を利かせてお帰りになったんですよ」

今度は詠一が大きく頷いてみせた。

「川辺さんが家に戻っている間、あなたと沙也夏さんはどうしていましたか？」

「私はずっとうちの応接室にいましたが、沙也夏さんは朋芳さんに会うため、やはり席を立ちました。翌朝の食事を作って冷蔵庫に入れてあることを伝えるためです」

沙也夏は「忘れてたんです」と加えた。

「朝食のことを伝えるだけが目的ではなかった、と今朝は伺いましたが」

船曳は猫撫《な》で声を彼女に向ける。

「ええ、そうです。実は、川辺先生が携帯電話をリビングに忘れてきた、とおっしゃっていたので、ついでにそれを取って戻るつもりだったんです。ところが……」

「ところが、呼び鈴を鳴らしても朋芳さんは出てこなかった？」

「はい」

火村は目を細めて聞いていた。私も何も聞き逃すまい、と彼女の話に集中する。

「どうして出てこなかったんでしょうな。何度も鳴らしたんでしょう？」

「いえ……二回だけです。旅の疲れで早くにお休みになったんだろう、と思いましたから。朝食のことなんて翌朝に電話してもいいことだったし、川辺先生の携帯電話だってご本人が『明日、また行くからかまいませんよ』とおっしゃっていたし……それに、無愛想な応対をされたらまた腹が立つかな、とも思ったし……」

「それであっさりと引き返したわけですな。その時、何か様子がおかしいことに気がつきませんでしたか？　不審な人影を見たとか物音を聞いたとか」

彼女は「ありません」と迷惑そうに断言した。

「結構です。だから、そのまま帰った、と。あなたがお帰りになったのは何時頃でしょう？」

「十時半に出て、五分たつかたたないかのうちに引き返しました。ですから、帰った時にはまだ川辺先生は戻っていらっしゃいませんでした」

警部はちらりと火村を見たが、助教授は無表情で無言のままだった。そんな様子を、川辺が観察している。

「では、また尾藤さんに伺います」警部は口調をあらためて「沙也夏さんと川辺さんが戻ってきてからのことを聞かせてください」

彼は、眼鏡のレンズを丁寧に拭きながら話す。

「せっかく先生にご足労いただいたのに、その後は話が盛り上がるどころか、がくっとみんな疲れてしまいましてね。つまらない世間話になりかけたものですから、お開きにすることにしました。ただ、遅くなりすぎたので、沙也夏さんにはわが家に泊まっていくよう、私と家内とでお勧めしました。物騒だし、どうせ翌日もここまでくる必要がありましたしね」

川辺はトイレに立ち、沙也夏は夫人に客間へ案内されていたので、尾藤はリビングのソファに寝そべってくつろいでいた。そこへ電話のベルが鳴った。夫人の足音が廊下でしていたので、尾藤はリビングの電話に出る。

「ほとんどうめき声ですよ。言葉になんかなっていません。かすれた『土師谷です』という声だけ聞き取れたんですが、一瞬、社長の幽霊からかかってきたのかと思って、ぎくりとしましたよ」

「しかし、すぐに朋芳さんからの電話だと気がついたんでしょ？」

「幽霊なんているはずがないから、あの人しかいない、と判りますよ。『どうかしたんですか？』と訊いたら、プツリと切れてしまいました。病気を持っていて発作でも起こしたのかな、そんな素振りはなかったけれどな、とちょっと逡巡《しゅんじゅん》してから、様子を見にいくことにしたんです。三ブロックしか離れていませんので。受話器を置いたところへ川辺先生が戻っていらしたので、二人で行こうとしました。それで、沙也夏さんに鍵をお借りしようとしたら、彼女は『私も行きます』と言うんですよ。それで、三人でこちらにやって参ったんです」

「私のうちでおかしなことがあったのなら嫌だな、と思ったものですから」

沙也夏は、問われる前に理由らしきものを表明した。判りにくい表現だったが、さほど不自然でもない。

「ちょっと待ってください」

火村が割って入った。

「朋芳さんはどうして尾藤さんのお宅に電話をしてきたんでしょうか？　身体に危険が及ぶ状況にあったのなら警察に電話するのが普通ですし、尾藤さんの家の電話番号なんて知らなかっただろうに、と疑問なんです」

「一一〇番する前に、おそらく短縮ボタンを押してしまったんですよ。私の電話に登録してある短縮ナンバーの一が、たまたま尾藤さんのお宅なんです」

川辺の説明に、火村は混乱した様子だった。そして、警部に向き直る。

「被害者のかけた最後の電話というのは、川辺さんの携帯電話からだったんですか？」

「ええ、ええ。そうです。さっきご覧いただいた写真がよくなかったですかね。被害者は川辺さんの電話を握って死んでいたんです」

火村はぽかんとしていた。警部は禿げた頭をぼりぼりと掻いてから、「続けて」と尾藤を促す。

彼の話によると、その後、呼び鈴も鳴らさずにここに上がり、真っ暗な部屋を手前から順に見て回り、リビングで異変を発見した、ということであった。ようやく事件の概要が判った。

「リビングの明かりを点けた時は、さぞびっくりなさったでしょうね」

火村が真顔に返って口を開いた。しかし、壁に向かって呟いただけなので、質問というより独白に聞こえる。

「ええ、びっくりしましたとも。蝶々があんなにたくさん天井に貼りついていたんですもんね」

沙也夏は眉をひそめ、尾藤と川辺も同調した。彼らはまず天井の蝶に驚かされたらしいが、それも無理はない。死体はソファの後ろに横たわっていたから、部屋に踏み込まなければ視界に入らなかっただろう。

「これは何の真似なの、と呆れました」

沙也夏が言う。

「と同時に、夫の大切なコレクションをおもちゃにするなんて、と腹が立ちました。朋芳さんが悪戯をしたと思ったんです」

川辺はベストのボタンをいじりながら、

「私も、思わず朋芳さんのことをしばし失念してしまいました。誰が何故こんなことをしたんだ、と訝りながら室内に入って天井を見上げているうちに、こつんと何かが爪先に当たるのを感じました。それが、朋芳さんの遺体だったわけです」

「爪先が当たっただけで、朋芳さんがすでに絶命していることが判ったわけではありませんよね？」

火村の問いかけを皮肉と受け取ったのか、弁護士はむっとした顔になる。

「当たり前です。急病で倒れているのかと思って、まず、屈《かが》み込んでお名前を呼んでみました。まるで反応がないので顔を覗いてみて、側頭部にひどい傷があるのが目に入ったんです。手首に触れたら脈がない。それで、すぐに電話で救急車を呼びました」

「死体に手を触れたのは川辺さんだけですか？」

「尾藤さんにも『手遅れみたいです』と言ってみていただきましたよ。——火村先生とやら。私が死体に触れたことを非難なさるんではないでしょうね？」

「とんでもありません。そんなふうに聞こえましたか？」

「いや」と相手は口ごもる。

「では結構。尾藤さんと奥様にも伺いますが、その時に何か気がついたことはありませんでしたか？」

訊かれた二人は顔を見合わせて、困ったような表情を浮かべる。語るべきことはなさそうだ。

「脈がないと確認したにも拘《かかわ》らず、救急車を呼んだのはおかしい、なんて言うんじゃないでしょうね。念のため申しておくと、警察にもすぐに電話をしましたよ。その後、西島さんにも。彼はまだ帰宅していませんでしたが」

川辺は火村を真っすぐ見ながら言う。

「それはどの電話を使ったんですか？」

「ここの、これですよ」

弁護士はコーナーテーブルを指差した。若い夫人の趣味なのか、レースのカバーがかかった電話が鎮座している。

「リビングには電話がありませんでしたからね。まさか、被害者が握りしめていた私の携帯電話を使うわけにはいかなかったでしょう」

「当然ですね。そうか、リビングには電話はなかったのか……」

火村の呟きを聞いたからか、川辺は嘲《あざけ》るように鼻を鳴らした。大した観察力ではないな、と思ったのかもしれないが、火村は気を悪くしたようでもない。

「ところで、川辺さんはどうして携帯電話をこのうちに置き忘れたりなさったんでしょう。リビングで電話をかけたんですか？」

弁護士はスーツの右のポケットを指した。

「いいえ、電話をかけたんではありません。料亭に向かうのに車のキーがどこかにいってしまって、ポケットの中のものを取り出して捜したんです。その時、ソファの上に置いた電話をついしまい忘れたみたいです。小さいものだから、尻の下に敷いても気がつかなかった」

「その電話は？」

火村は警部に訊く。

「鑑識に回ってるんですわ。写真ならありますから、後でお見せします」

「お願いします。――被害者が最後にかけた電話の記録は取れているんですか？」

「ええ。握っていたその電話から尾藤さん宅へかけられたものに相違ありません。やはり警察にかけるつもりが、短縮ナンバーにかかってしまったようですね」

ふぅん、とうなってから、火村は尾藤の方を向く。

「瀕死の朋芳さんは、自分がしゃべっている相手があなただったと認識していたんでしょうか？　それとも警察につながっていると誤認していたのか、どちらだと思いますか？」

尾藤は肩をすくめた。

「さぁ、どうだったんでしょう。何しろうめいていただけですからね。ただ、私は何度も呼びかけましたから、普通だったら判ったと思いますけれどね」

ノックの音がした。森下がさっと立って、ドアを細く開く。どうかしたのか、と警部が無言のまま目で尋ねる。

「博物館の方がおつきです」

ドアの隙間《すきま》から、ポロシャツを着た若い男の姿が覗《のぞ》いていた。

5

博物館の学芸員というのはラフな恰好《かっこう》をしているんだな、と思った。事情を聞くと、休日で家にいたところ、警察から要請を受けたのだが人手が足りないから行ってきてくれ、と職場の上司から連絡を受けて飛んできたのだという。恐縮です、と警部が言うと、「いえいえ。何でもないことです」と相手は気さくに応えた。

「家でごろごろしてただけですから。それに、珍しいものが見られるかもしれないと思って……という言い方は不謹慎かな。殺人現場ですものね」

彼は田中《たなか》と名乗った。愛想のいい笑みを浮かべると、歯の白さが口許にこぼれる。一メートル八十を楽に越す長身。後ろと横を大胆に刈り上げたヘアスタイルといい、この季節にしてはよく日に焼けた肌といい、学芸員というよりはバスケットボールの選手の方が似合いそうだった。が、リビングに入り、蝶を目にするとたちまち本性を現わした。

「うわぁ、これは見事ですね。よく集めたもんです」

天井の蝶を見上げて感嘆の声をあげる。

「日本でこれだけのコレクションをしている人は知りませんね。天井の奴だけじゃなくて、壁に掛かったあれも、あれもそうだ。うーん、こいつは壮観だな。これからは日本でもファンが増えるんだろうな。相場を釣り上げたりするんだろうな。お、あれなんてナルキッソスじゃないのか？　へぇ、持ってる人は持ってるんだ。飛んでるところを見てみたいなぁ」

警部と森下、火村と私は顔を見合わせた。バスケット選手がオタクに豹変《ひょうへん》した。

「そんなに値打ちがあるものなんですか？」

独りでぶつぶつと呟き続けている相手に私が訊く。

「え？　ああ、このコレクションですか。すごいですよ。アグリアスばかり、よくこんなに集めたものです。世界的にはモルフォ蝶と並んで人気の高い蝶ですけれど、日本ではあまり集めている人がいませんでしたから。ヨーロッパでファンが多いんですよね。フランスなんかでは、あらゆる昆虫コレクションの中で最高の人気を誇っています。大英博物館やパリ博物館にも珍しいものが展示してあります」

熱弁だ。

「アグリアスという種類の蝶を中心に集められているんですね？」

「八割までそうですね。天井のやら、こちらの壁面のものはすべてそうです」

「外国の蝶ですね？」

「ええ。主にアマゾン川の流域の熱帯雨林に生息していて、中央アメリカの一部にもいます。和名はミイロタテハというんですけれどね」

「ミイロ……ああ、そういえば色が三つ混じったようなのが多いですね」

「でしょ？　きれいでしょ？　美蝶です。何といっても、この色彩が美麗なところがアグリアスの魅力です。東南アジアのトリバネアゲハと双璧でしょう。アグリアスは採取数が少ないので、希少価値もありますしね。モルフォなんかよりずっと珍しい」

「お高いんですか？」

まるで買おうとしてるみたいだな、と思いながら訊く。どうでもいいけれど、どうして私が質問者の役を担っているんだろう？　まぁ、なりゆきなのだが、もしかすると、田中氏と同じ人種だと見た警部たちから任されているのかもしれない。

「ものによりますよ。安いものなら千円札何枚かで買えるでしょうけれど、上はどれぐらいかなぁ。完全品なら一頭が二、三十万円するのもあるだろうな」

学芸員は蝶を馬と同様、一頭二頭と数えるらしい。

警部が「ほぉ、一匹で」と声を発する。

「いつだったか、うちの館長はブラジルで生きた奴を見たことがあると話してました。きれいなくせして、こいつ、花には飛来せずに人間や獣の糞《ふん》にとまるんです。判らないものでしょ？　糞や小動物の死骸の液状分を吸うので、捕獲する時は腐った果物なんかを餌にしたトラップを仕掛けるんです。館長は失敗したって言ってましたけれど。それからね、こいつは飛びっぷりがまた素晴らしいんだそうです。『一条の深紅の光が空気を貫く』という表現があるほどで、速いんですって。速く、遠く飛ぶんです。ブラジルへ行って見てみたいですねぇ」

アマゾンのジャングルの中を、深紅の尾を引いて飛翔するアグリアスを想像してみた。見てみたいものだ。

「主人も見たがっていました」

戸口で声がしたので、みんないっせいに振り返った。沙也夏が腕組みをしたまま、ゆっくりと部屋に入ってくる。

「ブラジルに行ってアグリアスが飛ぶのを見てみたいって。忙しくてそんな時間が作れる当てはなかったんですけれどね。私へのプロポーズの言葉も『いつかブラジルへアグリアスを見にいこう』でした」

「ロマンチストだったんですね」

森下が言った。

「金の亡者なんかじゃありませんよ。誤解されがちな生き方をしていましたけれどね。子供だったんですよ。だから、摩擦をうまく避けることもできなかった。事業が成功したのは、子供がゲームを楽しむように働いたから。いえ、運に恵まれていただけでしょうね……」

わけも判っていないはずなのに、田中氏はうんうんと頷いている。面白い人だ。

「そんなところが女性にもアピールしたんでしょうかね」

警部が世間話口調で言うと、彼女は淋しげに微笑む。

「アピールしすぎて妻としては、大変でした。——私のこと、土師谷の財産が目当てで結婚した女だ、と思っていらっしゃいませんでしたか？」

はい、と答える者はいない。正直なところ、私はついさっきまではそのようにも思っていたのだが、彼女を見ていると、そうでもないようだ。

「愛情で結ばれていたんですよ。一緒に暮らすには無理があって、半年しか続きませんでしたけれども」

「半年たったら、お互いに浮気も当たり前になってしまったと？」

警部の言葉に、沙也夏はやはり弱々しく笑うだけだった。が、やがて——

「私は朋芳さんを殺してなんかいません。あの方が土師谷と和解して島から出てきたからって、そんなことで殺してしまうなんてするわけがありませんよ」

「料亭で聞き込みをしてみたら、朋芳さんはかなり興奮気味だったそうですが」

「どうしてあんなにいきり立っているのかしら、と私こそ妙に思いました。土師谷と電話でどんなやりとりをしたのか、彼からどんな手紙を受け取ったのか不思議です。人を疑ることは本意じゃないんですが、あの方は何か魂胆があって演技をしているんではないか、とさえ思いました」

「あなたのお兄さんにも失礼なことを言ったそうですね。しかし、それは詠一さんの態度や言葉にもひっかかる点があったからではありませんか？」

「私にしても少しおせっかいかな、と思ったほどですから、朋芳さんは胡散《うさん》臭く思ったのかもしれません。でも、兄に悪意はありませんでしたよ。兄は人をだますどころか、だまされやすい質《たち》なので、妹のことで過敏になってただけです」

「よろしいですか？」

火村が穏やかに言う。

「何でしょう、火村先生」

「朋芳さんは、尾藤さんや川辺さんにもずけずけとものを言っていましたが、それも根拠のないことだったんでしょうか？　実際に彼らが何か不正を行なっていて、それを利光さんから聞いていた、ということはありませんか？」

彼女はかぶりを振った。

「土師谷は尾藤さんのことを『パートナーだが、百パーセント気を許してはいかん』と言っていたことはあります。でも、それだけのことです。川辺先生が横領などの不正を働いている、というのはもっと考えにくいことですね。というか、あの人は先生の仕事ぶりを逐一チェックしていましたから、間違いはなかったでしょう。それに……そもそも、土師谷が胸中にそんな疑惑を抱いていたのなら、喧嘩別れして離れ小島にいる弟さんに電話や手紙で愚痴ったりせず、すぐさま自分が行動を起こしていたはずです。他の弁護士を雇って調査する、とか。——私のこの理屈をどう思われますか？」

「どうでしょうね」火村は煙たそうな顔をする。「周囲の人間すべてに失望することがあったから、唯一の肉親である弟に心を開く気になったとも考えられます」

「私にとって、厳しいお言葉です」

「失礼」と火村は詫びた。

沙也夏の突然の登場で出番を奪われた田中は、バツ悪がるふうでもなく、壁の標本を見て回っていた。手帳に何か書き込んだりもしている。

「朋芳さんがどんな人なのか、知る間もありませんでした。島からやってきたかと思ったら、何時間か後にはお亡くなりになるなんて」

まるで悪夢だ、と彼女は思っているようだった。

「つかぬことを伺いますが、殺されたあの人は、本当に土師谷朋芳さんだったんでしょうか？」

火村は思いがけないことを言う。私は「え？」と声を出してしまったが、沙也夏や警部、森下の反応を窺うと、そんなことはとうに確認ずみのようだった。

「彼が十九年前に利光さんと撮った写真と突き合わせましたよ」と警部が説明する。

「もちろん、それだけでは不充分ですから、地元にも遺体の写真を送信して照会しました。畑仕事と釣りで暮らすロビンソン・クルーソーとして彼は有名人だったみたいですね。間違いない、という返事がすぐ返ってきています。『島を引き払うことになるかもしれない』と、定期船の顔馴染《かおなじ》みに洩らしてもいたらしい」

「ここ十年ほど島から全く出ていない、というのは本当なんですか？」

「地元の人間は、本当にそうだと言っています」

「ご本人も繰り返し言ってました」沙也夏が言う。「だから、変人を通り越して、頭がおかしいのか逃亡犯じゃないか、と思われることもあるって」

「銀行に行くこともなかったんですか？」

「はい。物資を運んでくる船の方に頼んで、買物はすべてクレジットカードですませていたそうですから」

ロビンソン・クルーソーとクレジット・カードというのも妙な取り合せだ。

「退屈しなかったのかしら、とは思います。テレビもラジオもなかったら、私ならどうしていいか判りません」

テレビもラジオもなしで暮らしていたとは驚いた。囚人にだってもっと娯楽があるのではないか？

「そんな具合でしたから、正体不明の謎の人でした。瀬戸内海の島でどんな生活をなさって、何を考えていたのか。最後に土師谷をどう理解してあげたのか。本当は色々と尋ねてみたかったんです。謎のまま亡くなってしまいましたね」

彼女は、そのことを心から残念がっているようだった。と、われに返ったように、

「ああ、すみません。部屋の前を通りかかったら、アグリアスとかブラジルとか聞こえたもので。お話の腰を折ってしまいましたね」

話の腰を折られた当の学芸員は、まだ奥の蝶額を鑑賞している。

「いえ、参考になりました。ありがとうございます」

警部がねぎらうと、沙也夏は一礼をして出ていった。

「何か参考になりましたか?」

参考になりました、と自分で言ったばかりのくせに、警部は火村にとぼけた訊き方をした。

「ええ、初めて聞いたことがありますから。――それについては、田中さんのお話をもう少し伺ってから」

自分の名前に反応したのか、学芸員はくるりと振り向いた。警部は丁重に、

「邪魔が入って申し訳ありませんでしたね、田中さん。えーと、それで、どこまでお聞きしていましたっけ」

「僕も忘れてしまいました。でも、おおよそのところはご説明しましたよ」

彼はけろりとしている。

「天井にピンで留められているものね」森下が指差して「あれには意味があるんですか?」

「さぁ。やった人に訊いてみないと判りませんね」

ごもっとも。

「何か特別な種類の蝶だけを選んで留めてある、ということはありませんか？」

「なさそうですよ。全部アグリアスなんですから」

「でも、アグリアスの中でもいくつも種類があるんでしょう？」

「六つとされていますけどね」

え、と思った。森下も怪訝《けげん》そうに訊き返す。

「六種類……ですか？　ここにあるのは八割までがアグリアスとおっしゃいましたけれど、色合いはみんな違っていますよ。何十種類もに分かれるんやないですか？」

「あ、そのことをご説明していませんでしたか。アグリアスの最大の特徴なのに、うっかりしていたなぁ」

田中は最後においしい料理が残っていた、とでも言いたげな笑顔になっていた。

「アグリアス——ミイロタテアゲハはタテアゲハ科に属する蝶です。その分類についてはいくつか説がありますけれど、六つとするのが今のところ有力です。あれが」

とエメラルドがかった緑と青の蝶を指し、

「ファルキドン。そっちが」

青とオレンジを指し、

「ヒュイトソニウス。隣りが」

黄色と紺を指し、

「アミドン。その向こうも」

オレンジと紺を指し、

「アミドンですね。その隣りもそのまた隣りも」

紅色と紺、緑と紺を指して、

「どちらもアミドンだな。天井の端で落ちそうになってるあいつは後翅の裏が茶褐色でしょ」

表は青と紺だ。

「クラウディナといいます。あちらの額のは全部ナルキッソスでしょう。そして、こちらの額はアエドンかな。とまぁ、そんな具合で——」

私たちはきょとんとしてしまった。田中がひとまとめにナルキッソスだのアエドンだのいう標本箱の中の蝶は、一匹一匹が非常に個性的な色をしていて、とても同じ種類のものには見えなかったからだ。だが、こちらのそんな疑問を、彼は承知してしゃべっていたらしい。

「みんな色や紋様が違うじゃないか、とお思いになったでしょうね。ええ、知らなければ誰だってそう思います。でも、全部同じ種類でくれるんですよ。それがアグリアスの特徴です。種内の変種がとんでもなく多様なんですよ」

「変種……なんですか？　あんなにそれぞれ違うのに？」

森下は疑わしげに問い返す。

「同じ種類の中にいくつかパターンがあるというのなら判りますけど、一匹ずつみんな違ってるやないですか」

「はい。亜種と個体変異が激しくて、このように個体差が大きいわけです」

こんな極端な個性というものがあるのか、と驚かされた。昆虫の話を聞いて感心したことなど、小学生以来のことかもしれない。

「どうしてこんなに豊かな個体差が生じたんでしょうか？」

夏休みの自由研究をする気分に戻って私は訊く。

「判っていないことが多い蝶ですから、はっきりしたことはお答えできません。地理的な影響が大きいことは推測できますけれどね。アマゾンほどの大河になると川幅が広いですから、蝶が右岸から左岸に渡ることができなかったりします。そんな隔絶状態が別亜種を生んだりするんでしょう。防衛上、他の蝶に擬態したとみられる例もあります。色の多様性が、ジャングルで生き延びるために、何らかの形で有利に働いているとも考えられますし」

「ややこしい蝶ですな。学者の先生はそんなばらつきがあっても、実は同じ種類や、と見破れるんですね？」

警部が言うと、ははと田中は笑う。

「分類という行為は学者自身が決めたルールに基づいて行なわれますから、見破るも何もありません。でも、一般の方にすれば、あれもこれも同じ蝶だとよく判るな、と呆れるでしょうね」

目の保養をさせてもらいました、と言う気のいい学芸員にお引き取りいただいた後も、火村は部屋の真ん中に立ったまま、何やら考え込んでいた。腰に両手を当てて、天井に留められた蝶を仰いだりしている。田中のレクチュアの復習をしているわけでもないだろうから、事件について推理を巡らせているのだろう。

「いやぁ、珍しい蝶だったんですねぇ。勉強になりました。ねぇ、有栖川さん」

そこへ、田中を玄関先まで送った森下が戻ってきて、呑気《のんき》なことを言う。

「けど、事件の真相解明には直接役に立つ話ではありませんでしたね。犯人がアグリアスを持ち去っていたんなら、犯人はその値打ちを知っていた、と考えることもできますけれど、天井に留めていっただけなんやから、意味も判らん。ねぇ、有栖川さん」

　私が生返事しかしないので、「どうしました?」と彼は訊く。

「あれ」

　小さく頷く火村を、私は指差した。森下はにやりとする。

「蝶のように舞い、蜂のように刺す。火村先生の答えが出たみたいですね」

6

　警察の許可を得て帰りかけようとしていた西島、尾藤、川辺の三人は玄関で呼び止められ、何ごとだろうという顔でリビングにやってきた。すでにソファに掛けていた沙也夏が、隣りに座るように手で勧める。その前には、警部、火村、私が立ち、部屋のドアの脇に歩哨《ほしよう》のように森下が立った。

「会社に出ていいと言われたので帰るところだったんですが、まだ何かお尋ねになることがあるんですか?」

　多忙なんだがな、というように尾藤は腕時計を人差し指で叩きながら言う。詠一は腹を撫でて、「正午過ぎてるし」と空腹を訴える。川辺だけが沈黙を守ったまま、私たちを見つめていた。私たちといっても、関心はもっぱら火村にあるらしく、自然と彼に視線が引き寄せられているようだ。どこでどんな予備知識を得ているのか、訊《き》いてみたくなる。

「お集まりいただいたのは、火村先生の方から皆さんにお訊きしたいことができたからです。再集合していただく手間を省くために引き返してきてもらいました」

サスペンダーを両手で握ったまま、警部はそう断わって、後は火村に任せた。助教授はジャケットに入れていた両手を出す。

「すぐに終わりますから、ご辛抱ください。すぐに終わります」

彼はそう切り出した。

「ここにいらっしゃる方の中で、携帯電話をお持ちなのは川辺先生だけですか？」

弁護士は「そうですが」と答える。

「それを朋芳さんの前でお使いになりましたか？」

「……使っていませんね。ええ、一度も」

火村は内ポケットからトランプのように一枚の写真を取り出して一同に示す。ごくハンディなタイプの携帯電話が写っていた。

「これがあなたの電話ですね、先生？」

「同じ型のものです」

川辺は慎重な答え方をする。

「この写真の電話は、まぎれもなく被害者が握っていたものです。つまり、あなたの電話です。先生が昨日まで利用していた記録も、被害者の最後の通話の記録も残っています」

火村は噛《か》んで含めるように言う。

「確認ずみなら、私たちを集めて訊くこともないんじゃないですか？」

詠一は不満げだ。

「その確認のために集まっていただいたんではないので、聞いていてください。――尾藤さん。この電話を使って被害者が送ってきた最期の声を聞いたのは、あなただけですね？」

「そ、そうですよ」

尾藤は身構える。

「本当に朋芳さんからの電話だったんですか？」

「私が嘘をついているとおっしゃるんですか？」

「そうではありません」

火村は穏やかに言ったが、尾藤は気分を害した上、火村を軽蔑《けいべつ》したらしかった。

「そんなことはとうに刑事さんから訊かれたことですよ。私しか聞いていないんだから、怪しむのも無理ないことかもしれませんがね。先ほど、あなたがいるところでも証言したはずだ。相手が『土師谷です』と言ったんです。うめき声だったし、呼びかけても明瞭な返事はなかったから、私自身がそう思ったとはコメントしていませんよ」

「すると、それは朋芳さんからの電話じゃなかったかもしれない」

「ええ、理屈としてはそうですね。否定しませんよ。でも、朋芳さんの遺体が握っていた電話を調べたら、私のうちへの通話記録がちゃんと残っていたんでしょう？　となると、彼以外の誰が電話してきたというんですか？」

「そうか！」詠一が膝を打った。「それは犯人がかけてきた、ということですか？」

「しかし」と尾藤は落ち着いて言う。「一刻も早く現場から逃げなくてはならない犯人が、そんなことをする理由がありません」

「そうか。……え？　だとしたら、現場に犯人以外にまだ別の人物がいたということですか？」

詠一は興奮気味に言う。そんなふうに考えたら、よけい混乱するだけだろう。火村

はそれを救うように、

「もしも第三の人物がいたとしても、そんなふざけた電話はかけたはずがありません。あの電話が被害者によるものでなかったとしたら、犯人がかけてきたということになるんです」

ドア脇で、森下が頷いていた。私は、今の火村の言葉に納得がいかなかったのだが……。

「理解できませんね。尾藤さんがおっしゃったとおり、犯人がそんな電話をかける理由もありませんよ」川辺が言う。「やはりあれは朋芳さんからのSOSだったとみるべきでしょう」

「いいえ、私にはそう思えません。あの電話は朋芳さんがかけたと考えることは、大変な無理があるんです」

「どうしてですか？」

川辺と尾藤が同時に尋ねた。沙也夏は緊張した面持ちでそんなやりとりに聞き入っている。

「これらが」火村は天井の蝶を指差す。「どれも皆、アグリアスという同じ種類の蝶だということをご存じでしたか？」

肩透かしをくって、詠一が「はぁ」と力の抜けた声を出す。

「よくこれだけ色んな蝶を集めたな、というのが昆虫の知識のない私の第一印象だったんですが、博物館からきていただいた方の解説によると、ここにあるのはアグリアスという南米産の蝶に絞ったコレクションなんだそうです。沙也夏さんはご存じでしたが」

「それを知らなかったら、どうかするんですか？」

尾藤も緊張をほぐすように座り直す。

「いいえ」火村はあっさりと言って「どうもしません。ただ、知識のない人間から見れば、こんなにバラエティがある蝶がすべてアグリアスという名前でくくれるとは意外だ、というだけのことです。同じものが二つとないみたいですからね」

川辺が「話が脇道にそれていませんか？」

「すぐにつながります。——電話の話をしていたんでしたっけね」

火村は電話が写った写真を再びかざした。

「土師谷朋芳さんの立場になって想像してみてください。十九年前から瀬戸内海の離れ小島に渡り、十年前からはたった一人だけで暮らしていたロビンソン・クルーソー。テレビともラジオとも接触していなかった変人になったとして、これを見てください。――何に見えますか？」

誰も答えない。

「彼の目にこれがどう映ったか、言い当てるのは困難ですね。ご本人に確認することもできないし。しかし、電話に見えなかったことは確かだと思いませんか？　島の彼の家にあった旧式の電話と形状が違いすぎているもの。こいつにはダイアルがついてない。受話器と本体に分かれていない。だから、コードもない。せめてテレビでも見ていたら、あんな電話もできたんだな、と知ることができたでしょうけど、彼にはその機会もなかった。ここへくる途中、新幹線の車中ででも見かけたんだろう、と思いますか？　可能性はありますけど、だからといって、川辺さんのこの電話がソファの上に転がっているのを見て、電話だ、と認識できたかどうかははなはだ疑問です。かつては、黒く重い家庭用の電話機と赤や緑の公衆電話機だけが電話だった。それが今ではどうです。ふだん自覚することはありませんが、現在の電話機は、きわめてアグリアス的な存在なんですよ」

賛同の声も反対の声もあがらなかった。南米の蝶と電話機の話がつながって、先の展開がますます見えなくなってきたのかもしれない。火村はここから一気にまくしたてにかかる。

「アグリアス的なる携帯電話を、電話機である、と認識できなかったであろう朋芳さんが使えたとは思えません。この部屋に電話がないのなら、這《は》ってでもよその部屋に捜しにいったことでしょう。したがって、SOSの電話は偽物だったんです。かけてきたのは犯人だ。『土師谷です』と瀕死の朋芳さんを装って電話をかけ、遺体の手に電話を握らせておいたんです。

しかし、だとすると、犯人は何故そんなことをしたのか、という疑問にぶつかります。もちろん、目的があったはずだ。何なんでしょうね？　私が考えうる理由は次の二つです。一つ、犯人は早く死体を発見してもらいたかった。二つ、犯人は被害者が実際よりも遅くまで生きていた、と誤った認識をわれわれに与えようとした。いずれも合理性がある仮説ですが、前者にはやや難があります。犯人が早急の死体発見を望んだのだとしたら、尾藤さんに曖昧な電話をするより、一一〇番して『助けて』とうめいて聞かせればよかったんですから。だとすると後者、犯人は犯行時刻を実際よりも遅く偽装しようとした、ということになりますね。そうすることによって、犯人はアリバイをでっち上げることができたんでしょう。言い換えると、犯人はアリバイがある人物ということになり、ここにいらっしゃるうちほとんどの方が該当することになります。心外でしょうけれどね。

川辺先生は十時二十分頃、自宅へ資料を取りに戻られたそうですが、実は手許に持っていたのかもしれません。帰宅するふりだけをして、十五分ほどの間に犯行をすませることは可能だったでしょう。十時半に尾藤さん宅を出た西島さんは、駅に向かう前に朋芳さんを殺害することができた。沙也夏さんは十時半にここにいらしたけれど、呼び鈴を押しても返事がないので帰った、ということでしたが、その時にチャンスはあった」

「それは無理でしょう」

尾藤がかばう。

「不意打ちで彼を殴り倒すぐらいはできたとしても、蝶を天井に留めるというわけの判らない作業をする余裕はありませんでしたよ」

「蝶の小細工は尾藤さんのお宅に行く前に『まじないです』とか言って朋芳さんの前で行なった、とも考えられますし、朋芳さん自身がやったことかもしれない。――というのは本気ではありませんから、ご安心ください。蝶の謎については、後で説明します」

「私も容疑者からはずせない、ということですね。ええ、いいでしょう。お話を続けてください」

沙也夏は火村を促す。

「続けます。しかし、もう話はさっきから核心部分を衝《つ》いているんですよ。だって、十一時十二分に、問題の携帯電話を使えた人間は、一人しかいないんですから」

十一時十二分。尾藤は自宅にリビングで一人だった。川辺は尾藤宅でトイレに立っていたし、沙也夏は案内された客室で一人になった。西島は家路の途上で一人だった。誰がどこから電話したのかは決められないようだが、火村には特定できているらしい。

「正確に言い直しましょう。十一時十二分に問題の電話を使うことは、ここにいらっしゃる全員にできた。しかし、それを被害者の手に握らせることができたのは一人しかいない。それは、真っ先に屈み込んで遺体を見たあなたです」

あなたとは、もちろん川辺延雄のことだった。

「あなたにだけ素早く電話を握らせるチャンスがあったんですよ。つまり、あなたは電話を置き忘れたりしていなかったんだ。電話はずっとポケットの中に入ったままだった、というわけです。それを使って、一人になった機会に尾藤さんに電話をした。一人になった機会といっても、尾藤さん宅を辞した後では不都合だったでしょう。何故なら、あなたは現場に駆けつけ、真っ先に遺体にかぶさるようにして、電話を握らせるという仕事をぜひともやらなくてはならなかったんですからね。だから、暇《いとま》を告げて近所の自宅に帰る直前にわざわざトイレを借りたんです」

川辺の反論を待つためか、火村は言葉を切った。弁護士は声を顫《ふる》わせて返す。

「失敬な。わ、私にはそんな小細工はできませんでしたよ。殺人現場で死体にかぶさって素早く電話を握らせるだなんて、そんなことがうまくいく保証はない」

「不可能ではありません。——では、尾藤さんと沙也夏さんに伺いましょう。彼はそんなことをしなかった、と断言できますか？」

恐る恐る口を開いたのは沙也夏だ。

「私は後ろに立っていたので、屈み込んだ先生の手の動きは見ていません。でも、先生が遺体に触れるより前に、倒れた朋芳さんが手に電話をつかんでいるのをちらりと見たような気がします」

「つかんでいた電話がこれ」火村は写真を指で弾く。「これだったとは限りませんよ。あらかじめ似たタイプもしくは同じ型のものを用意しておき、すり換えることもできたんですから」

その可能性を肯定するように、彼女は黙った。二十七匹の蝶の下で、火村は続ける。

「天井の蝶も川辺さんのしわざです。これは、現場に駈けつけた自分以外の人間の視線を遺体からそらすことが目的だったんでしょう。朋芳さんが部屋の中央に倒れていたのならそちらに目がいったでしょうけれど、遺体はソファの後ろにあった。誰しもまず天井を見渡して、どうしたことだ、と訝《いぶか》るでしょう。彼はそう期待してこんな悪戯《いたずら》をしたんです」

「憶測だ。机上の空論だ」

川辺は唇を嚙む。怒っているのか、おびえているのか、まるで判らないが。

「私が十時二十分に中座したのは、本当に家に資料を取りに戻るためだったんだ。その時に朋芳さんを殺したのなら、沙也夏さんと鉢合わせになったはずですよ」

「彼女が呼び鈴を鳴らした時、あなたは家の中で息を殺していたんでしょう。だから、彼女より先に尾藤さん宅に戻れなかった」

「私には彼を殺す切実な動機がない」

「それはこれから警察が調べるでしょう。故土師谷社長から保全を委託されていた財産に関してのことか、あるいは他のことかもしれない」

「私は電話のすり換えなんかしていない。尾藤さん、そうでしょう？　そんなことをする余裕はなかった。なかったとも。どうして否定してくれないんだ、沙也夏」

沙也夏。

彼ははっとして、両手で自分の口をふさいだ。しかし、一度放たれた言葉は消えない。

沙也夏は苦しげに川辺から顔をそむけて、助けを求めるように火村を見た。犯罪学者は人差し指で眉を撫でる。

「彼が単独でやったことなんでしょう。あなたは真実だけを語ればいい」

「やってないぞ。証拠があれば見せたまえ！」

川辺は中腰になって吠えた。

「いつもそうなんだな。空論をまき散らして、警察にその物証を探させるだって？　何様なんだよ、あんたは。たかが私学の助教授のくせに。こんなことばっかりやってるんだってな。知り合いの弁護士から聞いてるよ」

どういうことだ、というように火村は眉根を寄せる。

「あんたがハンター気取りの名探偵だってことだよ。犯罪者を蝶々みたいにコレクションして喜んでる正義の味方か。刑事でもないのにおせっかいな男だ。権力に飢えた下衆《げす》じゃないか。私の知り合いの男はな、あんたのことを化け物だと言ってたよ。天才の譬《たと》えじゃない。ただの化け物だ。当事者でもない、警察官でもないのに、犯罪の中に飛び込んできて、犯人を狩りたてて喜ぶなんてこと、まともな神経ではないものな」

にらみつけられたまま、火村はしばらく黙っていた。が、やがて——

「こうするしかないんだ」

ただならぬものを感知したのか、川辺は言葉を失った。

何百匹という蝶。

色とりどりの羽。

その輝きのただ中で、火村は立ちつくしていた。

何度も彼から聞いた言葉が浮かぶ。どうして犯罪者を狩るのだ、と誰かに訊かれるたびに返していた彼の返事。意味の通らない答え。

「人を殺したいと思ったことがあるから」

ジャバウォッキー

Masterpiece Selection
Great detective Hideo Himura

「凶器はどこに捨てた？」

「…………」

「虹の色の血管。どくどくと流れる大動脈の果てに見る、觔斗雲《きんとうん》の世界一の鍵穴。それを抱くアカの底――だっけ？　詩人だね」

「…………」

「君が行動できた範囲は広くない。車も使わなかった」

「…………」

「虹の色の血管って、大阪市営地下鉄のことだろ？　七本走ってる線が、それぞれ別の色に塗り分けられているから」

「…………」

「大動脈は大阪の中心部を貫いて南北に延びる御堂筋《みどうすじ》線だろうな。圧倒的に大勢の乗客を運ぶ文字どおり市営地下鉄の大動脈だし、そのカラーは偶然にもまさしく真っ赤だ」

「…………」

「御堂筋線は南へ南へと延びた。だから大動脈の果てとは、南の終点である堺市の中《なか》百舌鳥《もず》だ。そこに世界一の鍵穴があるんだっけ」

「…………」

「あるとも。面積世界一の墳墓、大山《だいせん》古墳。またの名を仁徳《にんとく》天皇陵。前方後円墳だから、上空から見下ろしたら鍵穴に似た形をしている。觔斗雲（KINTOUN）をアナグラミングしたら仁徳（NINTOKU）になるから、間違いはない」

「…………」

「古墳の堀に捨てたんだろ？」

「……アカの底だ」

「アカね。アカとは、梵語《ぼんご》の閼伽《あか》。ラテン語のアクア。世界中で広く通用する言葉だ。つまり水だろ？　鍵穴を囲む水の底に凶器は沈んでるんだ」

「…………」

「…………」

「違うかい？」

「どうなんだ？」

「……違わない」

「君は一人じゃない。君の言葉は、ちゃんと私に通じたんだから」

「…………」

「人間、そう簡単に一人きりになれもしないのさ」

「邪歯羽尾ッ駆《ジャバウォク》にゃ気をつけるんだぞ、わが息子！　牙むき出して嚙みつくぞ、爪もむき出して襲いくるぞ！」
ルイス・キャロル『鏡の国のアリス』
（柳瀬《やなせ》尚紀《なおき》・訳）

1

日記がわりの手帳によると、一九九五年五月二十日のこと。

新発売のインスタント・スパゲティを試すべく、湯を沸かしているところに電話がかかってきた。私は迷うことなくコンロの火を消して出る。それがことの始まりだった。

「推理作家の有栖川有栖さんだね？」

こちらが出るのを待ちかまえていたように、男の声が問いかけてくる。普通ではないつっけんどんな口調に、私は警戒した。不愉快な電話だと、この後の仕事にも差し障りかねない。

「そうです。どちら様ですか？」

「俺の声聴いて、判らない？」

親しげというよりは、べったりと馴々《なれなれ》しい。私より若そうなのに。警戒しながらも少し立腹して「判りません、どちら様ですか？」と繰り返した。

「おや、ご機嫌が悪そうだね。もしかして、まだ寝ていたのかな？　小説家って、昼過ぎまでぐうぐう寝てるそうだから」

「とっくに起きて、昼飯のしたくをしてたところです。どなたか知りませんが、用事があるのなら手短にお願いします」

とっくに起きてというのには誇張があって、実のところ、まだベッドを出てから二十分しかたっていなかった。壁の時計をあらためて見ると十二時半だ。

「用事を訊かれても困るんだ。ご挨拶みたいなもんだからね。声だけで誰だか判ってもらえると期待していたのに、残念だよ」

　ふざけるな、と言いたいのをこらえた。何者なのか見当がついてからどうなっても遅くはない。

「誰だか判らない人に挨拶をしてもらっても無意味でしょう。悪戯なら切りますよ。それなりに忙しいので」

「食事時に電話したのがまずかったんだな。話も聞いてくれないや」

　標準語のようで、どこかイントネーションが違う。テレビの真似ごとで覚えた付け焼き刃の東京弁なのかもしれない。私には、こんなしゃべり方をする知り合いはいない。

「話を聞こうとしてるのに、そっちが言わんのやないか。聞こう。さぁ、どうぞ」

　わざと邪険に言った。

「ニュースに気をつけといてくれ。近いうちにどかんと大きなことをやらかすつもりだから」

「冗談か？」

「本気だけど、信用してくれなくてもいい。その時になったら判るだろう。あっと驚かせてやるよ。日本中を俺に注目させてやらぁ。見てやがれ」

からかうような調子は次第に引っ込み、ひどく苛立ってきているようだった。この感情の起伏の大きさは普通ではない。

「おい、何を言うてるのか判らん。小説の材料やったら間に合《お》うてるぞ」

そう応じながら、私はどんよりと重い緊張感を覚え始めていた。私自身に対する脅迫めいたことを口にするのかと身構えていたのだが、男はもっと大きな危険をばら撒《ま》く、と予告しているらしい。壊れもののように慎重に扱わなくてはならないと思うのだが、どんな言葉をかけ、どうあしらうべきか見当がつかない。推理小説を飯の種にし、しばしば犯罪学者の友人のアシスタントを務めているというのに、不甲斐ない。

犯罪学者の友人。

火村英生の顔を脳裏に描いた瞬間、はたと思い当たった。電話の声の主は、フィールドワークと称する火村の犯罪捜査の渦中で出会ったことのある相手ではないか？ 警察の人間ではない。ということは、何かの事件の関係者ということになる。

「火村にもそのことを知らせたのか？」

鎌をかけてみると、男は、へっ、と薄く嗤った。

「これからだよ。そうだ、ちょうどいいや。京都の何とか大学の……研究室っていうのか？ 火村先生の連絡先を教えてくれよ。土曜日も大学にいるんだろう？ あんたは相棒だからすぐ答えられるはずだ。番号案内にかける手間、省かせてもらおう」

私はダイヤルメモを見て、番号を読み上げてやった。男は「ありがとうよ」と芝居がかった言い回しで礼を言う。

「今は昼休みやから研究室にはおらんやろう。ちょっと間を措いてかけるんやな。困ってるんやったら、多分、相談にのってくれるぞ」

このおせっかいなひと言は、男の神経を針で突《つつ》くものだったらしい。突然、相手はびっくりするような大声を発した。

「ほっとけ、クソ馬鹿野郎！」

それでおしまいだった。

電話が切れていることを確かめてから、私は先回りすべくすぐさま火村にダイヤルしてみる。が、呼び出し音が虚しく続くだけだった。

2

私の許に妙な電話があってからおよそ二時間後。

図書館で調べものを終えた火村英生助教授が研究室に戻ってきた時、電話のベルが鳴っていた。彼は小脇に抱えていた資料を机の上に置き、受話器を取る。

「お待たせしました。火村です」

「やっと帰ってきたのか。何百回呼んだら出るのかと苛々したぜ」

いきなりぞんざいな言葉が飛んできた。ざらついた強い苛立ちの気配がはっきりと伝わって、火村は眉根を寄せる。相手は本当に何百回とベルを鳴らし続けていたのかもしれない。

「留守番電話ぐらいセットしておけよ。気が利かねぇな、まったく」

「どなたですか？」

「俺だよ」

跳ね返ってくるのは、尊大な答え。二十代か三十代の男らしい。聞き覚えがある声ではあったが、相手が誰なのかまだピンとこなかった。火村は空いた手でネクタイの結び目をゆるめる。

「失礼ですが、まだ判らないので名乗っていただけますか？」

「自分の名前が嫌いなんだよ。どいつもこいつもくだらない名前で俺を呼びやがって。言わせんなよ。俺だ、俺」

判った。苗字しか思い出せないが。

「山沖《やまおき》さんですか？」

「山沖さんですか、なーんてすかした訊き方するなよ。犯罪者で社会の敵のクソに、さん付けなんてする必要ないだろ。あの節は本当にお世話になりましたね、先生」

山沖一世《いっせい》だ。火村はそっと椅子に掛け、筆記用具を引き寄せてから受話器を左手に持ちかえる。が、思い直して電話機の録音スイッチをオンにした。

「君こそ先生なんて無理しなくていいじゃないか。俺の生徒でもないんだから」

くだけた口調に変えて話しかける。

「謙遜《けんそん》すんなって。かえっていやらしいぜ、犯罪社会学者で名探偵の先生様が。久しぶりだな」

大阪拘置所で接見した際の彼の様子が脳裏に甦る。その時は火村と目がまともに合うのを避け、口の中でぼそぼそと意味のないことを呟く合い間に、気弱そうに身の上話をしていた。いくら相手が見えない電話だからといって、こんな乱暴な口のきき方をするとは彼らしくない。

「わざわざ研究室まで電話をかけてくるなんて、どういう風の吹き回しなんだ？」

今さら恨み言をぶつけたり、あの事件の犯人は本当は自分ではないととぼけるためにかけてきたわけではないだろう。込み入った話らしい、と思いつつ、受話器を肩で挟んだ火村はキャメルをくわえて火を点ける。

「今、何をしてるんだ?」

一年半前までの彼は大阪のある大学の工学部に籍をおき、情報処理を学んでいた。そこの若い講師の帰宅を待ち伏せし、脇腹を刺すという事件を起こしたのだから、同じ学校に復学してはいないだろう。

「最低だよ」

吐き棄てるように言う。受話器から唾が飛んできそうだ。

「返事になってないな。どこからかけてるんだ?」

「さぁ、どこかな。今夜のねぐらも決めてねぇよ。昨日はナハだったけど。そうだ、明後日《あさって》はワッカナイの日だっけ」

そう言ってから、人を馬鹿にしたようにへらへらと嗤った。山沖の生家は確か熊本市内だったと記憶している。那覇《なは》や稚内《わっかない》など真面目な返事だとは思えない。

「あさってはワッカナイの日だ。十五年ぶりだぜ。パンドラともお目にかかれる」

意味が判らない。

「パンドラと何だって?」

「知るかよ」

何かを抗議するためにかけてきたから興奮しているのかと思っていたが、どうやらそうではなさそうだ。山沖一世は、明らかに精神のバランスを喪失している。事件を起こした時も神経症を患っており、それが精神鑑定で認められて無罪判決が下りたのだ。このありきたりの傷害事件に火村が関与したのは起訴の後で、事件を担当した大阪府警の担当捜査官から非公式な相談を受けたからだった。この時、彼は山沖語ともいうべき妄語を解説し、それが仁徳天皇陵の堀に棄てられた凶器の発見につながった。面会して話したところ詐病とは思えない、という犯罪社会学者の意見をどれだけ参考にしたのかは知れないが、検察も控訴は無駄であろうとみて、一審で結審している。

山沖の様子がまたおかしい。導火線に火のついた爆薬のように危険な匂いが、つんと火村の鼻を衝いた。録音テープがちゃんと回っていることを確認してから、助教授は問いかける。

「もったいぶらずに本題に入ってくれよ。用件は何だ？」

「やってやる」

火村は、ぷっと、唇で弾くように紫煙を吐いた。

「殺《や》る？　俺をか？」

「違う。あんたのことは嫌いでもないんだ。あんたのアシスタントもね。親切だ。訊けば、あんたの電話番号をちゃんと教えてくれた」

「殺しそこねた男をまた襲うつもりか?」

刺された講師は全治一ヵ月だった。それしきのダメージを与えただけでは不満だったとしても、襲うのならとうに黙って実行しているだろう。

「ちっ、でかいことをやるんだよ、俺は。あんなクソには、もう興味はない。だいいち、あの野郎はもう大阪にはいねぇらしいし」

「ということは、君は今、大阪なんだな?」

「それ、推理? はずれだよ。しかし、勘弁しろよな。そんなふうに人の言葉尻を捕まえて喜んでるから、三十も半ばにさしかかってんのに彼女の一人もいねぇんだ」

「ほっとけ。——君の彼女は元気か?」

雑談を誘ったのではなく、話を先に進めるために相手を刺激してみたのだ。案の定、山沖の声の切迫した調子が高まる。

「あの女はどっかに失《う》せたよ。あいつがややこしいことをしたから、こっちは半年も病院で医者の相手をさせられたっていうのに、薄情なもんだぜ」

そう、山沖は恋人を奪われるのではないかと恐れて、あわや殺人罪を犯すところだったのだ。そうには違いないが、彼女にその行為をありがたく感じろと要求するのは無理な相談だ。

「むかつくんだよ。何もかも。どいつもこいつもぶっ殺してやりたい。全部ぶち壊してやらあ。このままですますもんか」

「落ち着けよ。どうしてそんなにいきり立ってるのか話してくれないか」

「身の上相談のつもりでかけたんじゃない。ただ、俺が元気だってことを先生に伝えたかっただけさ。そのうちでかいことをして、雄姿を全国に披露するつもりだ。半端なことは考えてないぜ」

「脅かすなよ」

「本気だ。アシスタントには先に伝えてある」

「有栖川のことだな。彼にはもっと具体的なことを話したのか？」

「またな」

「待てって」

「あんたの時計、遅れてるぜ」

切れた。

3

そして、午後三時四十分。

仕事がろくに手がつかないでいた私に、火村からの電話がかかってきた。妙な電話がいっただろう、と尋ねると、彼は「ああ」と答える。そして、山沖一世という男を思い出させてくれた。火村とともに、私も彼と会ったことがあるのだ。

「大学の講師を刺した男やな。目玉が落ち着かんで、何か口の中でぶつぶつ呟きどおしやったのは覚えてるけど、あんな粗野なしゃべり方をしたか？」

「まるで変わってる。しかし、山沖なのは確かだ。途中で意味不明のことを言ってたし、精神のバランスがかなり崩れているのかもしれない。演技とは思えなかった」

「そう、事件を起こした当時も謎掛けみたいな意味不明のことをぶつぶつ言うてたな。それで俺が彼につけた仇名《あだな》が――」

「ジャバウォッキー」

私の愛読書『鏡の国のアリス』の中の詩に登場する森の怪物の名前だ。鋭い牙や爪を持っているらしいが、正体はよく判らない。その名前の由来にも諸説があるが、定説はなし。キャロル研究の第一人者である高橋康也《たかはしやすなり》氏によると、ジャバウォッキーは《言語から造られた怪獣》であり、《妄語を発する怪獣》であり、《言語の混乱》の象徴であると言う。韻律《いんりつ》と言葉遊びの面白さを楽しむべきそのナンセンス詩の怪物を、私は山沖という名前に強引にひっかけたのである。彼の譫言《うわごと》には時にとぼけたおかしみがあったり、難解な象徴詩のように不思議な酩酊《めいてい》感を誘ったりするものがあったから。独特の言語感覚の持ち主なのだ。

山沖が火村に伝えた意味不明なこととはどんなものなのか尋ねると、助教授は録音したものの要所を再生して聞かせてくれた。さすがはジャバウォッキー、妙なことを口走っているではないか。

「昨日は那覇にいてあさっては稚内っていうのはどういうことやろうな。飛行機で飛んだら半日でも移動するのは可能やけど、旅行にしてもまともやない」

「あさっては稚内に行く、と明言してるわけじゃない。彼は、『あさってはワッカナイの日』と言っただけなんだから」

「ワッカナイの日って何やろう。東京の都民の日みたいなもんがあるのか？」

札幌生まれの火村は「知らねぇよ」とあっさり言った。本で調べるか、電話で問い合わせれば確認できるだろう。

「他にもおかしなところがあったな。『パンドラと会える』とか」

「『十五年ぶり』だとさ。大した詩人だ」

「そのパンドラっていうのは、人間なんやろうか？」

「さぁ、怪しいな。疑いだせばナハとワッカナイが地名かどうかも怪しいもんだ。全く無意味な出鱈目《でたらめ》をしゃべったのでもなさそうなところが気になるんだけど」

同感だ。それはそうと——

「最後の『あんたの時計、遅れてるぜ』とかいうのは何なんや？」

「思わず自分の腕時計を見ちまったよ。狂ってなんかいなかった。新手の捨て台詞《ぜりふ》なのかもしれない」

テレビドラマか映画で評判になっていないかと訊かれたが、聞いたことがない。

「お前のところに先に電話がいっただろ。彼はどんなことを言ったんだ？」

どんなことも何も。私は覚えているだけの内容を再現して聞かせた。近いうちに大きなことをして日本中を驚かせてやる、という曖昧で誇大妄想的な宣言を。

「それだけか？」

火村はきつい調子で言う。

「そうや。首相官邸を爆破するとか、要人を暗殺するとかいう言い方はせえへんかった。ごく漠然とした表現ばっかりで、いかにもはったり臭かったけどな」

「憂《う》さ晴らしの悪戯電話のようでもあるんだけど、安心できないな。どこかに向かって暴力を行使したいという衝動に駆られているのかもしれない。それを事前に止めて欲しがって、お前や俺に電話をかけてきたとも考えられる」

そうかもしれない。つまり、脅迫ではなくSOSというわけだ。だとすれば、彼は私たちを頼っているのであり、こちらにはそれに応える責任がある。

「結審した後、彼は入院して病院の治療を受けてたんやろう？」

「今年の二月に一度、面会に行って、一時間ほど話したことがある。その後のことは知らない」

面会時の印象では、順調に快方に向かっているようだったという。ということは、その後で退院したものの、環境への適応に失敗するかどうかして、精神状態が不安定になっているのかもしれない。

「とにかく、船曳《ふなびき》さんに連絡をとってみる。山沖の近況について、何か知ってるかもしれないから」

船曳さんとは、私たちが昵懇《じっこん》にしている大阪府警捜査一課の警部で、山沖を逮捕した担当捜査官でもあった。彼の近況について、私たち以上のことを知っているかもしれない。

「また電話してくれ」

私はそう頼んで、通話を終えた。

何か重大な危機が迫りくるのを実感したわけではないが、どうにも落ち着かない。仕事をやりかけたものの、少しも筆は進まず、もしかしたら、また山沖から電話が入るのではないか、と期待めいたものを抱く自分がおかしかった。

ワッカナイの日という言葉が気になる。事態が進展するのを座って待つのがもどかしく、稚内観光協会の番号を調べて電話してみた。そんな名称で呼ばれている日はなく、明後日も近日中にも特別な行事の予定もない、との回答だった。

ＷＡＫＫＡＮＡＩ

手近にあったメモ用紙にローマ字で綴り、文字を入れ換えたら別の言葉にならないものかと試したりもする。山沖が逮捕される直前に泊まったビジネスホテルで使った偽名を思い出したからだ。その偽名とは、青木《あおき》五月《さつき》。ＹＡＭＡＯＫＩを綴り換えてＭＡＹとＡＯＫＩに分割し、さらにＭＡＹを五月に翻訳するという操作で作られた名前である。ジャバウォッキーは言葉をこねくり回すのが好きなのだ。しかし、ワッカナイについては、また違った趣向を凝らしているらしく、有意な言葉に変換できない。

ワッカナイノヒとしても駄目だ。

では、ナハだのパンドラというのはどうなのだろう？　NAHA。PANDORA。――ピンとくるものが浮かばない。

十五年ぶりだぜ、というフレーズも謎めいている。ワッカナイに行けばパンドラと十五年ぶりに会えるということか？　山沖の正確な年齢は記憶していないが、二十二、三歳だろう。十五年前というと、彼が七つか八つの時ということになる。その頃、彼が経験したことが、あさってに再現されるということなのかもしれない。

ヒントでもないものか、と朝刊を開いて目を通したが、なかなかそれらしきものが見当たらない。それは彼だけに関する個人的なことなのかもしれない。夕刊はまだ早いかな、とドアポケットを見てみたら届いていた。それをテーブルの上でバサリと開いたところで電話が鳴る。

「山沖がまたトラブルを起こしたらしい」

火村の声が前置きもなく告げた。

4

「トラブルって、どんな？」

「彼は昨日の宵《よい》の口に、十三《じゅうそう》で酔っぱらいを刺した。ご丁寧に免許証の入ったカード入れを現場に落として逃げたので、すぐに手配されたそうだ」

酒場で肘が当たったのどうのというつまらないことから中年のサラリーマンと口論になり、向こうが先に手を出したので逆上してやってしまったという。不幸中の幸いにして、相手の怪我の程度は軽かった。しかし、加害者の山沖自身が精神のバランスを大きく崩してしまったらしい。

「山沖は逃走中なんやな？」

「そう。すぐ近所のワンルームマンションには金を取りに帰ったらしい形跡があった。パソコンは五台持ってたそうだけど、かくまってくれる友人は一人もいそうにない。大阪府警の依頼を受けて、熊本県警の刑事が今朝早くに生家の様子を窺いにいったところ、朝九時前に付近で彼らしい男を見たという目撃証言があったそうだ。結局、生家に現われなかったところをみると、警察の手が伸びることを察知したんだろう」

「ということは、俺やお前のところにかかってきた電話は、九州からのものやったわけか」

「さぁな。今朝の九時前に熊本にいたらしい、というだけだから、午後はどこにいたのか判らないだろう。時刻表によると12時40分熊本空港発14時5分ソウル着って便もある」

熊本空港から私に、ソウル空港から火村に電話をかけたとでもいうのか？　まさか。

「彼を捕まえたい」火村はきっぱりと言う。「出頭させたい、というだけじゃないぜ。保護したい。危なっかしくて心配だ。自傷のおそれもある。それを彼自身も無意識のうちにか感じていて、電話を寄こしたんだろう」

逮捕されたくはないが、自分を守ってもらいたい。そんな葛藤《かっとう》に引き裂かれているがために、簡単に意味がつかめない電話になったということか。厄介なことだ。

「せやけど、あんな出鱈目な電話では——」

「出鱈目じゃないさ。彼は昨日、ナハにいたと自分から話したじゃないか」

「それのどこが出鱈目やないんや？　大阪で酔っぱらいを刺して熊本に逃げたんやろ

う。沖縄に寄る余裕があったはずがない」

「やれやれ。推理作家のくせに、宵の口に大阪にいた奴が今朝の九時前に熊本にいたっていうことの意味が判ってねぇな、アリス？」

え、と私は考え込む。

「クイズ番組じゃないから答えを言うぜ。山沖が夜のうちに大阪から熊本に移動する手段はごく限られていた。運転免許を紛失したことに気づいたせいだかどうか知らないが、彼は寝台列車を使ったんだ。車中で泊まったんだよ」

大阪から鹿児島線経由で熊本方面に向かう寝台特急は二つある。鉄道ミステリを書くこともある私は、その名称ぐらいは知っていた。一つは東京発西鹿児島行きの『はやぶさ』。もう一つは新大阪発で同じく西鹿児島行きの——

「『なは』に乗ったんやな？」

椰子《やし》の葉をトレインマークにしたその列車は、一九七二年に沖縄が日本に復帰したことを記念して『なは』と命名されたのだという。知名度はあまり高くなく、地味な列車だ。以前、東京からきた編集者が大阪駅に停車中のこの列車を見た時の反応がおかしかった。彼は「げっ、いつの間に沖縄まで海底トンネルがつながったんですか？」とのけぞってみせたのだ。

『なは』は大阪駅を20時33分に出て、翌朝の7時9分に熊本に着く。傷害事件は昨日の八時前だったらしいから、時間的にも符合する。昨日の夜はナハにいた、というのは出鱈目じゃなかったんだ。今度彼から電話が入ったら、判じ物を解読していることを伝えてやらなくっちゃな」

「ワッカナイとかパンドラっていうのも解読できたんか？」

「いや、そっちはまだだ」

まだだ、と堂々と答えやがる。気鋭の犯罪学者も無理やりクイズの回答者席に座らされて、難儀しているのだろう。

「俺も何か思いついたら連絡するわ。さっき稚内の観光協会に問い合わせたら、ワッカナイの日……という、の、は……」

私が口ごもってしまったのは、テーブルの上に広がった朝日新聞のある見出しが目に飛び込んできたからだった。火村からの電話がかかってきたので、まだチェックしていなかったページだ。

わっ、輪がない土星
5・22未明　東の空

15年ぶりの天文現象

輪がない土星。輪っかがない土星。ワッカナイ。

どうかしたのか、と訊く助教授を制して、私はその記事を読む。


土星の輪が十五年ぶりに消える現象が、二十二日に起きる。天文ファンには今年最大の話題。消えるのは見かけだけで、輪が地球に対して真横になるためだ。――


「ワッカナイの日の意味が判ったぞ」

私は新聞記事を電話口でそのまま読み上げた。口笛でも返ってくるかと思いきや、火村は沈黙したままでいる。やがて――

「ふざけやがって。そんなものはあいつの行動に関係ないじゃねぇかよ」

「毒づくなよ」

「じゃ、パンドラっていうのは何なのかついでに教えてくれ」

そう言われても困るのだが……

「手許の百科事典か図鑑で『土星』という項目を調べてみてくれ。多分、出てくる」

命じられた私は保留ボタンを押して、書斎に走った。一巻ものの分厚い図鑑でしかるべき項目を引くと、答えはすぐに見つかった。必要もないだろうが、図鑑を提げて電話に戻る。

「あったぞ。パンドラは土星の衛星の一つや」

「そいつはふだん輪の陰に隠れてるんだろう。そして、十五年ごとに、輪の向きが地球から見て水平になる時だけ観測可能になるわけだ」

「あいつのおかげで賢くなったな」

「馬鹿のままでもいいのにょ、俺は」

相当かりかりきているようだ。私は少しなだめてやることにする。

「次に電話があったら、それも解読できた、と言うてやったらええやないか。ジャバウォッキーの孤独もやわらぐかもな」

「大人をからかうのをやめて、早く出てこいって言ってやるよ」

山沖と私たちとは十歳ほどしか違わないのだが。

会話が途切れたところに、キャッチホンの音が割り込んできた。

「誰かがかけてきた」

「出ろ。山沖なら相手をして色々と聞き出すんだ。俺は一旦切る」

判った、と答えてフックを押した。

ジャバウォッキーが「こんちは」と言った。

5

「火村先生にかけたら話し中だった。本当に気が利かないったらありゃしないよ。今の時代に留守電もキャッチホンも使ってないんだから、原始人だね」

不満げではあったが、本気で怒っているようでもない。私は受話器を握り直す。

「山沖さんですね。どこからかけているんですか？」

そう尋ねながら、彼の声の背後から洩れ聞こえてくる音に耳を澄ませた。何か大きな機械が高速で回転しているような雑音がしているのだ。耳に覚えがある音だ。

「どこだろうね。当ててみなよ」

大人をからかうんじゃない、と私は胸の裡《うち》で叫んだ。

「携帯電話を使ってるんでしょ？」

「便利なもんだよな。子供の頃、二番目に欲しかったのがトランシーバーだった。その夢がかなったみたいな気分さ。——ところで、俺はどこにいるんだろう？」

「さぁ、難しいですね。熊本からなら飛行機でソウルもすぐやし。今夜の『なは』で帰ってくるんですか？　明後日の明け方の土星観測に備えて」

「何を言ってんのかちっとも判らないねぇ、有栖川センセ」

その口調には動揺の色もなければ、喜びの気配もなかった。平静を装っているのかもしれない。

「メッセージをちゃんと解読したんやから、褒めてくれてもよさそうなものやけどな」

「メッセージなんかありゃしない。俺はただ――」

ふっと通話が途切れた。切れてしまったようなので、ひとまず私も切る。そして大急ぎで書斎へ携帯電話を取りに走り、それで火村にダイヤルする。

「山沖からやったけど、途中で切れた」そのやりとりを大急ぎで伝えてから「またすぐにかかってくるやろうから、このまま聴いててくれるか」

「判った。拡声にしておいてくれ。録音もしろ」

「了解」

そのままじっと待機したのだが、五分たってもかかってこない。何かを言いかけたところで中断したはずなのに。

「アリス」

左手に持った携帯電話から火村の声が洩れた。

「山沖は『子供の頃、二番目に欲しかったのがトランシーバーだった』とかほざいてたな。じゃ、一番欲しかったのは何なんだ？」

「その質問は時間つぶしか？」

「もちろん違う。どこにどんな意味を詰め込んでるか判らない野郎だから考えてるんだ。まぁ、あそこでトランシーバーにつながる携帯電話という言葉を出したのはお前だけれども」

「ふーん、あれこれ考えるねぇ。俺もトランシーバーを持ってるおぼっちゃまが羨ましいと思った時期があったけれどな。火村先生が一番欲しかったものは何なんや？」

「天体望遠鏡だ」

思わず頬のあたりがゆるんだ。柄にもなく可愛いことをぬかすではないか。

「山沖も俺と同じだったのかもしれない」

「ひねくれ者同士で趣味が一致するというわけか？」

からかっているのに、火村の口調はいたって真面目だ。

「土星の輪があさって消えるという情報はテレビか雑誌で読んだんだとしても、パンドラなんて名前がぽろっと出るのは興味の持ちようが普通じゃないんだろう。『天文ファンには今年最大の話題』だからな」

当たっているのかもしれないが、それだけのことだ。白けた気分になりかかったところで、ジャバウォッキーからの三回目の電話がかかってきた。すかさず録音と拡声のスイッチを入れる。

「天文ファンの山沖さん、待ちくたびれましたよ」

そう話しかけると、相手はふんと鼻を鳴らした。さっきと同じ音が聞こえている。ひょっとするとこの音は……

「電車の中からかけてるんですか？」

山沖は素直に答えず、「どうだか」とうそぶく。

「そうか、トンネルに入ったから電話が切れたんやな。正解の時はそうやと言うてもらいたい」

「いい気になるなよ、小説家」

「凄《すご》むことはないでしょう」

「いい気になるなって言ってんだ。何もかも判るんなら、俺を止めてみろ。できねぇくせに、恰好ばっかつけるな、クソが。火村の電話はつながんねぇしよぉ！」

また興奮しだした。この会話が聞こえているはずの火村から助言はないか、と左手の携帯電話を耳に近づけるが、彼はうんともすんとも言わない。

「お前の時計は遅れてる」

ジャバウォッキーは絞り出すように言った。聞いたことのある台詞だ。

「火村の時計も遅れてるそうやな。で、君の時計は正確なのか？」

「俺のはちょっと進んでる」

わずかに間があって、彼は弾けるような口調に変わった。

「でも、だんだん遅れていってるんだ。もうすぐ進んでると遅れてるのサカイになる。もうすぐ。サカイで一瞬だけぴたりと正確になる」

どういう反応をしたらいいのか戸惑う。

「正確な時間にどんどん近づいていく。まだ進んでるけど……もうサカイだ。今、合った！　そら、今度は遅れだしたぞ」

と、左の耳に火村の声が飛び込んできた。

「アリス、よく聴けよ」

右の耳からはジャバウォッキーの声。

「俺の時計ももう遅れちまったよ。あんたと同じだ。少しずつ少ーしずつ遅れていく」
　左右の声は同時にまくしたて始める。
「俺に電話するよう山沖に言え。必ずかけさせろ。それで、お前は携帯電話を持って
すぐに新大阪駅に向かえ。大至急だ。今すぐにやれ」
「あんたたちの相手をするのも厭《あ》きてきたよ。バイバイするかな。後はニュースに気
をつけといてくれ。何かすかっとするようなことをやらかすから」
「二十分で新大阪に行け。後で携帯に電話を入れて説明する。無理だとか言わずにす
ぐ飛んで出ろ！」
「あばよ。もう誰にも俺の邪魔はさせない。どいつもこいつもざまぁ見ろだ！」
　私は「待て」とジャバウォッキーを止めた。
「火村に電話しろ。今度はきっとつながる。保証するから、あいつに電話しろ。絶対
にかけろよ」
　そうどなって切った。そして、火村に「すぐ行く」と答え、携帯の通話スイッチも
オフにして、上着も着ずに部屋を飛んで出る。夕陽丘のわがマンションから新大阪ま
で二十分で行けというのは、常識的には無理な指令だったが、やってみるしかない。
私は地下の駐車場に駈け下りて、ブルーバードをロケットスタートさせた。

わけが判らないまま谷町《たにまち》筋を北に向かう。行く手の信号は私の車が近づくと、気味が悪いほどいいタイミングで次々に青に変わっていく。年に一度のグッドラックに恵まれたらしい。梅田《うめだ》新道《しんみち》までで十分しかかかっていない。

傍らに置いていた電話が鳴った。幸いなことに信号で停車中だったので、さほど慌てることなく出ることができた。運転中に電話をするなど蛮行だと思っているが、非常事態なのだからやむを得ない。

「新大阪に向かってる。間に合うか微妙なところや。——ジャバウォッキーはかけてきたか？」

「きたよ。——五時四十七分までに新幹線二十番ホームに上がってくれ」

信号が青に変わった。アクセルを踏み込んでから、私は溜め息をつく。

「駅に着くだけでぎりぎりや。着いてからホームに上がるだけで五分かそこらはかかるぞ」

「やってやれないことはないさ。入場券なんか買わずに千円札でも投げて改札を通れ」

やってやれないことはないだと？　簡単に言ってくれる。

「五時四十七分着の電車に山沖が乗ってるのか？」

返事はイエスだった。

「どうして判るんや？」

「進んでた時計がどんどん正確になっていって、サカイをすぎたとたんに遅れだしたとか言ってただろう。あれでピンときた。彼は自分の居場所を暗示してたんだ」

「そのサカイっていうのが判らん」

危ない、とひやひやしながら二台まとめて追い抜く。左手を梅田の高層ビル群が過ぎていく。

「屁理屈をこねれば、時計がぴたりと正確な場所というのは限られている。ある特定の子午線の上でだけ時計は正しい時間を刻める、ということだ。日本の標準時間は東経一三五度の線上だろ。その線をまたいで建っている有名なものがあったっけな」

小学生でも知っている。天文ファンでなくても。

「そう、明石《あかし》市立天文科学館だ。俺の時計が仮に一時を指していたとして、それが完璧に正確だ、と言い切れるのは、明石市立天文科学館のように東経一三五度線上に立っている時だけなのさ。それより東にいたなら、事実より遅い時刻を指していることになり、西に立っていたら早い時刻を指していることになる」

ひどい与太だが、ジャバウォッキーがこね回しそうな理屈ではある。

「あいつは電車に乗ったまま明石を通過したわけか?」

「そう。熊本から逃げて帰ってきているのなら、方向も合う。サカイっていうのは、アカシの綴り換えのつもりかもな」

SAKAI—AKASI、か。

「奴はわざわざ明石にさしかかったところで電話をかけてきたんだろう。その前の土星の輪だの衛星の話もアドリブじゃないかもな。土星ってのは、時の神のクロノスが司《つかさど》る星だ」

そんなことは後で聞けばいい。

「けれど、それだけでは乗ってる列車まで特定できへんやろう。彼に訊いたのか?」

「いいや。明石で停車する音もアナウンスもなかっただろ。そんなことは在来線ではあり得ない。ということは、奴が乗っているのは『ひかり』か『のぞみ』だと推察できる。時刻表で調べたら、時間的に該当する列車があった。博多発新大阪行きの『ひかり182号』だ。こいつは新神戸には停車するけど、西明石は通過だ。彼はどの駅からかこれに乗ったんだ」

私は少しばかり安心材料を見出した。

「新大阪が終点やとしたら、多少の遅刻は許されるな」

「チャンスは一度しかないかもしれない。奴が電車から降りてきたところを捕まえるんだ。こいつは『シャトルひかり』とかで、六両しか連結していない。奴には『新大阪から動くな』と言った。『知ったことか』と罵って切りやがったけれどな」

「判った。――もう俺が聞いておくべきことはないな？　ぶっ飛ばすから」

「ない。頼むぞ」

電話を助手席に投げ、後は運転に集中した。ジャバウォッキーを乗せた列車はもう新神戸《しんこうべ》を出て、長大な六甲《ろっこう》トンネルを通っている頃だろう。こちらは梅田を過ぎて淀《よど》川《がわ》にさしかかる手前だ。新大阪駅はすぐそこまできてはいた。勝負は車を降りてから。私の脚力にかかっているのかもしれない。

ほどなく、まるで個性のない新大阪駅が見えてきた、後でどんな非難を浴びることもいとわない覚悟を決めた私は、二階に通じるスロープを上り、タクシー乗場を通り過ぎてから車を停めた。そして、誰かの声が背中に飛んでくるよりも早く駅に突入し、人の流れを乱しながら左手に回って新幹線中央入口を目指す。時計の針が四十六分なのをちらりと見て、改札口を抜ける際には火村の提案を採用してしまった。「あなた！」という改札係の叫びを振り切る。二十番ホームへは人がいっぱいのエスカレーターに乗っては遅くなると判断し、瀕死《ひんし》の驢《ろ》馬《ば》のようにぜいぜい息を切らしつつ、階段を駈け上がった。

『ひかり182号』はもう停車し、ドアを開いていた。私はどっと吹き出してきた汗も拭わず、いっせいに吐き出されてくる乗客の中に山沖の姿を捜す。東寄りの別の階段から降りていかれては大変だ、ときょろきょろ目を配っているうちに、見覚えのある顔を発見した。一年半ぶりでもすぐに判った。

薄い眉、細い目、尖った頬骨、不精髭《ぶしょうひげ》。憔悴《しょうすい》しているようで顔色はよくない。左の目尻の痣《あざ》は酔漢にパンチをくらってできたものだろう。

シャツの裾をだらりと垂らし、ジーンズにブーツといういでたちの彼も私に気づいたらしく、ぴたりと足を止める。左手にはキヨスクででも買ったらしいショッピングバッグ、右手には携帯電話を提げている。ややかすれた物憂い声で、彼から話しかけてきた。

「そんなに汗かいちゃって。年長者を走らせて恐縮だね。お巡りをけしかければよかったろうによ」

「そんな気は端《はな》からなかった」

そう応えると、彼は天を仰ぐようにして、ふぅと溜め息をついた。そして、電話のリダイヤルボタンを押す。

火村に報告をするつもりらしい、不貞腐《ふてくさ》れているでもなく、さばさばした表情になって私と視線を合わせた彼は、そのまま電話に向かって言った。

「どうしてだか、捕まっちまったよ、先生。ワッカナイの日にあわせて、日本中が俺の創った言葉を話すようにしてやりたかったのに」

左手でジャケットの胸のポケットをまさぐり、何か取り出す。一枚のＭＯ（光磁気ディスク）だった。私は、はっとした。

ジャバウォッキーをみくびっていたのかもしれない。彼はコンピュータ・ネット上に伝染性の害毒を流し、日本中に大騒動を起こす能力を持っていたのだ。私に向かって差し出されたこのＭＯこそ、災いがぎっしりと詰まった――

「パンドラの匣《はこ》さ」

猫と雨と助教授と

Masterpiece Selection
Great detective Hideo Himura

火村の下宿の婆ちゃん——篠宮時絵《しのみやときえ》さん——から電話がかかってきた。取材旅行先の高知から送った芋羊羹《いもようかん》のお礼だという。「おおきに」の後ろで、けたたましい猫の鳴き声がしていた。喧嘩《けんか》して走り回っているらしい。

「にぎやかですね」

「へぇ、ほんまにやかましいことで」と言う婆ちゃんの目は、糸のように細くなっているのだろう。

「三匹目の牝猫《めすねこ》がやんちゃで困ってます。野良《のら》が永かったさかい、気がきつうて」

はて。婆ちゃんのところの猫は瓜太郎《うりたろう》(仔猫《こねこ》の時、茶トラの柄《がら》が猪《いのしし》の子供の瓜坊《うりぼう》を連想させる、ということで命名された)と小次郎《こじろう》(瓜太郎の弟分。柄は頭や背中や尻尾が黒で、顎からおなかにかけてが白)の牡猫《おすねこ》二匹だったはずだが。

「いいええな。先月初めの雨の日に、火村さんが拾《ひろ》うてきはったんですよ。道端でミャーミャー鳴いてたんで、ほだされてしもたんでっしゃろ。『婆ちゃん。猫、もう一匹増えてもいいかな』やなんて、真剣な顔で切り出したんで、笑《わろ》うてしまいましたがな」

そんなふうに言われては、日夜、殺人犯との死闘を続けている「臨床犯罪学者」火村英生助教授もかたなしである。私はつい、にやにやしてしまった。濃密な人間関係を疎《うと》ましがり、三十四歳になっても女気のない男——それは私もご同様か——のくせに、彼は猫にはからっきし弱いのである。私も猫は好きな方だが、彼には負ける。

火村の部屋を訪ねた際、その細《こま》やかな心遣いがよく判った。深い理解に基づいて、彼は二匹の猫への接し方を変えているのだ。

たとえば、私としゃべっている間も、瓜太郎がそばを行ったり来たりしだしたら、「もう腹へったのか、ウリ。食い過ぎるとまた太るぞ」だの「お前、爪が抜けてたな。絨毯《じゅうたん》にひっかけたんだろう」だの、話しかけてやるのが常だ。瓜太郎は、話しかけられるのがうれしいのだそうで、なるほど、そうされると「彼」はなでられでもしたかのように、盛大にグルグルと喉を鳴らし、足踏みまでしてみせた。

小次郎が寄ってきた時は、すぐにひょいと抱き上げてやる。こちらはスキンシップが大切らしい。それも、ただ抱いてやればすむのではなく、見上げてくる「彼」の視線を受けとめて、ちゃんと見返してやらなくてはならないのだという。それを怠《おこた》ると寝付きまで悪くなり、そうなってしまってからでは、いくらかまってやっても手遅れなのだとか。

「そこまで繊細な対応が人間に対してできたらよかったな。俺以外の友だちもできたやろうし、学生時代からの下宿を引き払《はろ》うて、どこかで惚《ほ》れた女性と新生活を始めるのも夢やないのに」

からかう私の鼻先に、キャメルの煙が吹きかけられた。

「ひどい誹謗《ひぼう》だな。俺は人間への愛に満ちてるじゃねぇか。友人だって、片手を上げて合図したらトラック一台分ぐらい集まるぜ」

「女は？」

「そりゃあ……トラックじゃ無理だ。貨物列車が必要だな」

「貨物列車いっぱいの牝猫か？」

火村は大声で瓜太郎に言う。

「おい、聞いたか、ウリ。このおじさんは小説家らしいけど、人間を観る目がまるでねぇよな」

そこで瓜太郎が人を小馬鹿にしたような大欠伸をしたので、私はけらけらと笑ってやったものだ。

「で、今度の猫、もう名前はついたんですか？」

婆ちゃんに尋ねる。もちろん、決まっていた。

「ウリちゃんとコオちゃんは火村さんがつけはったけど、今度は私がつけてやったんえ。桃《もも》ちゃんいうんよ。三月三日の桃の節句にきた子やさかいに。火村さん、明日まで調べもので東京に行ってはるけど、この子のこと、気にしてるかもしれへんわ」

フンギャーというすごい声。

「今のが……桃ちゃんですか？」

「そうそう。元気でしょう。また見に寄ってね、有栖川さん」

スキー用のごつい手袋をしていった方が無難かもしれない。私は「近いうちに」と応えておいた。親バカならぬ飼い主バカ。家主《やぬし》も店子《たなこ》も、どっちもどっちである。

受話器を置いてから、婆ちゃんの話を思い返す。何といっても傑作なのは「婆ちゃん。猫、もう一匹増えてもいいかな」だ。濡れた野良猫を抱いた火村の姿を想像してしまう。

そういえば、瓜太郎は婆ちゃんが拾った猫だったが、小次郎は火村がこれまた雨の夜に拾ってきた猫だと聞いたことがある。甘い男ではないか。

時計を見ると、十時前だった。はたして今宵《こよい》、婆ちゃんは安眠することができるのだろうか？　ちょっと心配だ。

机に向かい、仕事に戻ることにした。このところ波に乗っているので、軽《かろ》やかにキーを叩く。五枚ほど書いたところで顔を上げたら、窓ガラスを雨のしずくが伝っていた。

おもわず耳を澄《す》ませる。猫の声がしたような気がしたのだが、どうやら錯覚らしい。

窓に映った自分の顔を、しばし見つめた。

いつだったか、雨の中を歩いていた時、火村が不意に立ち止まったことがある。

「どうかしたんか?」

私の問いに、少し間を置いてから助教授は「いいや」と答えて歩きだした。

「変な奴やな」

その時、火村は何も言わなかったが――

猫の声を聞いた気がしたのかもしれない。

スイス時計の謎

Masterpiece Selection
Great detective Hideo Himura

1

男はベッドで煙草を吸った。

よせばいいのに、と女は思う。

——危ないじゃないの。ぽろりと落ちた火がシーツに燃え移って、みるみる広がったらどうするの。

しかし、注意をするのは憚《はばか》られる。うるさい女だ、と思われたくなかった。非常識な男ではないが、異様に自尊心が強いことはよく承知している。こんなにプライドが高い男は初めてだった。

「来月の末にまた上海《シャンハイ》か。今度こそまとめてこないとな。あの陳《チエン》って狸《たぬき》親父の顔は見飽きてきた」

こんな時に仕事の話。それも独り言。淋しく思っていると——

「一度、君も一緒に行くか？　いや、来月の上海はどたばたするから、別の機会。九月の半ばに香港《ホンコン》に行く予定がある」

「私も行っていいんですか？」

声のトーンが上がった。上体を起こした弾みにシーツが滑り落ちたので、慌《あわ》てて首までたくし上げる。

「うん。一日ぐらい余分に泊まって、うまいものでも食べよう。それぐらいの息抜きはあっていい。それに、君、九月の中頃が誕生日だろ？」

「九月十四日です」

「いくつになるんだった？」

「二十八です」

「だったら、誕生日にはクルーズ・ディナーだな」

うれしかった。「ありがとうございます、社長」という言葉が口をつく。

「仕事を離れたら社長はやめようって言ったじゃないか。その癖は直してくれよ、和《わ》歌奈《かな》さん」

「はい……村越《むらこし》さん」

男はにっこり微笑《ほほえ》んで煙草を消し、バスローブをまとった。カーテンの隙間から差し込む月明かりが、彫りの深い横顔を照らしている。朝よりもずっと濃くなった髭《ひげ》を眺めて、彼女はうっとりとした。

「これからもよろしく頼むよ」

それは仕事のことを指しているようにも、プライベートな付き合いのことを言っているようにも聞こえた。彼女の心には、わずかに満たされないものが残る。よろしく頼むというのは言葉に求愛の響きがなく、これからも時々ベッドをともにしよう、という軽い意味しか込められていないように聞こえたからだ。だが、それを嘆くのは贅《ぜい》沢《たく》かもしれない。この関係が今夜かぎりのものでない、と彼は言っているのだから。

「ところで、土曜日は出てくるんだってね。無理しなくてもいいんだよ」

また仕事の話になった。情事の後の甘い雰囲気というものを、この男は大切にしてくれない。

「いいえ、無理はしていません。金曜日はお休みをいただきますし、パソコンがクラッシュして遅れた分を早く取り戻しておきたいので」

「まったくコンピュータっていうのは、便利なのか不便なのか判らないな。おかしな道具だ。あんなものがなかった時代だって、人間は平気で暮らしていたんだから。――君の思うようにしたらいいけれど、がんばりすぎないようにね。週末、こっちはのんびり遊ぶつもりだから」

高校の同窓会があると聞いていた。

「クラス会じゃないよ。高校時代に男六人で社会思想研究会という出鱈目《でたらめ》なクラブを作っててね。その仲間で定期的に集まることにしているんだ。どんなことを研究するサークルかって？　何もしない。ただ優等生六人で排他的なサークルを作ってみただけさ。読んだ本の感想を語り合い、社会の不条理を憂《うれ》えたかと思うと、受験情報を交換したり、女の子の噂《うわさ》話をしたりしてね。名目だけの顧問に担いだ先生から『文化祭で何かやるのか？』と尋ねられて、『目下、僕らが考察している〈安藤昌益《あんどうしょうえき》の思想に見るラディカリズム〉や〈構造主義的宇宙論〉なんて、みんな理解してくれないでしょう』と煙《けむ》に巻いたもんだ。——はは、どうしようもなく嫌味な奴らだろ？」

曖昧《あいまい》に笑っておいた。勉強が得意で生意気な男の子たちがつるんで、傲慢《ごうまん》さを誇示していたのだろう。

「今でも定期的に集まるだなんて、仲がいいんですね」

男がゆっくり顎《あご》を撫《な》でると、髭が擦《こす》れて官能的な音がした。

「どうやら一生続く付き合いらしい。べたべたと仲がいいだけでもないんだけれど」

彼のようなタイプの男たちが角を突き合わせれば、水面下で摩《ま》擦《さつ》も生じるだろう。

男という生き物についてまだ判らないことも多いが、とにかく闘争心や支配欲があらゆる行動の源泉になっているらしい。女の世界も息苦しいが、男のそれよりは幾分ましなのかもしれない。

「でも、学生時代からの友だちって、やっぱりいいもんだと思います。私にも二人ほど高校からの友だちがいて、今でも悩みの相談で電話を掛け合ったりします」

「それは純粋でいいじゃないか。女の友情ってもんだ。僕の場合は、いたって不純な相談にのってもらっているけれどね」

男は唇《くちびる》を歪《ゆが》め、笑った。誰かを嘲笑《あざわら》うような、勝ち誇ったような笑みだ。男の知らない残忍な一面を目撃した気がした。見ない方がよかった。

「もう一回シャワーを浴びてこようかな。何か飲むんだったら勝手にやってて」

そう言って男はベッドから出ていった。鼻歌を歌い、両肩を揺すりながらバスルームに向かう。

女は裸のままベッドを下りて、窓辺に立った。細く開いたカーテンの隙間から下界を見ると、夜も更けてさすがの大都会の明かりもところどころで疎《まば》らになっていた。遠くに見えるホテルの窓辺にも、自分と同じような女が佇《たたず》んでいるように思える。

シャワーの水音を聞きながら、彼の傲慢さは弱さの裏返しなのではないか、と考える。男はひどく焦《あせ》っているようだ。おそらく仲間たちとの出世競争で遅れだしているのだろう。彼女の直感はそう告げていた。

――私、あの人を変えられるかしら。

自信はなかったが挑戦してみたかった。その気持ちは、やがて決意になる。

――あの人を、私がもっと自由にしてあげるのよ。

地上の星屑《ほしくず》にそう誓った時、バスルームから悲鳴が聞こえた。

2

奇妙な夢から覚めた私は、すぐに枕許《まくらもと》の時計を見た。午前十一時五十七分。いつもより早くもなければ遅くもない。明け方六時前にベッドに入ったので、正味六時間ほど眠ったわけか。こういう生活をしているうちに少しずつ睡眠時間が不足していって、ある日、起きたら午後二時近くになる、というのが私の日常のリズムだった。

顔を洗いながら、あまり腹がすいていないので昼食はパンですまそうか、トーストでは味気ないので喫茶店風のミックスサンドでも作ろうかな、などと考える。ちょうど材料が揃《そろ》っているはずだ。

ハムと胡瓜《きゅうり》を切り、卵を焼く。手は忙しく動いていたが、頭はまだ完全に覚醒《かくせい》していなかった。どうしてあんな夢を見たのだろう、と思案する。そのきっかけになるようなことが最近あったわけでもないのに。こういう時、独り暮らしというのは話す相手がいなくてつまらない。いや、あれは他人に話して聞かせるような夢ではないか。

眠りの名残《なごり》を頭から振り払い、仕事の段取りを考える。急ぐ原稿はなかったが、書き下ろし長編の構想をそろそろまとめなくてはならない。ところが、いいアイディアがさっぱり降りてきてくれないのだ。しょぼくれた思いつきや、これまで書いたトリックの改良案めいたものしか浮かばず、何となく気分が重い。バイオリズムは明らかに下降線を描いていた。この仕事を死ぬまで続けたいと希《ねが》っているのに、重度のマンネリに嵌《は》まり込みそうな嫌な予感がする。

「できた、と」

余りものを使いきったサンドイッチを皿にのせて、テーブルに運ぶ。電話が鳴ったのは、作り置きのコーヒーを温めている最中だった。仕事の電話がかかってこない時間帯なのにな、と思いながら受話器を取ると、火村英生からのコールだった。

「起きていたか、小説家？」

「ランチを作って食べようとしてたところや。マンネリのミステリ作家に用か？　こんな時間にかけてくるということは——」

予想は的中する。犯罪学者は殺人事件の現場にいた。昼食もとらずに、今まで惨死体の傷口を覗《のぞ》き込んでいたのかもしれない。

「大阪にきているんだ。場所は信濃橋《しなのばし》近くのビル」

コンサルタント会社を経営していた男が、自宅を兼ねた事務所で殴り殺されたのだと言う。信濃橋と言えば、大阪のほぼ中心部にあるオフィス街だ。地下鉄を使って三十分もかかるまい。

「また学生をほったらかしてフィールドワークというわけか。あんまり休講が多いといつまでたっても教授への道が拓《ひら》けんぞ」

「お前、寝呆《ねぼ》けてるな」と言われた。「学生諸君は自習の季節だ」

うっかりしていた。大学はとっくに夏休みに入っているのだ。つい数日前に天神祭があったではないか。

「自由業者の勘違《かんちが》いや、宥《ゆる》せ。——抱え込んでいる仕事もないし、そっちに行こうか。ランチを片づけて、そうやな、一時半には着ける」

「もう死体は搬出されているし、急がなくていい。住所を言うからメモしてくれ」

現場は四階建ての古びたオフィスビルの一階とのことだった。被害者の村越啓《けい》はコンサルタント会社の社長であると同時に、その村越ビルのオーナーでもあるらしい。

「判った。そしたら、後で」

夢見のことなど、すっかり脳裏から去った。これからまた殺人現場という修羅場に乗り込むのだ。とりとめのない夢を反芻《はんすう》して感傷にひたっている場合ではない。

サンドイッチをぱくつきながら、朝刊をテーブルに広げて目を通したところ、それらしい事件の記事はない。あれば火村が言及しただろうから、なくて当然か。おそらく死体は今朝になってから発見されたのだ。それから火村助教授の許《もと》に大阪府警から連絡が飛び、彼が午前中に京都から駈けつけた、というところだろう。

犯罪捜査をフィールドワークにする異能の社会学者にして名探偵に大阪府警が協力を依頼する。それはこれまで何度もあったことだ。それにしてもな、と思う。今回の事件がどのようなものなのか、火村は詳しく語らなかった。会社社長が自宅で殴殺されたと聞いただけで、異様な事件であると匂わせてもいなかったのに、警察から彼への出馬要請がずいぶんと早い。

もちろん、火村に声が掛かるのは殺人現場が密室状態であったとか、被害者が意味不明のメッセージを書き遺していた、といったケースばかりではない。殺人現場をたくさん見た方が先生の研究が捗《はかど》るだろう、という配慮からか、ごく日常的な様相の殺人事件について捜査本部が連絡を取ることもある。今回はそんな事件なのかもしれない。ならば、アシスタントの私がミステリ作家的空想——妄想か？ ——を働かせる余地は少なそうだ。

急がなくていい、と言われたものの、私は十分足らずで食事をすませ、部屋を出た。体を動かせば、マンネリ地獄に落ちる不安からしばし逃れられそうだ。

ドアを開けるなり、むっと熱気が襲いかかってくる。まったく真夏の太陽の下の大阪というのは、フライパンで焼かれる卵のようだ。外に出るのに覚悟を要する。

歩いて五分ほどの地下鉄の四天王寺《してんのうじ》前夕陽《まえゆうひ》ケ丘《おか》駅にたどり着くだけで汗みずくになっていた。かつてこの都市が二〇〇八年のオリンピック開催都市に立候補した時、開会式を七月二十五日の天神祭と合わせようとしていた。夏休みシーズンで市民がボランティアとして参加しやすいこと、祭ムードが盛り上がることを意図したのだろうけれど、狂気の沙汰と言うしかない。この炎天下でマラソンをやったりしたら、ロシアや北欧のランナーなんて溶けてしまうのではないか。

冷房のよく効いた電車でいったん汗を乾かせたが、谷町四丁目で乗り換え、本町で地上に上がるなり再び炎天下だ。真夏の街はアスファルトの照り返しに炙《あぶ》られ、高層ビル群のガラスは無数の太陽と化して目眩《めまい》を誘い、車が吐き出す排気ガスは陽炎《かげろう》となって揺れている。ああ、なんと幻想的な光景だろうか。幻想的で、リアルに暑い。これから向かう先は血腥《ちなまぐさ》い殺人現場だというのに、早くそこに着いて涼みたい、とすら私は思った。

地図で確認してきていたので、迷うことなく目的地に到着できたのは幸いだ。もっとも、だいたいこのあたりと見当をつけて歩いていれば、パトカーや警察の青いビニールシートが目印となってすぐに判っただろう。制服を着た若いＯＬが二人、「あぁ、もぅ、暑いわぁ」とぼやきながらビルを見上げるなど、野次馬《やじうま》の姿もあった。そんなに暑ければさっさと行ってしまえばいいのに。本当にアイスクリームみたいに溶けてしまっても知らないぞ。

四つ橋筋から一本西に入った通りに建つ村越ビルはこぢんまりとした四階建てで、コンクリートの外壁に罅《ひび》が目立った。二階に歯科医が入居しているようだが、三階と四階の窓には〈空室あり〉の看板が出ていて、いかにも不景気そうだ。それでもよく見ると玄関や窓の周囲に蔦《つた》の浮き彫りの装飾が施され、なかなか凝った作りをしていた。金をかけて改築すれば、見違えるようになるかもしれない。

現場の前を通り過ぎるような顔をして、するりとシートの中に潜り込むと、白いワイシャツ一枚の森下刑事がいた。彼は反射的に小さく一礼し、「暑い中、ご苦労さまです」と言う。

「どうも」と私もつい礼を返して「火村は奥ですか？」

「はい、二つ目の部屋です。現場は被害者の住居となっていた――」

若手刑事の言葉に「これはこれは有栖川さん」という声がかぶさり、つるりと禿《は》げた頭が現われた。班長の船曳警部だ。だぶだぶのシャツにサスペンダーという、いつもの出で立ちである。

「いつもすみませんな。今のところ推理小説的な様子は稀薄で、怨恨による衝動的な殺しに見えるんですけれど。――まぁ、現場を見てください」

入ってすぐ管理人室があったが、人の気配がない。ろくにテナントがいないため、管理人を置く余裕もないのだろう。メールボックスに名札がついているのは、二階の歯科医〈樋口《ひぐち》デンタル・クリニック〉と一階の〈村越経営企画研究所〉の二つだけである。

白々と明るい蛍光灯に照らされた廊下を進み、二つ目の部屋に案内された。ドアが開くなり、火村が振り向いて「早かったな」と言う。麻のサマージャケットの両袖《そで》をまくり、床に両膝《ひざ》を突いて机の脚のあたりを調べているところだった。他の捜査員の姿はない。

「外から見るよりはるかに立派なオフィスだろ。こんな部屋で仕事がしたいもんだ」

彼は絹の黒手袋を嵌《は》めた手で、毛足の長い絨毯《じゆうたん》をまさぐっている。

部屋の広さは十五畳ぐらいか。どっしりとしたマホガニー製の机が窓際に鎮座し、右手の壁にはこれも木製のキャビネットが隙間なく並んでいる。左手の隅《すみ》は応接スペースで、趣味のいいテーブルとソファが設《しつら》えてあった。その脇に、クロゼットだか物入れだかの扉がある。部屋全体にゆとりがあり、どの調度も値が張りそうなものばかりだ。難を言えば、ふかふかの絨毯が夏場には暑苦しい。

「やっぱり何か割れたんですね。机の角の新しい瑕《きず》は、それがぶつかった痕《あと》らしい」

火村はゆっくりと立ち上がり、船曳警部に向かって言った。絨毯の毛の間にキラリと光る粉末が落ちているようだ。割れたガラスの欠片《かけら》か。彼は続けて独白する。

「しかし、机の上にも部屋のどこにも、それらしい何かは見当たらない。凶器も欠けていなかったし」

「鑑識に回した掃除機のゴミを調べれば、はっきりするかもしれません。幸い満杯になっていなかったので、分析はやりやすそうです。結果が判ればすぐにご報告しますよ」

「お願いします」と言いながら、助教授は手袋の指先を見つめていた。粉末が付着したのかもしれない。

「それでは、事件のあらましを有栖川さんにお聞きいただきましょうか」

船曳警部が手帳を取り出しかけるのを火村は制する。

「ああ、それには及びません。警部はお忙しいでしょうから、彼には私から説明しますよ」

私もその方が気が楽だ。「それでは」とサスペンダーの警部は退室し、犯罪学者は机にちらかった筆記具や書類を見分しながら話しだす。

「殺人現場にようこそ、有栖川先生。基本的な事実を説明しよう。——殺されたのは村越啓。年齢は俺やお前と同じだ」三十四歳か。「村越経営企画研究所の社長。と言っても、女性秘書が一人いるだけだけれどな。彼女が遺体を発見した」

「それは何時頃？」

「順に話すから、ちょっと聞いてろよ。——村越啓は、このビルのオーナーでもあった。死んだ父親から五年前に相続したものだ。母親はもっと早くに亡くなっている」

亡父は大阪市内に優良なテナントビルを三つ所有していたというから、バブル期は大変な資産家だったろう。被害者は相続の際に二つのビルを処分し、手許に残ったのがこのがら空きのビルだそうだが、賃料収入では固定資産税も賄《まかな》えていないのではないか。

「ここがオフィスやとすると、被害者の居室は？」

「隣の部屋をリビング兼寝室に使っていた。被害者はまったく自炊しなかったそうで、キッチンはない。そっちはちゃんと鍵が掛かっていて、犯人が物色した様子もなかった。三十四歳の独身男の一典型という感じの部屋だよ。洋酒党らしく高そうなスコッチ・ウィスキーが揃っていたけれど、あまり趣味の多い方じゃないな。仕事の虫だったんだろう。ベッドサイドにまで『中国経済の死角』『起業家のストラテジー』といったビジネス書や、書き込みだらけの官報が積み上げてあった」

「その経営コンサルタント業の方はどうだったんやろう。手広く仕事をしていたふうにも見えるけれど」

私はファイルで埋まったキャビネットを見ながら呟《つぶや》く。その上には①②③と番号をふった段ボール箱が並んでいた。

「秘書から簡単な事情聴取をしたところによると、それなりに忙しくしていたそうだ。ただし、大手企業をクライアントにしていたわけではなく、あれをやったりこれをやったり、すばしっこく動き回っていたらしい」

「ファイルのタイトルからすると、中国関係の仕事が多かったみたいやけれど」

「最近は月に一度のペースで上海や香港に出張していたんだとさ。被害者は語学に秀でていて、英語はもちろん広東語《カントン》や北京《ペキン》語が堪能《たんのう》だった」

火村は書類の束を脇にのけて、机の角に腰掛ける。

「お前が立っているすぐ右側にテープが貼ってあるだろう。村越啓はそこで死んでいた」わずかに血痕も遺っている。「顔を壁に向け、横向きになってな。死因は後頭部を鈍器で殴られたことによる脳挫傷《のうざしょう》。凶器は机の上に置いてあったガラス製の灰皿だ。犯人と被害者は、応接スペースのソファに座って、じっと向かい合ったままでいたんじゃないらしい」

その灰皿は鑑識のために持ち出されて、今はここになかった。重さが三キロはある重厚なものだったと言う。

「ふぅん。現場にあった灰皿で頭を後ろから一撃、か。突発的に起きた事件のように思えるな。犯人はクライアントか、被害者の知人あたりか。村越氏は安心しているところに不意打ちを喰らったんやろう」

「気を許して背中を向けていた、というのでもなさそうだ」

「と言うと？」

「被害者は抵抗している。犯人が振り下ろした灰皿をかわそうとした時についたのか、右手首に打撲《だぼく》の痕があった。犯人から逃げようと戸口に走ったところを、後ろから殴打されたんだろうな。揉み合いになったらしく、着衣の胸のあたりも乱れていたし、この大きな机も少しだけ位置がずれていた。犯人か被害者の体がぶつかったんだろう。ビジネス上のトラブルが生じたのか、友人と口論になった挙げ句のことなのか、そこらへんはまだ判断がつかない。遺体のポケットには財布が残ったままで、現金およそ八万円とクレジットカード二枚は手つかずだ」

そして、室内に物色された様子はない。

「いずれにしても、顔見知りの犯行ということやな？」

「その見解には同意する」

「机の位置がずれてるそうやけど」私は足許に視線を落として「このあたりの絨毯にも何かを引きずった跡があるぞ。一人掛けのソファを動かしたみたいやな」

その微かな痕跡は部屋の中央を斜めに過《よ》ぎって、応接スペースとキャビネットを結んでいた。

「よく気がついたな、アリス。それについても秘書に尋ねてみなくちゃならない。これから確かめることがたくさんあるのさ」

大事なことを聞いていなかった。

「死亡推定時刻は？」

「昨日の午後四時から八時の間。解剖すればもう少し絞られるかもしれない」

「思うたよりも早い時間の犯行なんやな。そんな時間だったら、表には人通りが多かったやろう」

管理人はいなくとも、ビルに出入りする不審人物の目撃情報があるかもしれない。

「捜査員が手分けをして、聞き込みに走り回っているさ。二階の歯医者に当たって、その時間帯に出入りした患者を洗い出すこともしている。もしかすると犯人と鉢合わせした人間がいるかもしれないからな」

「格闘に近いものがあったのなら、誰か物音を聞いてるんやないか？」

「そいつは無理かもな。事件があった時、この一階にいたのは犯人と被害者だけだ。よほど大きな物音がしたのでなければ二階の歯科医まで届かなかっただろうし、届いてもガリガリと歯を削る音に掻《か》き消されたんじゃないか」

「秘書は不在だったんやな？」

「名前は安田《やすだ》和歌奈と言う。彼女は昨日、有給休暇を取っていた。そして、今朝の八時十五分に出社して、変わり果てたボスの遺体と対面したわけだ」

とんだ休み明けだ。

「待てよ。昨日が金曜日で、今日は土曜日やろ」

「金曜日に休んだのは祖母の一周忌で岡山に帰省《きせい》するためで、溜まっていた仕事を片づけるためにボスの了解を得て土曜出勤したんだそうだ」

岡山に法事で帰省した、というのは調べればすぐ確認できることだし、筋の通った説明である。

「村越啓氏が仕事上のトラブルを抱えていたかどうかは、彼女に訊《き》けば判るな」

「大きなトラブルはなかった、と証言している。ただ、彼女は秘書と言っても被害者の片腕としてビジネスのすべてを掌握《しょうあく》していたわけじゃない。どちらかと言うと、簡単な経理事務や電話番という雑務のために雇われていたらしい。被害者は色々なことに手を出していたみたいだぜ」

「何かやばいことを？」

「いや、犯罪まがいのことは断じてやってない、と言い張っている。どうやらボスに対して非常に親密な感情を持っていたらしいな。とてもショックを受けている。もしかすると恋愛関係にあったのかもしれない」

「今、彼女はどこに？」

「この向かいの空き部屋で休んでいるよ。さっき覗《のぞ》いたら、だいぶ落ち着いてきているみたいだ。犯人の早期逮捕のためならどんな協力でもする、と言っていた。知っていることを包み隠さず話してもらえたら充分なんだがな」

火村はポケットからデジタルカメラを取り出した。現場写真を見せてくれるらしい。

「写りがよくないけど、こんな感じだった。被害者は幾分小柄の中肉で、あまり腕力がありそうじゃないな」

後頭部の割れた死体写真を何枚か見ているうちに、私はおかしな気分になってきた。惨《むご》たらしい有様に動揺したわけではない。被害者について、自分は何か知っているように思えたのだ。しかし、それがどういうつながりなのかは判らない。

「仕立てのいいスーツを着ているだろう。いつもより粧《めか》し込んでいたらしい。金曜日の夜、彼には出掛ける予定があったので、仕事が終わる前に着替えたんだろう、と秘書は言っている。彼が何時に仕事を切り上げたのかがはっきりしないんだが」

次々に写真を見ていく。死相から生きていた時の顔を想像すると、どこかで見た男のものになっていく。

村越啓。この名前にもひっかかっていた。フルネームで記憶してはいないが、私は過去に村越という人物と何回か遭遇している。もしかして、そのうちの一人なのではあるまいか?

「どうした、アリス?」

黙り込んだのを変に感じたのか、火村が私の顔を覗く。

「この村越氏の生前の写真、あるか?」

助教授は机の上に伏せてあった写真立てを差し出した。ユニバーサル・スタジオ・ジャパンのゲートを背景に、二人の男女が微笑んでいる。

「一緒に写っているのが秘書の安田和歌奈だ」

そんなことはどうでもいい。

私の視線は、彫りの深い男の顔に釘づけになった。

「……知ってる」

3

「どういう種類の知り合いだ?」

火村は軽い驚きの表情を浮かべ、机から下り立った。私は写真を見つめたまま、即座に返事ができない。

「真田山《さなだやま》高校の同窓生や。深い付き合いがあった男やないけれど……」

「高校の同窓生」彼は鸚鵡《おうむ》返しに言う。「それは聞き捨てならないな。実は、安田和歌奈によると、被害者は金曜日の夜から高校時代の同窓生と会う予定になっていたんだ。お前は何か聞いてるか？」

同窓会の案内なんかもらっていない。

「俺が彼と同じクラスやったんは二年生の時だけや。おそらく、一年か三年のクラス会があったんやないかな」

「そのへんはまだ詳しく聞いていないんだ」火村は額《ひたい》に手をやって、「被害者がお前の知り合いだったとは奇遇だな。——どういう人間だったんだ？」

「さっきも言うたように、深い付き合いはなかった。ただのクラスメイトの一人というだけで。……ひと言で表わすと、優等生やったな。中国語を勉強したのは卒業してからやろうけれど、その当時から英語の成績が抜群によかった。高校一年で英語検定の準一級を取ってたわ」

写真の中の村越は、十代の面影をよく留めていた。やや窪《くぼ》んだ眼窩《がんか》の奥から覗く目には人を威嚇《いかく》するような光が宿っているのに、口許には人懐っこい笑みをたたえている。そのアンバランスな表情に、最初の頃は落ち着かない気にさせられたものだ。耳の脇で小さくカールさせた髪型も、昔とあまり変わっていなかった。

「語学が得意なのは判った。人間性はどんなふうだった？　小説家なんだから的確に言い表わしてみろよ」

十七年も前——人生のちょうど真ん中——のクラスメイトのことだ。そうすらすらと話せやしない。

「お勉強がよくできる、というだけではなく、何ごとにも積極的で、人間関係にタフな男やった」

「押しが強いんだな？」

「ああ、そうやな。おまけに笑いたくなるぐらいの自信家で、周りの人間を見下す傾向があった。率直に言うと、俺が苦手にするタイプや。いや、たいていの人間はそういうのが苦手やわな。クラスメイトから煙たがられて、ちょっと浮いてた」

「孤独な男というイメージか？」

その頃の村越が笑ったり怒ったりする顔が、だんだんと鮮明に甦《よみがえ》ってきた。ただ感情を強く豊かに表に出すだけでなく、演出効果も充分に考慮してふるまう男だった。時に私は、その役者ぶりを観客になった気分で鑑賞したものだ。

「孤立することなんか屁とも思わんかったやろう。それを楽しむこともできる奴や。

そう言うたら、妙な仲間がおったな」

いくつかの顔が次々に思い出される。

「同じ学年の優等生ばかり五、六人で〈現代社会研究会〉だか〈社会問題研究会〉だかいう排他的なサークルを作って、その仲間とだけ親しくしてた。部費をもらうために捏《でっ》ち上げたサロン的なサークルや。俺らみたいな平民は、〈優等生クラブ〉とか〈貴族の集《つど》い〉とか皮肉を言うてたもんや」

もしかすると――

「金曜日の夜の同窓会っていうのは、その研究会の集まりだったんやないかな。案内状は見つかってないのか？」

「郵便も電子メールもない。五、六人の集まりなら、電話で連絡が回ったのかもな。

――おい、どうした、大丈夫か？　目の焦点が合ってないみたいだぜ」

旧友の死に呆然《ぼうぜん》としているように見えたのなら、それは完全に誤解である。私と彼の関係には親密さはなかったのだから。

私の心をふと遠くに運んだのは、ついさっきの夢だ。その中に、十七歳の日の記憶の断片が悪戯《いたずら》のように紛れ込んでいたのだ。まるで、目覚めた数時間後に村越啓の死と相対するという予知であるかのように。神秘的な体験というほどでもないが、いささか妙な気がする。

「敵を作りやすい男だったか？」

　ぼんやりとして、返事のタイミングが遅れる。

「あ……そうやな。学生時代はそうでもなかった。平然と孤立して、恬淡《てんたん》としてるタイプやったから」

「でも、優等生同士でつるんでたんだろ。その連中とは仲がよかったんだな？」

「知らない。何しろ〈貴族の集い〉やからな」

「卒業後の噂を耳にしたことは？」

　火村に尋問されている。

「東京の大学に進学したのは覚えてるけど、その後のことは聞いてない」

「さぞ、ご立派な大学に進学したんだろうな」

「〈貴族の集い〉のメンバーはみんなご立派なところに合格した。その割には……」

　死者に遠慮をして、私は言葉を濁した。村越啓がどんなビジネスを展開していたのか知らないが、この程度のオフィスで雑用係の秘書が一人いるだけの経営コンサルタントというのは彼らしくない。この齢《とし》になると二十代での助走も終わり、優秀な人間は上昇に勢いがつくものだが。

「優等生クラブのメンバーは男ばかりだったのか？」

「そう。これがまた癖のある奴ばっかりで、鼻が天狗《てんぐ》みたいに高い男が揃うてた。そのうちの二人の消息は知ってる」

一人は、神坂映一《かみさかえいいち》。このところめきめき売り出し中の建築家で、彼が設計を手懸けたデザイナーズ・カフェが大阪や東京で大成功を収めている、と雑誌で読んだ。一年の時のクラスメイトだ。

もう一人は、倉木《くらき》某《なにがし》。下の名前は知らない。学研都市にある研究所の助教授で、ナノテクノロジーの最先端の研究で注目されている。こちらはテレビで紹介されるのを観た。

「なるほど、二人ともそれぞれの道で華々しく活躍しているわけだ。そんな男たちが一堂に会して、自慢話に花を咲かせる予定だったんだろうな」

皮肉っぽい見方だったが、火村の言うとおりだろう。あの天狗たちが再会したら、鼻がどれだけ伸びたかを競うに違いない。

村越が倒れていたあたりの床をあらためて見る。彼の霊がまだこの部屋に留まっていたとしたら、私を見つけてどんな言葉を掛けてくるだろうか？

――よぉ、久しぶりだな。

――お前が何をしにきたんだ。帰れよ。

――殺されちゃったよ、面目《めんぼく》ない。

――えーと、あなた、誰でしたっけ？

名乗れば、すぐに思い出してくれるだろう。私はクラスメイトの記憶に遺りやすい人間だ。さして目立つ存在でもなかったけれど、有栖川有栖というおかしな名前だけは忘れられないはずだ。

ドアが開き、船曳警部が戻ってきた。

「ようやく同窓会に出席していたメンバーと連絡が取れました。被害者の携帯電話に遺っていた受信記録と、彼の高校時代の卒業アルバムにあった名前を突き合わせていったんです。そうしたら三隅和樹《みすみかずき》という男がいまして――」

「ああ、三隅」

つい声が出た。警部はこちらを振り向く。

「ご存じなんですか？」

「殺された村越啓は、彼の高校時代の同級生だそうです」

火村が横から説明すると、警部は目を見開いた。昵懇《じっこん》にしていたわけではない、と私は補足する。

「それはそれは。こういうこともあるんですな。——で、有栖川さんは三隅和樹も知っている？」

「名前と顔ぐらいは。村越らと一緒に部活めいたものをしていたのを覚えています。同窓会というのは、彼らのサークルの集まりなんでしょう？」

「そうです。〈社会思想研究会〉という名称のクラブやそうですね。部員は男ばかり六人。みんなバラバラの世界に進んでいますが、二年に一度集まるのを恒例にしていたそうです」

「それで、三隅氏たちは？」

警部は質問した火村に向き直る。

「昨日の夜から、六甲山《ろっこうさん》にある保養施設に集まっていました。飲んで食べて、大いに語り合って、今日は午前中からゴルフを楽しんでいたとか。コースに出ていたので、村越啓が殺されたというテレビのニュースもまだ観ていなかったんです。警察からの電話に驚愕《きょうがく》していました。すぐにそちらに行く、と言っていましたから、もう一時間もすれば着くでしょう。とりあえずここの事務所にきてもらいます。——彼らが最近の被害者について知っていればいいですけれどね。あんまり古い話ばかりされても役に立たない」

「研究会のメンバーは、誰と誰だったでしょうか？」

私が尋ねる。彼らは学内の有名人だったから、名前を聞けば全員覚えているはずだ。警部は手帳に書いた名前を読み上げる。

「まず三隅和樹。それから、倉木龍記《たつのり》。神坂映一。野毛《のげ》耕司《こうじ》。参加していたのは、この四名です。殺された村越啓は当然ながら不参加ですが、もう一人、高山不二雄《たかやまふじお》という部員が欠席したそうです」

三隅和樹。倉木龍記。神坂映一。野毛耕司。高山不二雄。——どれも記憶の底にあった名前だ。時計の針が猛スピードで逆回転を始め、私を過去へ連れ戻す。

「親しくしてた男はいるか？」

五人の名前を手帳に控えながら犯罪学者が訊く。

「神坂は一年生、野毛は三年の時に同じクラスやった。彼らともさして親しかったわけでもないな。卒業して以来、話したこともないし、どこで何をしてるのかも知らん」

「野毛耕司って、どこかで聞いたことがあるんだがな」

火村が言うのに「そう言えば私も」と警部が呼応する。どうして彼らが野毛を知っているのか不思議だ。やがて助教授が答えを見つける。

「思い出したぞ。参議院議員の梅沢佐一郎《うめざわさいちろう》の秘書だ。経済産業省の副大臣までいきながら、政治資金規正法違反で失脚した政治家。某輸送機器メーカーから口利き料まがいの不正献金を受け取った、あの梅沢の秘書だよ。――アリス、お前、ちゃんと新聞を読んでるか？」

「失礼な」

疑惑の献金を週刊誌にすっぱ抜かれ、「あの金は自分が知らないところで秘書が軽率に受領しただけだ」と抗弁しつつも、厳しい世論や野党の追及に耐えかね、辞任を余儀なくされた梅沢佐一郎の事件ぐらい知っている。一年ほど前の出来事だ。

「待て。あの時に問題になった梅沢の秘書が野毛やったんか？」

「確か、そんな名前でしたよね？」

火村に同意を求められて、警部は頷《うなず》く。

「ええ。苗字《みようじ》が野毛だったことは覚えています。結局、致命的な内部告発の文書が野党議員とマスコミに送りつけられて、梅沢の言い逃れが通用しなくなったんでしたな。三ヵ月粘って、梅沢だけが逮捕された――」

言い訳をするようだが、その事件がさかんに報道されていた頃、私は長編の追い込みでしゃかりきになっていたため、政治家のありふれたスキャンダル報道など黙殺した。注目していれば、秘書の野毛がテレビに映る場面もあったのかもしれない。

「まぁ、よく似た名前の別人かもしれませんが」

「いえ。多分、彼です」

将来は官僚か政治家になって日本を動かしたい、と公言していたから、その足掛かりとして政治家の秘書を務めていたのだろう。能弁で行動的な野心家だったが、ロルカの詩集を愛読するという意外な一面に接したこともある。

「もうすぐお前にとって懐かしい顔がここに集合するわけだな。ちょっとした同窓会だ」火村はちらりと腕時計を見て「それまでに死体発見者の話を聞くとしよう」

犯罪学者は手袋を脱ぎ、これから格闘を始めるかのようにボキボキと指を鳴らした。

4

現場の向かいにある部屋で、安田和歌奈はソファに掛けて待機していた。ここを出ていったテナントが遺していった応接セットなのだろう。テーブルは、うっすらと埃《ほこり》をかぶっている。窓からは隣のビルの灰色の壁しか見えない殺風景《さっぷうけい》な部屋だ。

「繰り返しになりますが、もう一度お話を聞かせてください」

私たちを紹介してから、警部は穏やかに頼んだ。被害者の秘書は「はい」とよく通る声で応える。

村越啓と並んで写っていた女性だった。セミロングの髪をひっつめてきつく束ねているため、形のいい額が顕《あら》わになっている。ハリウッド映画によく登場する神秘的な東洋系の美女のように、細い切れ長の目をしていた。その目許に憂色が漂ってはいたが、泣きじゃくったような痕はない。悲嘆や怒りではなく、深い諦《あきら》めに沈んでいるように見えた。休日出勤して一人で仕事をするつもりだったためなのか、山吹色のサマーセーターに白のコットンパンツというラフな恰好をしている。

「おつらいでしょうが、ご協力をお願いします」火村が切り出す。「これはまったくの偶然なんですが、この有栖川は亡くなった村越さんと高校で同級生だったことがあるんです」

秘書は「そうですか」と私を見た。

「社長のお仲間でいらしたんですか？」

社会思想研究会の一員なのか、と問うているのだ。

「いいえ、クラスメイトの一人だったというだけです。彼は優秀な男でした」

「本人がそう自慢していました。立派なお友だちもたくさんいたようですね。そのお友だちを意識して、負けないようにがんばっていたみたいです」

火村はジャケットの袖をまくり直して、質問を始める。

「いつから村越さんの秘書をなさっているんですか？」

「去年の十一月からです。求人雑誌を見て応募しました」

「お仕事の内容は？」

「秘書の肩書きがついた名刺をもらっています。でも、私はこれまで秘書の経験なんてなくて、雑務全般を担当する社長のアシスタントというのが実態です」

電話を取り次いだり、伝票を整理したり、社長の出張の手配をしたり、と彼女は例を挙げてみせる。村越ビルの管理業務も一部手伝っていたそうだ。

「このとおり空き部屋だらけですから、ビル経営はずっと赤字です。そちらでは大した業務はありませんでした」

ビルを所有する資本家も苦労が多いご時世なのだ。

「働きやすい上司でしたか？」

「はい。エネルギッシュにばりばりと仕事をなさるので大変なこともありましたが、無茶なことを要求するでもなく、大切に扱っていただきましたし、待遇には満足していました。頭の切れる方だな、と尊敬していたぐらいです」

「経営コンサルタントということですが、具体的にはどんなことをなさっていたんですか？　よく中国に渡っていたそうですね」

「あのぅ……本来の経営コンサルタントがどういうことをするのか、私はよく知りません。社長がやっていたのは企業経営の相談役というより、中国の会社と日本の会社との技術提携や合併を促すコーディネイターのようなお仕事です。一番よく出掛けていたのが上海で、あちらの家電メーカーや機械メーカーのリクエストに応じて、パートナーとなる優良中小企業を探すんです」

「部品メーカーなどですか？」

「はい、部品加工や金型《かながた》の会社など。確かな技術を持っていながら銀行の貸ししぶりで資金難に陥《おちい》っていたり、後継者がいない会社がターゲットでした。はっきり言ってしまうと、そういう中小企業を中国企業が買収するお手伝いをしていたんです。もちろん、日本の会社にとって悪い話ではありません。設備を中国に移転し、人件費をダウンさせ、製品を日本に逆輸入させることによって、倒産の危機から再生させるわけですから」

村越は、日本企業を中国に売るM＆Aの仲介をビジネスにしていたのか。平成不況にあえぐ現在の日本を象徴するがごとき仕事である。情報収集力や交渉力、語学力がなければ務まらないにせよ、さほど大きな規模で展開していたのでもあるまいし、威勢がよかった昔の彼のことを思うと、やはり燻《くすぶ》っているという印象は否《いな》めない。

「仕事上のトラブルを抱えていたということはありませんか？」

「いいえ」と彼女は言明する。「自分の会社を中国に叩き売られた経営者の恨みを買っていた、とご想像なさっているのなら間違っています。社長は決して乱暴な取引をしません。報酬をめぐってトラブルになったこともなく、ビジネスはいつもスムーズでした」

しっかりとした受け答えで、雑務担当のアシスタントどころではない。村越によって一人前の秘書に仕込まれたのかもしれない。

「仕事上の恨みでなければ、私生活の上で何かあった可能性が大ですね」火村は淡々と話す。「あなたもご覧になったとおり、現場には強盗が押し入ったような形跡はありませんから、犯行の動機は怨恨だと推察できるんです。――そちらに心当たりは？」

「ありません」

「だからと言って、誰からも恨まれていなかったと決めつけることはできない。――

失礼ですが、あなたは故人の私生活についてどれだけのことをご存じでしたか?」

彼女と村越の関係に探りを入れているのだ。二人のツーショットが机に飾ってあったのは、単に社長から秘書に向けての親しみの表現にすぎないのかもしれないし、男女の仲だったからかもしれない。火村はそれをはっきりさせたいのだ。

「あまり立ち入ったことまでは知りませんけれど、社長はフランクに色んなことを話してくれました」

「しかし、他人から憎まれている、なんてことまで打ち明けはしないのでは?」

彼女は返事に窮《きゆう》している。

「……とにかく、会社に怪しい電話がかかってきたこともないし、社長が身の危険を感じて怯《おび》えたり警戒したりしている様子もありませんでした。私に言えるのは、それだけです」

「最後に彼と会ったのは木曜日ですね。その時にも変わった様子は——」

「何もありません」

「明確にお答えいただいて助かります。——ついでにもう一つはっきりさせてください。あなたと村越さんの間に、上司と部下という関係以上のものはありましたか?」

安田和歌奈は、わずかに顎を引いた。

「はい、ありました」

黙って聞いていた船曳警部が、やっぱりな、と言うようにそっと頷く。

「一緒に食事をしたり、休日にＵＳＪに遊びに行くといった付き合いですか？　それとも――」

「もう少しだけ踏み込んだお付き合いです。つい最近になってからのことですけれども……」

「将来のことを話し合うとか？」

「いいえ、とてもそんなところまでは」

およそのところは想像がつく。火村もそれ以上は追及しなかった。私ならつい慰《なぐさ》めの言葉をかけたくなるところだが、彼はそんなよけいなことはしない。

「それでは、遺体を発見するに至った経緯を話してください。昨日、お休みを取ったかわりに今日土曜日に出勤することになさったんですね。オフィスについたのは、八時十五分？」

「はい」

「それは、いつもどおりの出社時刻ですか？」

「少し早めです。さっさと仕事を片づけて、午後三時ぐらいには帰りたいと思っていましたので。土曜日ですから、ショッピングでもしようと……」

無残に打ち砕かれた日常的な予定を聞くのは悲しい。

「オフィスの鍵は預かっているんですね。出社した時、鍵は掛かっていましたか？」

「いいえ。まず、それで嫌な予感がしたんです。会社荒らしが入ったのかしら、と思いながらドアを開けてみると、社長が倒れていて……。体に触れるとまるで温もりがなかったので、救急車よりも先に警察を呼びました。パトカーがくるまで廊下で待って、後は警察の方がご存じのとおりです」

「現場にあったものを動かしていませんね？」

「社長の手と顔に触れただけです。お体を動かしたりもしていません。通報の際は、自分の携帯電話を使いました」

「結構。警察の現場検証に立ち会って、オフィスをご覧になりましたね。気がついたことを、もう一度話してください」

初めて眉間《みけん》が曇った。不快感をこらえているのだろう。

「机の上のものが乱れていました。写真立てが倒れていたり、ファイルの山が崩れていたり。社長と犯人が争って、机にぶつかったんだろう、と刑事さんがおっしゃっていました」

「刑事が言っていたことは無視してかまいませんよ」と警部が口を挟む。「あなたが見たまま、気づいたままを話してください」

「はい。——抽斗《ひきだし》の中も点検するように言われたので見ましたけれど、不審な点はありませんでした。おかしいな、と思ったのは物入れにしまってある掃除機です。誰かがいじった形跡がありました。いつも私だけが使っていますから、しまい方が変わっていると判ります」

私が現場に着いた時、火村と警部は掃除機がどうのと話していた。何か重要な意味があるらしい。

「あなたが最後に掃除機を使ったのはいつですか？」

「木曜日の午後です。軽く床を掃除しました。私、いつも掃除機のホースの部分を右側の壁にくっつくようにしまうんですが、さっき見たら違っていました。それだけならホースが倒れたのかもしれませんけれど、コードがきちんと本体に収納されていなかったのは絶対に変です。私は完全にコードが引っ込んでいないと気持ちが悪いんです。習慣なので確かです」

「つまり、あなたが帰った後で誰かが掃除機を使った、ということですね」

「はい、そうです。金曜日に社長がお使いになったのかもしれませんが。……違うんですか？」

警部の微妙な表情の変化に、彼女は敏感に反応した。

「まだ何とも言えませんがね。あの掃除機の握りの部分を調べたら何かで拭《ぬぐ》ったような痕があって、あなたの指紋も村越さんの指紋も遺っていない。あなたは片づける前に握りを拭《ふ》いたりしなかったでしょう？　考えられるのは、犯人があの掃除機を使用したということです」

「どうして犯人が部屋の掃除なんかするんですか？」

「さぁ、どうしてでしょうな。何かまずいものを床に落とすか、こぼすかしたのかもしれない。それを回収しようとしたんでしょう。掃除機は、物入れの扉を開けたらすぐ見つかったでしょうからね」

合点がいった。だから警察は掃除機の中のゴミを鑑識に回したのだ。いや、それしきのことは通常の捜査でもやるのだろうが、彼女の証言ゆえゴミに大きな関心を寄せているのだ。

火村が質問に戻る。

「机の右前の脚のあたりの床に、ごくごく細かい光る粉が落ちていたんです。それが何なのかは分析中ですが、どうやらガラスが割れた破片らしい。ガラスというのは何にでも付着しやすいという特性を持っているので、きれいに片づけるのは難しいんです。ましてこんな絨毯の上だとね。——そこで伺《うかが》いますが、室内にあった何かが割れた形跡はありませんでしたか？」

「先ほども申したとおり、ものが少し動いていただけです。壊れていたものはありません。——犯人はそのガラスの欠片《かけら》を片づけるために掃除機を使ったんでしょうか？　でも、そんなことをしても警察が掃除機のゴミを調べたら見つかってしまうのに」

「問題のガラス片はとても小さく、ほとんど粉末だったので、掃除機で吸い込んでしまえば見つけられなくなる、と期待したのかもしれない。実際、それがゴミの中から見つかるかどうかはまだ判りません。——机の上のものが乱れているとおっしゃいましたが、セロテープについては何か気がつきませんでしたか？」

秘書は怪訝《けげん》そうにする。

「実は、セロテープの台からも指紋が消えているんです。犯人は床のガラス片をテープの粘着力で始末しようと試みたのかもしれません。よほど大きな意味のあるものなんでしょう。犯人が焦っている姿が目に浮かぶ。絨毯の毛足が長いことが殺人者にとって不運だった。セロテープをぺたぺたやったり掃除機を持ち出したりしても、毛の間に入り込んで完璧に破片を回収することはできなかったわけです」

火村は自分の腕時計のガラスを人差し指で撫でていた。安田和歌奈は、わずかに身を乗り出す。

「じゃあ、分析してそれが何なのかを突き止められたら捜査は進展するんですね？」

火村は明言を避ける。

「だといいんですけれどね。――もう一つだけ気になることを伺っておきましょう。応接用のソファのうちの一脚が移動した形跡があります。引きずって反対側の壁際まで運んだ後、元の位置に戻したような跡が絨毯に遺っていたんですが、村越さんと犯人の格闘で動いたとも思えません。これについて思い当たることはありませんか？」

「ああ、それなら事件には関係ありません。社長が動かしました」

「何のために？」

「キャビネットの上に置いてある段ボール箱を取ろうとして、手が届かなかったので踏み台にしたんです」

「それだけのことですか」

火村は納得して、質問を変える。

「ところで、あなたは現場検証に立ち会いましたが、村越さんの遺体はほとんどご覧になっていないでしょう。ご本人であることは一目瞭然《りょうぜん》で、警察もあれこれ確認を求めなかったから」

「……はい」

「発見時に遺体の手に触れたそうですね。どちらの手でしたか？」

「左手でした」

「村越さんの左手首には腕時計がありませんでした。右の手首にもなし。そのことに気がつきましたか？」

彼女はかぶりを振った。そんな細かいことを意識する余裕はなかっただろう。

「ふだん腕時計を嵌めない方だったんですか？」

「いいえ、そんなことはありません。とても時間に厳しい人で、頻繁《ひんぱん》に時計を見ていました」

「でも、遺体は時計をしていなかった。それは何故でしょう？」

彼女は答えられなかった。

そのやりとりから私は考える。被害者が嵌めていた時計のガラスが、犯人と揉み合っているうちに割れてしまったのではないか？　絨毯の上にちらばっていたのはその破片だ。遺体が時計を嵌めていなかったのは、犯人が持ち去ったからなのだろう。

だが、どうして腕時計を奪っていったのかが判らない。物取りの犯行だったとしても――そうではないらしいが――、壊れた時計なんてスクラップ価値しかないはずだ。

「村越さんはどんな腕時計をしていましたか？」

「上等のものを嵌めていました。えーと、確か……ブルガリでしたっけ。イタリアの高級腕時計です」

それを聞いたとたんに警部が立ち上がり、黙って出ていった。火村はかまわずに質問を続ける。

「木曜日も嵌めていらしたんですね？」

「もちろんです。――あのぅ、もしかすると、割れたガラスというのは、その時計の……」

彼女も同じことに気づいた。

「そうかもしれません」

「まさか……腕時計が目当てで村越さんを殺した、なんてことはあり得ませんよね。高級腕時計といっても、彼自身が『こましなスーツを誂《あつら》える程度の値段だよ』と笑っていましたから、せいぜい二、三十万円のものだと思います」

それでも私が持っている一番いい腕時計五、六個分の値段だ。

警部がどたどたと戻ってきた。手袋を嵌めた手に腕時計を持っている。彼はそれを安田の目の前に掲げた。

文字盤には12と6の数字しかなく、ごくシンプルでスマートな時計だ。さすがに洗練されている。ケースの縁——ベゼルとか呼ぶのだっけ——に大きなＢＶＬＧＡＲＩの刻印があった。ブルガリはイタリアの名門宝石商だが、文字盤にはＳＷＩＳＳ　ＭＡＤＥと印されている。

「よく見てください。村越さんがふだん嵌めていた時計は、これですか？」

彼女は迷うことなく「はい」と答えた。すると、絨毯に遺っていたのは被害者の腕時計のガラスではなかったのか。

「この時計です。間違いありません。——どこにあったんですか？」

「村越さんの居室ですよ。ベッドサイドのテーブルに置いてありました。就寝前でもなかったのに、どうして腕からはずしていたんでしょうな」

「さぁ」

私に訊かれても困る、と言いたげだ。

「安田さんは、村越さんの部屋はご覧になっていなかったんですか？」

私は警部に尋ねる。

「はい。プライベートな領域に通されたことがない、とおっしゃったもので」

だから、見てもらっても異状の有無がチェックできない、と判断したわけだ。

「村越さんは気取り屋でしたから、自分の部屋に決して私を入れようとしませんでした。『生活の匂いがするところを女性に見られるなんて、恥ずかしくて堪《た》えられないよ』と言って」

今まで社長だった呼び方が、少し前から村越さんになっていた。

「あ」

彼女が口許に手をやる。自分の失言にバツが悪くなったのかと思ったが、そうではなかった。ささいなことを思い出した、と言う。警部は両腕を広げた。

「ささいなことで結構。何でも話してみてください」

「村越さんと水曜日にお食事……をしたんですけれど、その時に思わせ振りなことをおっしゃっていたんです。私が高校時代からの友人と電話で悩みを話すと言ったら、僕は不純な相談にのってもらっている、と」

「誰に？」と火村。

「それは聞いていません。ちょうど週末の同窓会について話していましたし、流れからすると学生時代からの同性の友だちを指しているようでもありました。ああ、そう。高校時代からの友だちと定期的に集まるなんて仲がいいですね、と私が言ったら、『べたべたと仲がいいだけでもないんだけれど』と笑っていました」

「同窓会のメンバーの誰かが不純な相談の相手のように聞こえますね」

私が言うと、彼女は慎重な態度になる。

「どうでしょうか。『友だちであると同時にライバルなんだ』と言っているようにも取れます。それに、相談の具体的な内容も話さなかったし、どこまで本気で言ったのかも判りません」

「そうですか」警部は小さな吐息《といき》をついて「ベッドサイドのテーブルにも、あなたと一緒の写真が飾ってありましたよ」

悪気はなかったのだろうが、不用意なタイミングだった。彼女は急に口許を押さえ、嗚咽《おえつ》を洩らした。

5

安田和歌奈の精神的疲労がかなり大きいと見た警部は、彼女に帰宅するように勧めた。独りにするのも案じられたが、両親や弟と同居していると聞いて安心した。

涙目のまま彼女が村越ビルを後にした五分ほど後、優等生クラブの面々が到着した。六甲山からタクシーを飛ばしてきたらしい。

廊下で対面するなり、ピンクのポロシャツを着た神坂映一が「有栖川！」と叫んだ。こちらが恥ずかしくなるような大声だ。彼にすれば、私がどうしてここにいるのか見当もつかなかったのだろう。

「何や何や。いきなり驚くやないか。なんで君がここにいてるんや？　わけ判らん」

相変わらずせっかちな話しぶりだ。雑誌で写真を見て知ってはいたが、外見も昔とさほど変わっていない。メタルフレームの大きな眼鏡もそのままで、レンズの奥では長い睫毛《まつげ》をした目をぱちぱちと忙しく瞬《またた》かせていた。うねるようにウエーヴした髪を栗色に染めたことぐらいが変化か。ナルシスティックな白皙《はくせき》の美青年の面影をよく保っている。

「ああ、有栖川有栖君だ。確かに見覚えがある」

そう言って神坂の肩越しに顔を覗かせたのは倉木龍記だった。目、鼻、口の各パーツが常人の一・三倍ほどある派手な顔立ちをしているので、こっちこそよく覚えている。おまけに彼はグローブのように大きな手をしているのだ。それでいて十億分の一メートル——一ミリの百万分の一——の極微世界を扱うナノテクノロジーの研究者だというからおかしい。

「倉木さんですね。ご活躍はテレビでも拝見しました。学生時代はお話ししたこともないのに、よく私を覚えていましたね」

「君が小説家になったからだよ」

砕けた口調で三隅和樹が言う。優等生クラブ員にして、剣道部の副将も務めた文武両道の男だ。ごつごつした顔に、いまだにニキビを点々とさせていて、やはり変わっていない。体は細身のくせに、卒業してからまた身長が伸びたのか、一メートル八十五ぐらいの高さから私を見下ろしてくれる。

「有栖川有栖という個性的な名前だけなら、卒業してしばらくすれば忘れてしまうもんだ。ところが君は小説家になった。君自身と会う機会はなくとも、その名前のついた本を折に触れて書店で目にするから記憶に留まるだろ」

やはり名前の威力か。私の名前は校内で鳴り響いていた。彼らのように何かに秀でていたからではない。中学時代の先輩が悪戯心を起こして、「今度、うちの中学から有栖川有栖という美少女がくるぞ」と言い触らしたためだ。おかげで入学早々から物笑いのタネになってしまった。

「親に感謝せえよ」神坂が言う。「もし平凡な名前やったら、直木賞かノーベル文学賞でも獲らんかぎりお前が作家になったやなんて、かつての同級生でも気がつかんわ、ほんま」

「みんなで噂をしたことがあるんですよ。『あの偽《にせ》美少女の有栖川君の名前を書店で見た。推理作家になったんだね』と」

倉木が真顔で言った。悪戯の被害者なのに偽美少女とはあんまりだ。

「ところで、村越が殺されたっていうのは、どういうことかな。人違いということはないの？」

三隅が腕組みをして訊く。

「間違いはありません。彼と同じクラスだったことがあるので、私にとってもショックです。死亡推定時刻と服装から推《お》して同窓会に出掛ける直前に殺されたようなので、警察は皆さんの話を聞きたがっています」

「なんでも話すけど……あ、せや。君がなんでここにおるのかを聞いてなかった」神坂が舌を嚙みそうな早口で言う。「説明してくれ説明してくれ。さっぱり判らん。たまたま殺人現場の取材にきてた、てなことはないやろな？　なんぼ推理作家やからと言うて――」

「説明するから黙ってくれ。小説の取材にきてるわけやない」

まずは、そんなやりとりを一歩下がって聞いていた火村英生を紹介して、われわれが犯罪捜査に加わっている旨《むね》を話した。驚きながらも、三人はすぐに事情を呑み込んでくれる。頭の回転が速い連中が相手だと楽だ。

こほん、と咳払《せきばら》いがして、火村の陰から船曳警部が顔を出す。彼について私が紹介するのは僭越《せんえつ》だ。

「この事件を担当する船曳と申します。皆さんは村越さんと長いお付き合いで、しかもこの週末に会う約束をしていらしたそうですね。色々と伺いたいことがあります」

「何なりとお尋ねください」と倉木が答えて「その前に……村越はどこにいるんですか？　できるなら、ひと目だけでも会いたいんですけれど」

「残念ながら、司法解剖の必要がありますので、ご遺体は阪大病院に搬送しました。後ほど霊安室でご対面できるよう取り計らうことは可能です」

三人はひそひそと小声で何か言い合った。村越に身寄りがないため、葬儀の段取りを心配しているのだ。

「ところで、皆さん、これでお揃いですか？　同窓会に出席したのは四名だと伺っていますが」

「今朝までは四人でした」神坂が間髪入れずに答える。「野毛。野毛耕司という男がおったんですけど、ゴルフをする気分ではない、と朝食の後で帰ってしまいました。彼にも連絡を取りたいんですが、携帯電話を持ってないので捕まらへんのです。テレビのニュースでも観たらあっちから電話をしてくると思うんですけれどね」

三隅が携帯を取り出して、「まだ電話はないな」と呟く。

「判りました。ここで立ち話というわけにもいきませんから、あちらで」

安田和歌奈の事情聴取をした部屋で話を聞くことになった。警部は手近にいた森下刑事に命じて、足りない椅子を他の部屋から運んでこさせる。

全員が席に着くと、まず名刺の交換が行なわれた。彼らの肩書きはこうなっている。

倉木龍記――京阪奈《けいはんな》大学・極微科学技術研究センター・助教授・工学博士。

神坂映一――神坂建築設計事務所代表（店舗設計・空間デザイン）。

三隅和樹――東亜《とうあ》総合研究所・起業ソリューション事業部・主任研究員。

文武両道の三隅は、今は大手民間シンクタンクの研究員か。同窓生としてはどれも眩《まぶ》しかったが、社交上手の彼らは私の名刺を見て「小説家は肩書きをつけへんのやな」「こういうのに憧《あこが》れる」と見え透《す》いたおべんちゃらを並べる。そして、英都大学社会学部・助教授・犯罪学という火村の肩書きを興味深げに見ていた。

「村越はいつ、どんなふうに殺されたんですか？」

大きな手を蝿《はえ》のように擦りながら倉木が尋ねるのに、警部が懇切《こんせつ》に答える。三人はよけいな質問を挟むことなく、沈痛な面持ちで聞いていた。

「そのようなわけですから、村越さんの昨日の夕方以降の行動に大きな関心を寄せておるんです。皆さん方は、何時にどこに集合することになっていたんですか？」

やはり倉木が代表して答えていく。神坂とは対照的に、渋く落ち着いた口調だ。

「みんな忙しい身の上ですから、時間を決めずに現地で集合しました。〈コンフォート六甲〉という保養所です」

大手銀行が所有するホテル並みの施設で、三隅のコネクションで予約したと言う。人によってはコネというものがきく齢なのか。

「村越さんは出席すると返事をしておきながら、とうとうこなかったわけですよね。不審に思われませんでしたか？」

「もちろんそう思って何度か携帯に電話を入れましたが、一向に出ないんです。忘れたわけでもあるまい、急用ができたのだろう、と話しました。自分で車を運転してくると言っていたので、事故に遭ったのでなければいいが、と私は心配していたんですが……まさかこんなことになっていようとは」

「何時頃に着くか、だいたいの予定を話してもいませんでしたか?」

三隅が手を上げる。

「今年のリユニオンの日時について、私が連絡係になっていました。月曜日に確認の電話を入れたところ、『六時か七時には仕事を切り上げる。遅くとも八時には着くから、それより早くに夕食をすませないでくれ』ということでした」

死亡推定時刻は四時から八時の間だった。やはり村越は、外出の直前に殺害されたのだろう。

「三隅さんの他に、村越さんとお話しになった方は? いらっしゃらない。——では、三隅さんに伺います。村越さんと電話で話した際に、何か気がついたことはありませんでしたか?」

「凶報を聞いて、私もそれを考えましたよ。ところが、何も思い当たらない。『極上の神戸ビーフをたっぷり用意させておく』と言ったら、『よし、信じるから名誉にかけてうまいものを食べさせろよ』と屈託《くったく》なく笑っていたぐらいで」

「そうですか。——皆さんは、何時頃にお集まりになったんですか?」

「三隅は俺の少し前に着いてたんだっけな」倉木が自分を含めて各人を指差しながら
「私は六時だから、三隅君は五時五十分ぐらいです。神坂君が八時を過ぎた頃でした」

「もうお一人の野毛さんは？」

「彼はバスでやってきて……七時過ぎでしたか」

六時前から八時にかけて、五月雨《さみだれ》式に集まってきたわけだ。

「皆さんは同窓会――リユニオンと言うんですか？　――を二年に一度開いていたそうですね。集まって何をなさるんですか？」

「久闊《きゅうかつ》を叙《じょ》するのが目的ですから、おいしい料理に舌鼓《したつづみ》を打ち、うま酒を飲んで、夜が更けるまで語らうだけです。毎年の恒例行事にするよりも集まりがよくなるのと、報告し合う近況も溜まっていて面白いので一年おきに開いているわけです。三隅君などは東京からの参加ですし、高山というメンバーも以前は東京に住んでいましたから。この時期の週末に一泊か二泊で集まります。場所を決めるのは持ち回りの幹事です」

すらすらと淀みのない話し方だ。

「今回のご予定は一泊ですか？」

「二泊です。金曜日の夜に集まって、土曜日の昼過ぎに解散では味気ないので。今日は午前中にゴルフを楽しんで、午後は近辺を散策することにしていました。そして、もう一泊して日曜日の午後で解散」

「仲のいいグループなんですね」

「精神的な結束は堅いでしょう。齢を取るほどに学生時代からの友人が得がたいものだと判ってきます」

「なるほど。特に、皆さんのように各界で成功してご活躍の方にとっては、同窓会というのは楽しいものだと思います」

警部の言葉を皮肉と取ったのでもないだろうが、倉木は微かに鼻で笑う。

「一般論としてはそうかもしれません。しかし、まだ三十四で成功も失敗もありませんよ。人生の浮き沈みはこれからです」

「進んだ世界こそ違え、われわれはライバルでもありますからね」三隅が言う。「二年に一度会い、お互いの近況を報告し合うことで刺激を受けたいんですよ」

さらに神坂が付け加える。

「友情あふれる交歓だけやのうて、ビジネス情報の交換の場でもあるわけです。学生時代の失敗談に花を咲かせたりもしますが、それがいつしか政治や経済の話になってしもうて苦笑することもしばしばです」

弾むような口調に、彼らの充実したビジネス・ライフが窺《うかが》えた。このところマンネリだ、と腐っていた私とは大違いである。

「野毛耕司さんのお名前に聞き覚えがあるんですけれど」警部は言いにくそうに、「元経済産業省の副大臣秘書にそんな方がいらしたような――」

「彼です」倉木が頷く。「梅沢佐一郎の秘書をしていました。あわや両手が後ろに回るところでした。しかし、本人は潔白なんですよ。政治家を志望したのに、梅沢に犯罪行為をなすりつけられそうになったことで嫌気がさして、現在は大阪に帰ってきて逼塞《ひっそく》しています」

「何をなさっているんですか？」

「無職だ、と言っていました。あの一件で積み上げてきた実績や人脈を失い、一からやり直しだ、と。大学時代の先輩がバイオメトリクス関連のヴェンチャー企業を興すのを手伝おうとしているようでした」

「手伝うという表現は不正確じゃないか？」三隅が遮《さえぎ》る。「本人は奥歯にものが挟まったような言い方をしていたけれど、要するに持参金を用意してきたら仲間の末席に加えてやる、ということだろ。ろくな話じゃないぞ、あれは」

「そうや。ある仕事で関係があって、その先輩というのがYZセキュリティーっていう会社におった時の噂を聞いたけど、信用できる人間やないな。あんな話にふらふらとついて行こうとするやなんて、野毛も焼きが回ったもんや。梅沢の一件で完全にケチがついたな」

　野毛は優等生クラブの仲間に融資の相談を持ち掛けたのだ。そして、旧友たちはそれをあっさりと斬って捨てた。明らかに三人は野毛の腑甲斐《ふがい》なさを不愉快に思っていた。金策のためにリユニオンにバスで駈けつけた情けない落伍者、と見ているのかもしれない。仲よしクラブどころか、厳しい連中ではないか。野毛が今日のゴルフに参加しなかったのも、それどころではなかったからに違いない。どんな気分で山を下りたことやら。

「困った時に救いの手を差し伸べるのが友人です。しかし、友人だからこそ胡散臭《うさんくさ》い話に乗りかけている彼に忠告しないではいられなかったんですよ」

　倉木が言った。それが単なる言い訳なのか、正しい判断なのか、詳しい事情を知らない私には判らない。

「野毛さんのことは措《お》いて、村越さんの近況について教えていただけますか？　公私いずれについてでも結構です」

　ここ二年会っていないので大したことは知らない、と三人は口を揃えた。大阪市内で事務所を構える神坂にしても、ふだんはまったく接触がないのだ。やがて、月曜日に電話で話した幹事の三隅が、その時の会話から感じたところを語りだす。

「優れた技術を持つ中小企業を中国資本に引き渡す仲介をして、間で半端《はんぱ》な手数料を稼《かせ》いでいたわけでしょう。大志を抱いていた彼としては、不本意な仕事ですよ。村越の親父さんは資産家で、私たちの中では彼が一番裕福な環境で育ったんですけれどね」

村越は大学を出た後、スタンフォード大学に留学して、経営学修士《MBA》の資格を取得している。そこまでは順調だったのだが、帰国してから父親と共に中国企業と提携したディベロッパー事業を展開しようとして失敗した。

「バブル経済崩壊による地価暴落のせいで、ビル持ちという福が転じて禍《わざわ》いとなった。親父さんが作った借金に負けたんですよ。不況の底を何度も読み違えたんですね。残ったのはここだけ。それも空室だらけだ」

「立地はともかく、このビルは古いわ。インテリジェント・ビルでも埋まらんで困ってるのに」

「平成九年の金融不安以降、大阪の賃貸オフィスビルの平均空室率は上昇するばかりだからな。去年の暮れには十パーセントを超えた。まぁ、京都や神戸はもっと悲惨だけれど。平均募集賃料の落ち込みも大きくて、坪当たり一万円を割っている。大阪の企業が本社機能を東京に移転し続けるかぎり、深刻な状況が続くだろう。外資も入ってきていないしな。供給過多が懸念される東京とは、背景が異なる」

「都市デザインの問題もある。大阪の場合、オフィスビル不況が市内に優良な集合住宅の建設を促しているけれども、それにしたって――」

三隅と神坂が脱線するのを、倉木が制した。昨日の夜も、酒を飲みながらこんな調子で白熱していたのだろう。

「そういうお話は内輪でやっていただくとして」警部は仕切り直す。「村越さんが殺された理由について、何かお考えのある方はいませんか？」

「私たちに訊かれてもね」三隅が肩をすくめる。「仕事がらみのトラブルではありませんか？　本人は善意で動いていても、思わぬところで逆恨みを買うこともあります。あるいは女性関係」

「いずれにしても、私たちには心当たりがありませんね」

倉木もそっけない。

「村越さんは、高校時代の友人に不純な相談を持ち掛けた、という意味のことをある人に語っているんです。これについて、どなたか思い当たることはありませんか？」

優等生たちは、互いに顔を見合わせた。何のことやら、という表情をしている。

「不純な相談という言葉の意味が摑みにくいな」倉木が呟く。「野毛のような借金の申し出を指しているのかな」

「うーん、どやろ」と神坂。「二年前の印象やと、焦ってるふうではあったな。まとまった元手さえあれば面白い仕事ができるのに、てなことを言うて」

三隅は黙っている。

嘘《うそ》をついてるのではあるまいな。私は三人の肚《はら》の内を読もうとしたが、容易に内面をさらすほど幼稚な者はいない。

「火村先生から何かありますか？」

警部が水を向ける。それを受けた犯罪学者は、私の意表を衝《つ》く質問をした。

「皆さん、どうしてお揃いの時計をしているんですか？」

迂闊《うかつ》なことに、あらためて彼らの手首に目をやって初めて気がついた。警部も同様らしい。

三人ともが、文字盤の中央に赤いルビーを埋め込んだ腕時計を嵌めていたのだ。ベルトは黒い革。これまた私の手首には縁のない品に見える。倉木が「ああ」とガラス面を叩いた。

「これですか。子供じみているんですが、六年前にみんなで買い揃えました。スイスのペルレですよ」

「ちょっと拝見できますか？」

倉木は手首からはずして手渡す。ルビーの周りに見慣れぬデコレーションが施され、12のインデックスがあるべき場所にはPのロゴマークがある。頼みもしないのに、時計好きの神坂が解説をしてくれた。

「真ん中に見えてるのはローターと言います。それが回転して発条《ばね》を巻き上げるんです。本来は裏蓋《うらぶた》の側についているもんですけど、それをこれ見よがしにダイヤル面に持ってきて装飾にしてある。ダブルローターという画期的なデザインです。裏返して見てください。シースルー仕様になってて、中の機械を鑑賞することができますよ。私は周りの人間にいつも見せびらかして、事務所の連中に笑われています。時計好きというのは、デザインが洒落《しゃれ》ているとか、金や宝石で装飾されててゴージャスだ、といったことで喜ぶんやありません。メカニックつまりムーヴメントの美しさそのものを愛するんです」

火村が時計をひっくり返すと、なるほど、機械好きのフェティシズムを刺激しそうな精密な動きがよく視《み》える。

「クラシック音楽の愛好家が、演奏や歌を聴かずとも、楽譜を読むだけで感動できるようなもんか」

私がいいかげんな喩《たと》えをすると、建築家は頷いた。

「おお、せやせや。単なる覗き趣味と言われたらそれまでやけどな。とにかく、時計の神髄《しんずい》はムーヴメントや。作家やったら覚えといて損はないぞ。その形式番号をキャリバーと言う」

この時計は、世界初の自動巻き機構を考案した伝説の時計師、アブラハム・ルイ・ペルレにちなんだペルレ社の製品で、ディプテロス——二枚羽の意味——というシリーズの一つなのだそうだ。

「文字盤を覆っているのは、ガラスですね？」

火村が確かめる。

「ええ。プラスチックやアクリルではなく、サファイアガラスです。ちなみに、その覆いの部分は風を防ぐと書いて風防と呼びます」

「乱暴に扱って割れることは？」

「堅いものに強くぶつけたりしたら、そら、割れますよ」

「人工サファイアでも？」

「ええ。サファイアはダイヤモンドの次に高い硬度を持っていますから、瑕がつきにくい。それで高級腕時計の風防に使われるんですが、ガラスですから無茶をしたら割れることもあるでしょう。むしろ安い時計のプラスチック風防の方が割れにくいかも。しかし、そちらは瑕がつきやすい」

「ガラスが割れたら、風防だけを交換することもできますね？」

「もちろん可能です。ちゃんとしたところへ修理に出せばね。しかし、スイス製ですから時間がかかるでしょう」

火村はガラスのことばかり尋ねる。絨毯の隙間に散っていたガラス片はペルレのものではないか、と疑っているのだろう。村越はこの時計を嵌めて、リユニオンに出向く準備を整えていたであろうから。

「ディプテロスとやらは製造個数が限定されているんですか？」

「先生、やけにご熱心ですね。――シリアル・ナンバー入りの限定タイプというのは珍しくありませんが、これは違います。日本にもたくさん入ってきていると思いますよ」

火村の掌《てのひら》にのった精密機械を、警部も興味深そうに見る。

「いい時計ですね。見てると欲しくなりますが、お高いんでしょうな」

つい値段を訊いてしまう気持ちも判る。「三十万そこそこですよ」とのこと。そのあたりが彼らにとって値頃なのだろう。三百万円だの五百万円だのという腕時計をコレクションする道楽者もいるのだから、これしきは大人の嗜《たしな》みというところか。

「リユニオンには、いつもこれをして集まることになってます。チャーミングで、飽きがこなくて、いい時計ですよ。私はふだんから気分を変えたい時に嵌めたりします。長い間ほったらかしてて、たまに使うというのは時計に一番よくないですからね」

暇《ひま》があれば裏返して、覗き趣味を満喫しているのかもしれない。

「倉木さん、三隅さんもそんなふうにお使いなんですか？」

そうだ、という返事。

「皆さんがお揃いの時計をしていることを知っている人はいますか？」

「いいえ。得意気に吹聴するほどのことでもないし」

神坂の言葉に、他の二人が同意する。

火村は「ありがとうございます」と倉木の大きな掌に時計を返して、

「買い揃えたということですから、当然、村越さんもお持ちだったんですね？」

「ええ。野毛君も高山君も持っています。みんなとても気に入っていますよ」

「昨日も野毛さんは時計をしていましたか？」

どうしてこの犯罪学者は時計にばかりこだわるのか、と三人は不審に思いだしたようだ。倉木は逆に問い返す。

「ええ、嵌めていましたよ。――この時計が事件に関係しているんでしょうか？」

「まだ何とも言えません」

はぐらかされて優等生たちは面白くなかったかもしれないが、そんな態度はおくびにも出さない。

「あー、それでは」警部がボールペンで頭を掻きながら「昨日、皆さんが六甲山に集まるまでの行動についてお聞かせいただけますか？　調書をまとめるのに必要なものですから」

「端的に言うと、犯行があったと推定される午後四時から八時にどこで何をしていたか、を証言すればいいんですね？」

倉木はそう言うと、警部がイエスと答えるのを待たずに話し始めた。

「昨日は金曜日でしたがセンターには出ず、自宅で論文を書くことにしていました。まぁ、それはリユニオンに出るための方便で、実際は午前中に少し机に向かっただけで、昼過ぎには京田辺《きょうたなべ》市の自宅を出ました。まっすぐ六甲に向かっていれば四時頃に着いたんでしょうけれど、大阪市内で書店に寄ったりしたので、到着が六時になってしまった。五時半にJR六甲道《ろっこうみち》駅からタクシーに乗ったので、その運転手を捜してもらうことは可能でしょう。しかし、午後一時からそれまでの時間帯の所在を証明してくれる人間はいません」

「本を買ったレシートなどは？」

「結果として立ち読みをしただけです。欲しいものが何冊かあったんですが、いずれも大部の書で、荷物になるのが嫌で控えました。書店以外の店でも一切買物はしませんでした」

「証人の有無を問いませんから、一時から五時半までのことをできるだけ詳しく話してください」

倉木の話は、いたって曖昧なものだった。しかし、誰だって独りで街に出た時はそのようなものだ。

次は三隅だ。彼は木曜日から会社を休んでいた。

「短い夏期休暇のつもりで、木、金と有給休暇を取ったんです。私はとても車が好きでしてね。木曜日にドライブがてら東京から愛車を走らせてきました」

その日は梅田のホテルに泊まり、翌金曜の正午にチェックアウト。久しぶりの大阪ということで、変貌著《いちじる》しいと聞いていた南船場《みなみせんば》、堀江《ほりえ》を回り、大阪球場跡の再開発の状況を視察したと言う。そして、五時近くになってから六甲山に向かった。

「何や、堀江に行ったんやったら、〈クロックワーク〉に寄ってもらいたかったな。俺自身も出資して作った南堀江のカフェや。まだ見てないやろ。自信作やのに」

ぼやく神坂の行動はこうだ。

「昨日はクライアントとの打ち合わせが二件入ってました。一つは午前中に鰻谷《うなぎだに》の事務所で。もう一つは午後三時から西本町《にしほんまち》で。そっちが長引いて、終わったんが六時前です。それから梅田へ出て、阪急六甲まで行きました。〈コンフォート六甲〉まではタクシーを飛ばして、着いた時は八時を回ってたなぁ。打ち合わせは事務所の者と一緒でしたけど、そいつとは地下鉄本町の下り口で別れています。その時、三隅に『八時近くになりそうや』と電話をしたんですが……。六時以降の私のアリバイを証明してくれる人間はいません。微妙なとこですね。西本町からここまで歩いても五分そこそこでしょう。村越を手際よく殺《あや》めて梅田に向こうたら、ちょうど八時過ぎに六甲山上ですよ」

アリバイという言葉を使い、それが自分にないことを神坂は潔《いさぎよ》く認めた。

「今のご質問はわれわれのアリバイ調べやったんですよね、警部さん？　――せやろ、有栖川？」

「殺人事件やからな。つながりのあった人間はみんな訊かれる」

「となると、野毛のアリバイも調べてもらわないと。リユニオンに出なかった高山だって洩らせない」

不服そうな三隅を、「よせよ」と倉木が制した。

「どうやらここにいる三人はみんな犯行時刻のアリバイがないらしい。公平でよかったじゃないか」

村越の人物像を探るための質問がさらに続いて、事情聴取は終わった。野毛と高山の連絡先を聞き、三隅が梅田のホテルに急遽《きゅうきょ》今夜の宿泊予約を入れたことを確認して、警部は彼らを解放した。霊安室で村越の遺体と対面するのを希望する者はいなかった。神坂がビルを出ていこうとしたところで引き返してきて、私に小声で言う。

「君、あの火村先生と一緒に捜査に噛んでるんやろ。警察が事件をどう見てるのか教えてくれへんかな。話せる範囲のことでええ。さんざん色んなことを訊かれて、答えたら『はい、さよなら』はないで。せやろ？」

話せる範囲をこちらが決められるのなら、不都合はない。私は承諾した。

「サンキュッ。今晩、〈クロックワーク〉に三人で集まることにしたから、君もそこにきてくれ。あ、店の場所やら電話番号はこれ。頼むで。それで何時頃になるやろ。七時か？　八時か？　九時か？」

後で電話をすることにした。

6

火村は再び村越の居室を調べる。私はというと、彼の邪魔をしないように部屋の隅で見ているだけだった。昔の被害者を知っているせいで、いつもとは勝手が違う。もちろん、仇《かたき》を討つためにも捜査に貢献したかったが、彼のプライバシーに手を突っ込んでまさぐるのが躊躇《ためら》われるのだ。

「被害者は整理整頓は得意じゃなかったらしいな。ビデオのケースは何割かなくなっているし、年賀状がまだ未整理だし、細々《こまごま》したものは洋菓子の空き箱にごちゃごちゃと突っ込んである。さすがに大事なブルガリやペルレのケースだけは豚革製の時計専用ボックスに入れてあったみたいだけれど、保証書はない。——おお、期限切れのレストランの優待券がいっぱいだ」

「今夜、あの連中と会うんや」

抽斗にあった去年の手帳に目を通している火村に言うと、彼は「そうか」と応えた。右手は忙しくページをめくっている。

「お前なら話しやすいだろう。せいぜい有益な情報を仕入れてきてくれ。俺は捜査会議に出なくちゃならない」

「有益な情報と言うけど、あんまり期待はせんといてくれよ。彼らは被害者とたまに電話で話したり、二年に一度会う程度の付き合いだったみたいやから」

「そうかな。あの優等生クラブのメンバーの中に、不純な相談とやらを持ち掛けられていた人物がいるかもしれないいんだぜ。被害者が親しくしていた高校時代の友人は他にいなかったようだから」

「それが事件と関係してるのか？　無茶な相談に怒った誰かが、かっとして灰皿を振り上げてしもうた、と？」

「衝動的な犯行だからな。そういうことがあったかもしれない」

「さっきの三人に不自然な素振りはなかった。友人を殺して、平然としていられるほど極悪非道な犯人でもないと思いたい」

「頭がよくて失うものがたくさんある人間なら、必死で演技をするだろうさ」

「冷徹な見方やな。……まぁ、そうかもしれん」

火村は手帳を抽斗にしまい、代わりにアルバムを取り出す。現像をした時に写真屋がくれる紙表紙の簡易アルバムだ。何ページかめくったところで、手が止まった。

「村越啓はジョージと同じポリシーを持っていたのか」

ジョージというのは、彼の同僚のイギリス人講師だ。

「アリス。お前は知っていたか？　村越には腕時計を手首の内側に向けて嵌める習慣があったことを」

学生時代からそうだったとしても、覚えているわけがない。

「ひと昔前は、たいていの女性は内向きに腕時計を嵌めていた。肘《ひじ》を上げて文字盤を読むより、手首を覗く方が所作が小さくて上品に見えるからだろう。ジョージの場合は、外側に時計を向けていると何かにぶつけて瑕をつけやすい、と考えて内側に嵌めている。村越もそうだったのかもしれないな」

火村が手にしたアルバムを見ると、なるほど、どの写真でも村越は時計を内側にしている。現場にあった写真では、左手が安田和歌奈の体の陰になっていて判らなかった。

「で、これがどうかしたか？」

助教授が答える前に、学者風の鮫山警部補を従えて船曳警部が入ってくる。

「野毛、高山の両名と連絡が取れました。これから鮫やんが訪ねていくんですが、先生方はどうします？」

「同行させてください」火村は即答した。「彼らは事件のことを知らなかったんですね？」

「ええ。野毛は午前中に塚本《つかもと》の自宅に帰り、真っ昼間からビールを飲んで眠っていたようです。高山は休日出勤で淀屋橋《よどやばし》の会社に出ています」

高山は大手の総合商社に勤めていた。

「それから、先生。村越の預金通帳をチェックしたら、変な入金があるんですよ。五月と七月の初めに、それぞれ百万円ずつ振り込まれているんです。それ以外の入金は会社の口座から給与の形で入っているのに、この二件に関しては振り込んだ相手がはっきりしません。匂いますな」

「どう匂うんですか？」

その答えを想像しながら尋ねてみる。

「いや、具体的なことは言えないんですけど、胡散臭いやないですか。勘です」

「個人的に貸してた金を返してもらったとか、そんなことやないですか？」

「どうでしょう。百万円単位のきれいな数字で出金した記録はないんですけれどね。

——とにかく、この出所を洗うことにしました。何か判ったらご報告します」

村越が友人に「不純な相談」を持ち掛けていた、という秘書の証言が脳裏に浮かんだ。二百万円の振込人は、その相談相手なのではないか？　そう考えかけて、私は打ち消す。二つ三つの情報を安直に組み立てたところで、空想的な仮説にしかならない。

「では、出発しますか」

鮫山警部補が促す。火村は「はい」と廊下に出たところで、急に足を止めた。どうしたのか、と警部補が訝《いぶか》しむ。

「すみません。ちょっと確認したいことが一点」

彼は犯行現場に入り、キャビネットの前に立った。そして、まるで雨乞いでもするかのごとく両腕を差し上げてから、ちっと舌打ちした。

「馬鹿だな、俺は。さっき訊いておけばいいものを。ちっとも気がつかなかった」

「何を悔やんでるんや、先生？」

火村は、待て、というしぐさを見せてから、応接ソファの一つに向かう。そして、不精《ぶしょう》にも片手で引きずるようにしてキャビネットの前に運んだかと思うと、私を呼びつけた。

「段ボール箱を端から順に下ろしていくから、受け取れ」

わけが判らないまま私は承知する。どんな重い箱がきてもしっかり受け取ろう、と身構えていたのだが、どれもさしたる重量はなかった。パソコンの周辺機器につなぐコードが一本丸めてあるだけ、という箱もあって、その軽さに思わずよろめいたほどだ。三つあった箱をすべて下ろすと、すぐに「よし。上げてくれ」と言う。作業がすんで火村がソファを元に戻すなり、今のは何の実験だったのか、と私は尋ねた。

「応接セットのソファがキャビネットの前まで移動した跡について秘書に尋ねると、社長が段ボール箱を下ろす時に踏み台にした、と言ってたよな。村越はどちらかというと小柄だった。しかし、これしきの高さならば踏み台は不要じゃないか」

どんな重大な疑問かと思ったら、それだけのことか。脱力した。

「手は充分に届いたけれど箱がとても重かったのか、とも考えた。しかし、それも違っていたよな。どの箱も二、三キロの重量しかなかった。何故わざわざソファを踏み台に使ったんだろう？」

「簡単に説明がつく。重い箱だったから踏み台を使《つこ》うて下ろした。中身を取り出した。軽くなった箱をキャビネットの上に戻した。以上」

「もしそうだとしたら、何を取り出したのかが知りたい。――しかし、どうもそうではない気がするんだ。ソファを運んだ跡は、このへんについていただろ？　その真上にあるのはこの箱だ」マジックで②と書いてある。「箱には①から③までの数字が振ってあって、端から番号の順に並んでいる。この②の箱が一番小さいよな。しかも、底にガムテープを貼るといった補強もなされていなかった。これじゃ、そう重いものは入らないぜ」

「安田さんに訊いてみましょう」戸口で見ていた鮫山が言う。「森下が回ることになっているんです。あいつに確認させます」

「お願いします」

些細《ささい》なことに拘泥《こうでい》しているように思えた。警部補が森下に指示を出しにいく間に、私はちくりと皮肉を言う。

「謎の段ボール箱か。それに村越の秘密がどっさり詰まっていた、とでも？」

「そんな甘い期待はしてねぇよ。隠しておきたいものなら私室に置いただろうし、わざわざ秘書の前で下ろすこともないじゃないか。——俺は何も期待しちゃいない。現場で疑問に思ったことは潰《つぶ》しておきたいだけさ」

鮫山が戻ってきた。私たちは彼の運転する車で淀屋橋の帝冠《ていかん》物産へと向かった。信濃橋からは、ほんの五分の距離である。

通用口で警備員に来意を告げ、入館証をもらってエレベーターホールへ。さすがは天下の帝冠物産と言うべきか、冠にＴＫのロゴマークを埋め込んだ大理石張りの床は、鏡のように磨き上げられていた。土曜日にも拘《かか》わらず、存外に社員の姿が多い。私たちは、きつい香水の匂いを振り撒《ま》く金髪の外国人女性とエレベーターに乗り込み、高山不二雄が待つ十一階へ上がった。

「とんだことになりました」

フロアの端にある小ぶりの会議室で対面すると、高山は押し潰したような声で言った。眉間には、肉が両側から盛り上がるほど深い皺が刻まれている。自分の内なる神と悪魔の相克《そうこく》について思索する文学者か、と思うほど迫力のある皺だ。そういえば、高校時代の彼はいつもこんな〈怖い顔〉をしていた。今となっては、にこにこ笑う時も眉間の皺は消えないだろう。

まずは、鮫山が訪問者三名の紹介をする。高山もまた、私が推理作家になったことを知っていた。

「あの美少女が推理作家になった、と神坂たちと話題にしました。こんな形でお目にかかることになるとは残念ですが」

美少女云々《うんぬん》のところで火村の右眉がぴくりと動いたが、聞き流してくれた。

「このところ多忙でして、今日も朝からずっと会議です。大手ファミリーレストラン・チェーンの切札となるかもしれない新デザートのメニューについて侃々諤々《かんかんがくがく》と。

発表されたら、あっと驚きますよ。ほとんどの日本人が見たことも聞いたこともないフルーツを用意していますから」

こわい顔のまま、高山は雑談めかして言う。そうやって自分の緊張をほぐしているのかもしれない。

「ほぉ、そんなプランにも総合商社は参画《さんかく》しているんですね」と鮫山が合わせる。

高山の名刺には、生活産業事業部企画開発室・課長とあった。

「何でも屋ですから、海外でのエネルギー開発や大型プラント建設だけが仕事ではありません。そういうセクションに配属されると肩書きは勇壮ですがね。何でも屋の中で業務を細分化するので、Aさんはイカひと筋、B君はタコひと筋という具合です」

「お忙しかったのでリユニオンに出られなかったんですね？」

高山は、やや迫《せ》り出し気味の腹の前で両手を組んだ。

「そうです。二年に一度の再会なので極力参加するようにしているんですが、今回は無理だった。とても都合がつきそうもなかったので、幹事の三隅君には半月前から欠席の返事をしていました」

「毎日、遅くまで残業ですか？」

「はい。昨日も家に帰ったのは日付が変わってからです。このプロジェクトが片づくまでは仕方がありませんね。――ところで、村越はどんな状況で死んでいたんですか？　殺されたというのがにわかに信じがたいんですが」

鮫山は眼鏡の蔓《つる》に手をやって、事件の経緯を要領よく説明する。高山は途中から目を閉じて聞いていた。

「――そのようなわけで、故人と親しかった方のお話を伺っているんです。亡くなった村越さんとは旧《ふる》いお付き合いのようですが、最近お会いになったのはいつでしょう？」

「半年ほど前かな。彼の事務所の近くに行く用事があったので、電話をして立ち寄りました。軽く夕食をとって、雑談をしただけです」

「その時に、何か印象に残っていることはありませんか？」

「今回の事件を暗示するような会話はなかったし、彼に変わった様子も見受けられませんでしたよ。お互いの仕事の話が大半でした」

「誰かとの間にトラブルを抱えている、といった話は出なかったんですね？」

「そういうことは話していませんでしたね。この事件は物盗りではなく、怨恨の疑いがあるということでしたが、思い当たる節はありません」

早くも収穫なしに終わりそうな気配がしてきた。

「仕事は順調のようでしたか?」

「苦労話も出ましたが、問題を抱えている様子はありませんでしたよ。ただ、父親から受け継いだ借金が足枷《あしかせ》になっている、とぼやいていましたね。バブルの後遺症です」

「かなりの額なんでしょうか?」

「まだ一億近くあるはずです。ビルを売却したらどうか、と言ったんですが、本人が土地を手放したがらない。手詰まりで、少し苛立《いらだ》っていました。現状の泥臭い仕事にも満足はしていなかったんでしょう。元手があれば商売替えしたい、と考えていたようです」

「高校時代の仲間の活躍を横目で見て、焦っていたということですか?」

「私は大した活躍はしていませんけれどね」と謙遜《けんそん》してみせてから「まぁ、焦る気持ちもあったでしょう。倉木はナノテクセンターの助教授に昇任してボトムアップ式ナノマシンの研究を着実に進め、神坂はカフェ・デザインで斯界《しかい》の寵児《ちょうじ》になりつつある。三隅も希望どおりのフィールドで存分に能力を発揮していますから、負けず嫌いの村越としては切歯扼腕《せっしやくわん》というところでしょうか。野毛については、同情していましたけれどね。いや、内心は彼の躓《つまず》きを喜んでいたのかもしれない。——学生時代からの付き合いであればこそ、仲間の後塵《こうじん》は拝したくないものです」

優等生はつらいよ、か。

「この後、野毛さんにもお目にかかるんですよ」

「そうですか。彼は無事にリユニオンに出たんですよね？」

「出席していますが……『無事に出た』とはどういうことですか？」

高山は脂気《あぶらけ》のない髪を撫でる。

「私から言ってしまいましょうか。――実は、今週の火曜日に彼から電話がありました。腕時計を貸してくれ、と言うんですよ。私たちは揃いの腕時計をしてリユニオンに出ることにしていまして――」

「ペルレですね。存じています」

「ああ、そうですか。『お前が欠席することを三隅から聞いた。悪いが、腕時計を貸してくれないか。壊れてしまったんだ』ということだったので、『ああ、いいぞ。取りにこい』と言って、水曜日の夜にこの近くで会って渡しました。その時に、本当のことを聞きましたよ。彼は時計を壊したのではなく、質草に入れてしまってたんです。『どうしてもリユニオンに出たいのだが、あのペルレなしでは出づらい。貸してくれて恩に着る』と言う。質入れしたことはみんなに黙っている、と武士の情けで約束しましたが、刑事さんたちにお話ししたことを怒ったりはしないでしょう」

「野毛さんは、腕時計を質入れするほど困窮しているんですか？」

眉間の皺が二ミリほど深くなる。

「『金は大丈夫か？』という言葉が喉元まで出ましたよ。彼が国会議員秘書をしていたことは？　ああ、ご存じですか。彼は大学を出てすぐ当時の通産省に入ったんですが、政治家を志望していたもので、三年ほどで辞めて梅沢佐一郎の秘書になったんです。鞄《かばん》持ちから始めて、雑巾掛けのような仕事を黙々とこなして仕えてきて、それがああいう結末ですからね。生きていくのが馬鹿らしくなった、と拗《す》ねていました。『きれいごとからほど遠い世界を目指していたくせに』と私が言うと、『お前には判らん』です。何をおっしゃる。あいつが政治家に不向きな理想家だということは、判っていましたよ」

「今は何を？」

「無職の素浪人です。仕事がらみの知人、友人たちは、あの一件でみんな潮が引くように去っていって、野毛は経済的にも精神的にも多大のダメージを喰らったんですね。自分に投資するのに熱心で、もともと貯金はゼロだったし。すっかり厭世的《えんせいてき》になって、しばらく働く気力も湧かなかったらしい。最近になって大学の頃の先輩から声が掛かって、何か始める計画が持ち上がっているようですが」

「なるほど」鮫山は頷く。「野毛さんは、その計画を実行に移すためにリユニオンへの出席を望んだようですね」

「どういうことですか？」

倉木たちに出資を請うて見事に拒絶された顚末《てんまつ》を話すと、高山は溜め息をついた。

「みっともない。あいつらに頼むんなら、どうして俺に相談してくれないんだ。倉木は杓子定規《しゃくしじょうぎ》の堅物だし、そもそも学者先生は金に余裕がない。神坂は政治家や官僚が大嫌いで、野毛に冷ややかだった。三隅ときたら昔から並はずれてケチですからね」

高山は渋面になる。グループの中で彼が最も野毛と親密だったのだ。

「それなのに援助を求めてこなかったのは、私のところに二人目が生まれて、マンションを購入したばかりと知っていたので遠慮したんでしょう。実際に頼まれたら大したことはできないにせよ、水臭い奴だ」

鮫山の質問に間が空いたので、火村が口を開く。

「相談と言えば、村越さんから何か持ち掛けられたことはありませんか？」

「村越から？　いいえ」

「あまり楽しくない相談ごとだったようですが」

「関知していません。その相手が怪しいんですか？」

「犯人だと疑う根拠はありませんが、ぜひ話を聞いてみたいですね。――もう一つ。村越さんの時計には、何か特徴がありませんでしたか？　他の五人のメンバーとは異なった点です。たとえば、風防ガラスに瑕がついていたとか」

ここでも火村は時計を問題にする。高山は右手で顎を包むようにして短い間考えた。

「彼の時計を手に取って眺めたことはありませんから、瑕の有無などは判りません。ただ、もしかすると裏蓋にイニシャルを彫っていたかもしれない」

火村の目の色が変わる。そんな彼の反応が、私には不可解だった。

「K・Mと？」

「いや、彫っていたかもしれない、と申したんです。二年前のリユニオンで京都に集まった際に――」

高山は時計の裏蓋にF・Tのイニシャルを彫って出席した。戯《たわむ》れに彫刻刀を執《と》り、自分で入れたのだ。それを見た仲間の反応は、真っ二つに割れた。とんでもない愚行だ、と詰《なじ》ったのは時計好きの神坂だ。工芸品のごときものに素人が彫刻刀でイニシャルを落書きするなど、野蛮の極みである、と。ましてやこのペルレは、ムーヴメントが鑑賞できるように裏が美しいサファイアガラスのシースルーになっているのに。「三隅も否定的でしたね。彼は美意識からではなく、『そんなことをしたら転売価格が大幅に下がる』という理由からの非難です。そこで私は言ってやりました。『君は、われわれ仲間が親愛の証《あかし》に嵌めている時計を転売する心積もりがあるのか？』とね。すると、彼は黙ってしまいましたよ」

否定派の神坂と三隅に対して、面白いではないか、と興味を示したのが村越、倉木、野毛である。

「三人とも器用な男で、手仕事が達者なタイプです。特に村越は大いに賛同してくれて、『生涯、これを人手に渡すことはないという証になる。Ｋ・Ｍと彫るぐらいわけないしな』と言っていました」

「しかし、実際に彫ったかどうかは判らないんですね？」

「ええ。半年前に会った時はあいつは別の時計をしていたし、イニシャル云々の話は出ませんでしたから。――そんなことが重要ですか？　あいつの部屋にあった時計をお調べになればいいじゃないですか」

「ないんですよ」火村は口許を歪める。「現場から持ち去られていました」

「すると強盗のしわざでは？」

「現場には物色された形跡がありませんでした。それに、強盗ならば被害者のポケットにあった現金やクレジットカードを見逃すはずがない。犯行は金曜日の夕刻でした。月曜日まで遺体が発見されない可能性がありましたから、強盗ならばその間にカードを使いまくれる、と考えたでしょう」

「そうですか。やはり怨恨……」

憂い顔になる男に、鮫山が不愉快な頼みをする。金曜日の午後四時から八時までの間、どこで何をしていたか教えてくれ、と。執務中だったら容易に証明できると思ったのだが、高山は険しい表情を崩さない。

「犯行現場は彼の事務所なんでしょ。ならば、私には確固としたアリバイは存在しません。五時から六時にかけて、一人で外出していましたので」

「どちらへ？」

「デスクでパンを食べるだけの昼食だったもので、夕方になって猛烈に空腹になったんです。それで、会議と会議の間に会社を抜け出して、近くの喫茶店で軽食をとりました。のんびり一時間もかけたのは、休憩したかったからです。ツーブロック南の角にあるビルの地下の〈ローザ〉という店でした。うちの者があまり行かない店で、私もめったに利用しません。ですから、私が何時から何時までそこにいた、と従業員が証言してくれるとは思えません」

「念のため聞いてみましょう」

「では、私の写真をお預けします。時間がたつと完全に忘れられてしまいますから」

社員証をなくした時のための予備なのだろう。手帳に挟んであった証明写真を貸してくれた。

「私たちの仲間の誰かがやった、とにらんでいるんですか？」

「いいえ。あいにく、そんなに絞り込めるほど捜査は進んでいません」

鮫山は、さらりとかわした。

帰る前に、今夜、神坂らと堀江のカフェで会うことを伝えると、高山は時間と場所を知りたがった。

7

喫茶〈ローザ〉の従業員たちは、高山が来店したことをかろうじて覚えていた。しかし彼が危惧《きぐ》したとおり、何時にやってきて何時に席を立ったかまでは定かではなかった。レシートの記録を見ても判りそうにない、ということだったし、ここから村越ビルまでは車で五分という位置関係でもあり、高山のアリバイは不成立に終わった。

帝冠物産に駐《と》めていた車に戻り、気を取り直して野毛との待ち合わせ場所に向かう。その前に、鮫山は火村に何やら頼まれて、野毛に電話を入れていた。

車中では、私が一方的に助教授にしゃべる。

「この事件で妙なのは、犯人が村越の腕時計を奪って逃げたことやな。現金やクレジットカードには目もくれず、なんで腕時計だけを持ち去ったのか？　それは風防ガラスが割れた時計やったらしいのに」

犯罪学者は窓の外を見たまま答えない。

「時計が目当ての犯行とは考えにくいわな。マニア垂涎《すいぜん》の稀少なアイテムでもなかったから、入手したかったんならカードを盗んで買えばよかった。ましてや、割れたガラスを修理してどこかに売るつもりではなかったはずや。――違うか？」

「聞いてる。お前の言うとおりだよ」

「とすると、別の事情を想像する必要がある。たとえば、被害者と揉み合った際に犯人が怪我をして、その血が村越の時計の文字盤にぽたりと落ちた、というのはどうや？　だから犯人は風防の壊れた時計を持ち去らなくてはならなかった。――もちろん、蓋然性《がいぜんせい》が低いのは判ってるけれど、そういうことが絶対になかったとは言えん」

「蓋然性が低すぎる、と言うべきだな。まず、あり得ない」

「ゼロではないやろ。鼻血が一滴、ぽたり——」

「よく考えてみろ。もし、その鼻血がピンポイントでガラスの割れた文字盤に命中したとしても、犯人は時計を持ち去って人知れず処理するなんて手間をかける必要はなかった。被害者も頭から出血していたんだぜ。その血をなすりつけておけば、警察に自分の血を検出されるおそれはなくなる」

運転席の鮫山が「なるほど」と言った。

「すると、どういうことになる？」

「情報が不足していて、まだ判らないってことさ」

「愛想のないこと夥《おびただ》しい途中経過やな。——しかし、お前はやけに時計にこだわってるやないか。村越の時計に特別なところがあったのかもしれん、と考えてるわけか？」返事なし。「特別なところと言うても漠然としすぎてるけれど——あっ」

突然、ある小説のことが閃《ひらめ》いた。

「ちょっと聞いてくれ。エラリー・クイーンに『ローマ帽子の謎』という長編がある。彼のデビュー作で、犯人を指摘するデータが出揃ったところで〈読者への挑戦〉が入るという趣向が……って、そんなことはどうでもええ。その小説が今度の事件を解くヒントになるかもしれん」

助教授は窓を向いたままだ。

「話してみろよ」

「小説の中の殺人事件が起きるのは、ブロードウェイにあるローマ劇場。ガンファイトで賑やかな芝居の最中に一人の男が客席で殺される。現場には不自然な点が一つあった。被害者がかぶってたはずのシルクハットが消えてるんや。諸般の状況から、犯人が持ち去ったとしか考えられない」

「腕時計が消えた今回の事件と似ていますね」

鮫山が興味を示してくれる。

「ええ。こっちはいわば『スイス時計の謎』ですよ。——それで、『ローマ帽子の謎』で捜査陣の前に立ちふさがるのは、どうやって犯人はシルクハットを劇場の外に持ち出したのか、いう問題やった。観客も劇場側の人間も、誰一人として余分な帽子を隠したりしていなかったんや。その真相は措いといて、犯人が帽子を奪った理由は捜査の過程で明らかになる。悪徳弁護士だった被害者は、大勢の人間を恐喝してたんやが、ゆすりの材料がどこからも出てこない。それで、犯人が持っていった帽子の中に縫い込んであったとしか考えられなくなるんや」

「お前はこう考えたのか？」火村がこちらに顔を向ける。「村越啓は誰かを恐喝していて、そのネタをペルレの中に隠していた。だから、それを知った恐喝の被害者が彼を殺害して、時計を持ち去ったのである——」

「そのとおり」

「それはどうかと……」

反論は運転席から飛んできた。私は前部シートの背もたれに手を掛ける。

「駄目ですか、鮫山さん？」

「はぁ。その恐喝のネタというのがどんなものか判りませんが、有栖川さんはマイクロ・フィルムのようなものを想定しているんですか？」

「ええ、まぁ」

「そんなブツがあるかもしれませんね。しかし、それを高級腕時計の中に隠すというのは無理ではないでしょうか。何しろ精密機械です。素人には裏蓋を開けることも難しいですよ。機械に障害が出かねませんし。そんなところに隠さなくても、他にいくらでも方法はあったはずです」

「同感です」と火村。「何しろ小さな小さなマイクロ・フィルムですからね。それに、わざわざシースルーの容器にものを隠すというのは解《げ》せない」

二人掛かりでへこまされてしまった。しかし、心優しい警部補は、別の観点から私の仮説を評価してくれる。

「ただ、村越が誰かをゆすっていたのではないか、という推理は面白く拝聴しました。彼の預金通帳に不審な入金があった、と警部がおっしゃっていたでしょう。あれは事件に無関係ではないと思いますよ。彼の金の出入りで、そこだけスポットライトが当たっているみたいですから。高校時代の友人に持ち掛けていたらしい不純な相談、というのは恐喝のことかもしれません。同窓生たちの身辺は入念に洗う必要がありそうです。お揃いの腕時計を作った仲間をゆするほど、村越は金に困っていたのだろうか、と理解に苦しむ点はありますけれどね」

確かに。だが――

「そんな仲間だから、ゆすりたくなったのかもしれませんよ」私は弾みで言う。「彼は仲間の成功を見てかなり焦っていたようです。恐喝に手を染めていたのだとしたら、金銭だけでなく、自分を追い抜いていこうとする相手へ悪意を投げつけることが自己目的化してたんやないでしょうか？」

「そんなこともあるかもしれませんね」鮫山は嘆かわしそうに言って「しかし、その恐喝のネタというのは具体的にどんなものなんでしょう？　誰かの弱みを握ろうと嗅ぎ回って摑んだのか、偶然に摑んだのか……」

「何なんでしょうね」と言うしかない。

「もう一つひっかかるのは、現場のオフィスにも隣の居室にも、家捜しをした跡がないことです。犯人が恐喝の材料を捜し回った様子がまるでありません」

「どうしてですかね」

推論はそこで行き止まりになった。

信号待ちをしている時に、警察電話が鳴った。鮫山はすばやく受話器を取って、何度か「はい」と応える。信号が青に変わった時、短い通話は終わっていた。

「海坊主警部からです」船曳のことだ。「絨毯にこぼれていた粉末の成分を分析したところ、サファイアガラスつまり人工サファイアに間違いないとのことです。引き続き分析中ですが、ディプテロスという時計の風防だというところまで同定できそうです」

火村の目に強い光が宿った。

「そうだろうという前提であれこれ考えていましたが、確認できてよかった。やはり、現場で腕時計は割れたわけだ」

彼は人差し指を立てて、そっと唇をなぞる。思索する時に無意識に出る癖だ。スイス時計の謎を解くべく、推理の細い尾根をたどっているのだろう。その邪魔をしないように、私は口をつぐんだ。

淀川《よどがわ》を渡る。真夏の狂暴なまでの日差しを浴びて、川面《かわも》は光の帯になっていた。塚本に向かうなら淀川通を右折するのだが、鮫山はステアリングを左に切った。警察官が自宅に訪問するところを隣人に見られたくないのか、家がちらかっているのか、野毛が指定した待ち合わせ場所は大型のファミリーレストランなのだ。やがて前方に馴《な》染《じ》みのある看板が回転しているのが見えてきた。

私たちが入店すると、奥の窓際でTシャツ姿の男が立ち上がった。広い額にまず視線が吸い寄せられる。野毛だった。

「有栖川君を見て、すぐに判ったよ。変わってないな、君は。自由業特有の雰囲気が身についてきたみたいだけれど」

どんな雰囲気なのやら。

「野毛耕司です。名刺はございませんので、失礼いたします」

彼は一揖《いちゆう》し、私たちの名刺を受け取った。ひどく畏《かしこ》まったしぐさだ。これまで聞き込んだ情報のせいで、見掛けはやつれてもいないのに悲哀感を覚える。梅沢議員が不祥事で失脚するまでは、肩で風を切って歩いていたのだろうに。

注文した飲み物が揃うのを待って鮫山が事件の概要を話し、高山に向けたのと同様の質問を繰り出した。野毛からの答えも、高山のものとほとんど変わらない。村越とは日常的に行き来がなかったので事件について思い当たることはない、彼からいかなる相談も持ち掛けられたことがないし、その内容が何かという心当たりもない、と言うのだ。あまりの手応えのなさに、クールな鮫山も失望の色を面《おもて》にした。しかし、気を取り直して質問を続ける。

「昨日、リユニオンの会場に着いたのは七時過ぎ。間違いありませんね？　それまで何をなさっていたかをお聞かせください」

野毛はスプーンで無意味にコーヒーを掻き回しながら答える。

「アリバイ調べですか。昨日は午後から梅田に出て、久しぶりに映画を観ました。最近の映画館は客席が素晴らしく快適になっているんですね。ほどよく冷房が効いていたし、映画はちっとも面白くないし、疲れていたしで、すやすやと熟睡してしまいました。二時に入って、目が覚めたら五時過ぎです。昏々《こんこん》と眠って、二度目の休憩時間でようやく気がついたんですよ。これはいけない、と慌《あわ》てて映画館を飛び出し、六甲山へと向かいました」

映画の題名と劇場名を聞いたが、そんな有様では証人など見つからないだろう。

「近頃は物騒や。映画館で熟睡して、財布を盗られでもせえへんかったか？」

私がからかうと、「盗られるほどの大金は持ち歩いてないよ」と自嘲的に言った。

「つまり、午後二時から五時にかけての居場所が立証できないわけです。アリバイはありません。でも、私はやっていないと誓います」

鮫山がその証言をメモしている間に、彼にとって不愉快であろう問いを私がする。リユニオンに出席した理由は金策のためだったのか、と。野毛は率直に認めた。

「そのとおり。大学の先輩がバイオメトリクスつまり生体認証を利用した新しいセキュリティーシステムを構築して、それを事業化しようとしているんだ。それを手伝ってくれないか、と誘われてね。ただし、まとまった金を出資することが条件だった。それで昔の仲間に相談してみたんだけれど……。いやぁ、現実は厳しかったよ。俺が甘かった」

胡散臭い話ではないのか、と訊く気にはなれなかった。世知にかけては、私よりも彼の方がずっと長《た》けているだろうから。

「水曜日に、高山から腕時計を借りたそうやな」

参ったな、と眩《まぶ》しげな顔をする。

「いきさつは彼に聞いたんだろ？　お恥ずかしいかぎりだけれど、二ヵ月ほど前に食費にも事欠くピンチが出来《しゅったい》して、質屋に入れた。ペルレのディプテロスはいい時計だけど、ミーちゃんハーちゃんでも知っているほどは知名度が高くないからか、えらく叩かれた。それで高山に借りたわけだ。あれがないと、リユニオンに出るのに恰好がつかないんでね」

「していかないと非難されるのか?」

「そんなことはないけれど。ほら、こっちは金欠でピーピーいってて、助けてもらいたかったわけだろ? そういう時は、なるべく弱みをさらしたくないじゃないか」

「それでも高山には内情を打ち明けたということは——」

「信頼感だ。あいつのハートが一番温かい。人間観察にかけては、永田町界隈《ながたちょうかいわい》で高い授業料を払ってきたからな」

しんみりとしている私たちに、火村が割り込んだ。

「先ほど鮫山警部補から電話でお願いした件ですが——」

「時計ですね? 持ってきています」

電話でお願いした件とは、高山に借りたディプテロスを持参してくれ、ということだったのだ。野毛は小箱をテーブルに置き、中から例のスイス時計を出した。火村は丁重に取り上げると、まず裏蓋を見る。F・Tとイニシャルが刻まれていた。さすがにサファイアガラスを避けて、ステンレス・スチールのケース部分に彫ってある。いささか素人仕事臭くはあったが、悪くない仕上がりだ。

「昨日今日に彫ったもんじゃないな」

火村が呟くのが聞こえた。

「高山のイニシャルが入っていますが、時計をはずさなければそんな文字は見られませんから。他人のものを嵌めていっても気になりませんでした」

「最初に高山さんが面白がって彫ったそうですね。他にはどなたがイニシャルを入れていましたか？」

野毛は、またぬるくなったコーヒーをスプーンで攪拌《かくはん》する。

「村越は彫ってもいい、という反応でしたね。倉木も面白がってました。しかし、高山以外の誰かがイニシャルを彫っているのを見たことはありません。昨日、今日のリユニオンでも『俺も彫ったぞ』と言う奴はいなかったし」

「あなたご自身の時計はどうだったんですか？」

「イニシャルですか？　入れていません。そそられるアイディアでしたけれど、自分でうまく彫る自信はありませんでした。時計屋に頼む手がありますが、それも面倒で」

「神坂さんはイニシャルを入れることに難色を示したんだそうですね」

「そんなもんじゃありません。『素人が彫刻刀で下手なイニシャルを刻むやなんて、信じられへん！』と呆れ返っていました。その大袈裟《おおげさ》な様子が滑稽《こっけい》でね。高山は罵倒されながら笑っていましたよ」

若白髪まじりの頭を、火村はゆっくりと掻いている。その動きと野毛のスプーンの動きが連動していることこそ、滑稽だった。

「あなたが腕時計を質入れした店を教えてもらえますか？」

「私が嘘をついていないか調べるんですか。徹底していますね。ここから二百メートルほど西に行ったところにある――」

野毛は質屋の店名まで記憶していた。利息を滞らせて流してしまったディプテロスはそのショーウィンドーに飾られているそうだ。

「もういいですか？　あまりお話しすることはないと思いますので」

「そのようですね。ご足労いただき、ありがとうございました。何か思いついたこと、思い出したことがありましたら、捜査本部までお電話をください」

鮫山が伝票を取ったところで、火村の携帯電話が鳴った。彼は「失礼」と腰を上げる。どうやら森下刑事からのコールらしく、「どうでしたか、例の踏み台の件は？」

などと話しながら店の外に出ていった。

私と野毛が、二人だけになって向き合う。彼は照れたような笑みを浮かべて、「久しぶりだな」と今さらのように言った。

「二十歳ぐらいの時は、中学時代の友人と道で再会して『五年ぶりじゃないか』と肩を叩き合ったけれど、三十四ともなると五年ぶりぐらいじゃ『ちょっとご無沙汰してたね』だもんな。君とは……十六年ぶりか」

「そんなに時間がたったとは思えへんけれどな」

「うん、時間は不思議だ。伸び縮みしたり、反復したりして人をたぶらかす。時計の針が一定の間隔で一回転しているなんて、事実であっても真実じゃないよ。——元気そうで何よりだ」

「えらい目に遭《お》うたらしいな」

目を伏せて微笑する。

「『いいことをして新聞に載るような人間になれ』とよく親父に言われてたのに、悪いことで全国に顔と名前が流れてしまったよ。醜態《しゅうたい》ここに極まれりだ」

「人生、色々あるわ」

それぐらいしか掛ける言葉が見つからない。

「高山が残念がってたぞ。リユニオンに出て出資者を募《つの》るくらいやったら、自分に相談して欲しかった、と」

「あいつは二人目の娘ができて、おまけにマンションを買ったところだ。そんな奴に金の話ができるもんか」

「神坂たちには、手厳しいことを言われたのか？」

「当たり前のことを言われただけだ。あいつらだって、のほほんと生きてないからな。神坂は早くに父親を亡くして、母親の手一つで育てられただろ？　人の何倍も努力と研鑽《けんさん》を積んで今のポジションまできたんだ。俺ごときが滑って転んで泣きっ面を見せたからといって、同情してくれるはずがない。倉木もなぁ。研究は順調らしいけれど、奥さんと永らく別居状態なんだ。離婚は避けられないらしい。子供がいないから養育費ってのはないけど、奥さんは慰謝料を釣り上げる方策を眈々《たんたん》と練ってるそうだ。倉木本人がそう言っていた。三隅の旦那も大変だ。自分の母親と、義理の父親がともに寝たきりになって、物心両面で苦労している。みんな友だちのことなんて、かまっていられないんだよ」

三十半ばに差し掛かった男それぞれの陰影を見た気がした。

「俺と違って、お前は仕事で名前が売れてるな」

ったって」

「まさか。有栖川有栖なんて作家を知ってる人間は、ごくごく限られてる」
「少なくとも真田山高校の同期生の間では知名度抜群だ。あの美少女が推理作家にな
ったって」
美少女はもういい。
「梅沢の事件に巻き込まれる前——去年のゴールデンウイークに同窓会があったん
だ。そこで俺が入念にリサーチした結果だから信じろ。持つべきものは、インパクト
のある名前だな」
鮫山はレジの行列に並んでいる。火村は長電話中だ。
「ほんまかよ。去年のゴールデンウイークに同窓会の案内なんてなかったぞ」
「三年のじゃない。二年の時のクラス会だったんだ。担任の岡井《おかい》先生の還暦祝いを兼
ねてな。クラスメイトでもなかったお前が作家をやっていることは、八割方の奴が知
っていた。女性陣の中には、『彼の本を読んだ』という奇特なのもいたよ」
私の心に、小さな波が立った。
「岡井先生も応援してたぞ。『傑作を書いて、早く江戸《えど》川乱歩賞《がわらんぽしょう》を獲ってもらいたい
ねぇ』と。がんばってくれ」
「その言葉を半分もらって、残りは君に返す」

「がんばれ、か。がんばるしかないんだよな、現状に飽き足らなかったら。政治の道とは訣別したし、次は何を目指そう。ペンを執って抵抗詩人にでもなるか」

やがて火村が、続いて鮫山が戻ってきて、「行きましょう」と号令を掛ける。私と旧友は、のろのろと出口に向かった。

「野毛。今晩、みんなで堀江のカフェに集まるんや。高山もくる」

「リユニオンの第二部か？　しんどい話だな。——行くよ。村越の話がしたい。八時頃に顔を出すから、場所を教えてくれ」

住所をメモして渡してやった。

駐車場で別れ際に、彼は鮫山と火村に如才なく言う。

「訊かれたことにはすべて正直に答えました。まだ何かお尋ねになりたいことがあれば、いつでもご連絡ください」

あるよ。

私は、ごく個人的な質問が一つしたかった。

8

訪問者の秘密を約束するかのように、質店の中は薄暗かった。強い夏の光も店主が鎮座する奥までは充分に届いていない。店番をしているのは鶴のように細い頸《くび》をした老人だ。貴金属を計るための天秤と狸の剝製《はくせい》を背にして、店主は鮫山の問いにはきはきと答えた。商売柄、警察への対応は慣れているようである。

野毛がディプテロスを持ち込んだのは、五月三十日。よく手入れされたいい品だったので、喜んで引き受けた。値段については、ひと言ふた言程度の交渉があったらしい。

「先月からウィンドーに陳列してありまっせ。長年質屋をやってる勘であの野毛さんていう人は請け出しにくると思うたんですけど……結局は流してしまいましたな」

生粋《きっすい》の大阪人らしく、質屋を〈ひっちゃ〉と発音した。

「実物を手に取って見たいのですが」

火村が希望すると、老店主は無言のまま立って、ショーウィンドーの鍵を開けた。

「どうぞ」と差し出された時計の裏蓋には、野毛が言ったとおりイニシャルがなかった。

「この時計は、野毛さんが持ち込んで以来、ずっとこの店にあったんですか？」

「はいな。先月までは金庫の中。それから店頭に出したんです。『見せてくれ』と言うたお客さんはまだ一人もいてません」

「くどいようですが、これが店から出ていったことはないんですね？」

「おません」

礼を言って、明るい光の下に戻った。

その光も、夏とはいえさすがに六時半ともなればオレンジ色を帯びて、西の空低くから射している。ぎらつくような夕陽だ。これが冬だったら日没を前にふと淋しくなることもあるのだろうが、季節は七月だ。まだこれから新たな一日が始まるような気さえする。

「現場に戻りますか、それとも捜査本部へ？　警部はそちらだと思いますが」

「西警察署でしたね。では、そちらへ」

鮫山と火村のやりとりを、私はぼんやり聞いていた。野毛に尋ねそびれたあることが、頭の中でもやもやと広がっていたからだ。

「森下からの電話だったんですか？」

「そうです。安田秘書はだいぶ元気を回復していたようです」

「それはよかった。——先生が気にしてらしたことは確かめられましたか？」

「はっきりした答えを得ました。彼女の話し方にも問題があったんですが、私は大きな勘違いをしていたんです。応接ソファを村越社長がキャビネットの前に運び、段ボール箱を下ろす踏み台にした、と聞きましたよね。どうして手が届くのに踏み台なんかが必要だったんだろう、と訝しんだんですが、ソファにのって箱を下ろしたのは安田和歌奈だったと言うんですよ」

「どういうことでしょう？　踏み台を運んだ村越が自分で取ればいいようなものですが」

「訊かれなかったので彼女は話さなかったんでしょうが——村越は水曜日の夜に浴室で転倒して、左の肩を痛めていたそうです。脱臼《だっきゅう》にまでは至らなかったので時間がたてば治る、と医者にも掛からなかったとか。忙しいのに病院になんて行けるか、我慢してれば自然に治る、と思うタイプなんでしょう。左肩を痛めていたことは取引先の人間も知っているから、ぜひ聞いてくれ、と。そこまで言うんだから、嘘ではないでしょう。彼は左腕を肘の高さまで上げることもできなかった。だから、秘書にキャビネットの上の箱を取らせたんです」

そういうことだったのか。別の想いに半ば心を奪われながら、私は火村の話も興味深く聞く。

「ほぉ。なるほど、それは検視で見逃されていた事実です。被害者が左肩を痛めていたことは解剖の結果で報告されるかもしれませんが、格闘の際に受けたダメージと区別しにくかったかもしれない」

「ちなみに、箱の中身は壊れものを郵送する時のために取っておいたビニール製の緩《かん》衝材《しょうざい》だそうです」

「プチプチと潰れる突起がついたアレですか。いたって軽いものですね」

「ええ。しかし、どれだけ軽い箱でも頭より高い場所から下ろすのに片手では厄介でしょう。それで女性の秘書の手を借りたというわけです」

「事件には無関係でしたね」

「いいえ。それがそうでもありません」

火村の横顔に笑みが浮かんだ。

「はぁ。と言いますと？」

「いいですか、鮫山さん。被害者は腕時計を手首の内側に嵌める習慣がありました。おそらく、何かにぶつけて瑕がつくのを嫌ってのことでしょう。そして、事件当時の彼は肩を痛めていて、左腕が肘の高さまでも上げられなかった。この二つの事実から、ある推論が立てられるじゃないですか」

「ある推論……」

「そんな男が何者かに襲われて格闘になったとしても、相手の攻撃を斥《しりぞ》けるために左腕を使うことはできず、右腕一本で防戦したはずです。左手はほとんど体につけたままで、その内側に時計を嵌めていた。そのような状況で、はたして時計を激しく机にぶつけてガラスが割れる、ということが起こりうるでしょうか？　考えられません」

「可能性がゼロではないやろ」

私が反射的に反論した。寝呆けたような声だった。火村はこちらを振り向く。

「何だ、ぼけっとしてると思ったら聞いていたのか、アリス」

「村越の左腕が上がらず、彼が手首の内側に時計をしてたとしても、どんなふうに抵抗したか判らん。見てたわけでもないのに、その時計を机にぶつけたはずがない、と断定するのは無理やないか？」

「えらく絡《から》むじゃねぇか。――それが断定できるんだよ」

「なんでや？」

「被害者がどんなふうに抵抗したかは問題じゃない。注目すべきは、一刻も早く逃走したかったであろう犯人が、セロテープや掃除機を使って割れたガラスの破片を回収しようとしたことなんだ。被害者の時計が割れた事実を隠蔽《いんぺい》するために、どうしてそんな手間を掛けなくっちゃならないんだ？　合理的な理由がない。だから、被害者の時計は割れていない、と断定できるのさ」

「では、すると……」警部補の声のトーンが上がる。「あのガラス片は、時計のものではないんですか？」

「いいえ。あれがサファイアガラスの粉末だという鑑定が出ているし、ディプテロスの風防のものと同定できそうだ、と鮫山さんはおっしゃったじゃないですか。——私は矛盾《むじゅん》したことなんてしゃべっていませんよ。割れたのは被害者のものではないディプテロス、つまり犯人の手首に嵌まっていたディプテロスだったんです」

ディプテロスという腕時計がこの世にいくつも出回っているにせよ、それを嵌めて村越の許を訪れた人物となると、優等生クラブのメンバーだと考えていいだろう。

「昨日、たまたまディプテロスをした強盗が押し入った可能性もゼロではない、と言うか？」

火村は皮肉っぽく笑う。

「ところが、その可能性もやはりゼロなんだ。どうしてか判るよな？」

判るとも。

「さっきと同じロジックやろ。通りすがりの強盗が嵌めていたディプテロスがアクシデントで割れてしもうたとしても、ガラスの欠片を必死で回収しようとする理由がない」

「そうだ。犯人がガラス片を回収したがったことがポイントなんだ。それには切迫した意味がなくてはならない。――ここに至って、この事件の犯人の条件が二つ炙り出された。一、犯人はディプテロスを嵌めていた人物である。二、その風防ガラスが割れたことを隠そうとする事情があった人物である。この二つから導かれるのは、そいつが優等生クラブのメンバーだった、ということさ」

「今さら飛び上がって驚くような結論でもないな」

私は憎まれ口を叩く。しかし、胸中は穏やかではなかった。これまで彼らのアリバイを質し、動機はないかと探ってきたものの、あの中に真犯人が必ずいる、と論理的に証明されてしまったとあれば。

「犯人は風防ガラスが割れたことを隠そうとした。それは、自分がディプテロスを持っていることが仲間たちの間で周知の事実だったからですね、先生？」

鮫山の声が勢いづく。

「そうです。村越が殺害され、現場に犯人のものらしいディプテロスのガラス片が遺っていたとなれば、容疑者の範囲が極端に狭まってしまう。そういう事態を回避したかったんですね。だから、犯人はあの手この手でガラス片を始末しようとした」

「ちょ、ちょっと待て」私が言う。「それはええ。としたら、どういうことになるんや？　村越のディプテロスはどうなった？」

「犯人が持ち去った、ということになる。自分の壊れた時計の代わりにな」

「どうしてそんなことを？　時計のガラスが割れたぐらいやったら、こっそり修理すればすむことやないか」

「修理する時間がなかったんですよ！」警部補が珍しく大声を発した。「そうか、そういうことか。――犯人は、六甲山でのリユニオンに参加したうちの誰かです。それに出席するためにはディプテロスが必要だったのに壊してしまった。このまま顔を出したら時計のガラスが割れていたこと、もしくは時計を嵌めてこなかったことが仲間の印象に残る。やがて村越の遺体が発見され、その殺害現場にディプテロスの破片が落ちていたことが明らかになると、致命的な嫌疑が掛かってくるのが予想できるじゃないですか。だから犯人は、村越のディプテロスを持ち去ったんですよ！」

「そうです」

「すると……犯人は今、村越の時計をしていることになりますね。もしかすると、手首のサイズが合わなくてベルトの穴をずらして嵌めていたりしませんか？」

「どうでしょう。彼ら六人は身長の高い低いこそあれ、肉づきにはあまり差がない。そちらの線は大して期待できませんね」

そう聞いて鮫山は残念そうだった。

「アリス」

火村が私の目をまっすぐ見て言う。何かを託されようとしているらしい。

「お前はこの後、彼らと会うんだよな。これから電話をして、全員に自分のディプテロスを嵌めてくるように言うんだ。そして確かめてくれ。倉木の時計はさっき見たから、神坂と三隅の時計の裏蓋にイニシャルが入っているかどうか。俺は捜査会議に出るけれど、その最中だってかまわない。結果が判ったら電話をくれ」

「全員のを見るんやな？」

「ああ。みんなに同じことを頼む方が言いやすいだろう。——本当は神坂の時計だけでもいいんだけれどな」

どういうことだ？

「それで犯人が確定するのか？」

「するかもしれない」

神坂映一がK・Mなんて時計をしていたら、彼が犯人だと判明する。火村が期待しているのは、そういうことだろう。あまり楽しい任務ではない。

「引き受けた」

「ありがとうございます」と警部補に感謝される。どういたしまして。

「有栖川さんはどこで降りますか？　どこでもおっしゃってください」

どこでもと言っても西署への途中のポイントを指定しなくてはならないわけで、福《ふく》島《しま》あたりでドロップしてもらうことにした。

ホテル阪神の前で降りると、ようやく独りになれて、ほっとした。黄昏《たそがれ》も熱気に包まれている。私はその中を梅田方向に五分ほど歩いて、以前に入ったことのあるカフェに腰を落ち着けた。神坂が設計しているようなカフェ・レストランではなく、コーヒーを飲む店だ。ビルの一階にあるその窓からは、暮れゆく街がよく眺められた。もうほとんどの車がヘッドライトを点灯している。

早めに言っておかないとな。そう考えて、神坂に電話をかけると、鰻谷の事務所に戻って一服していた。倉木は三隅と一緒らしい。今夜はディプテロスを嵌めてきてもらいたいと伝えたところ、どうして、と問い返されるどころか、「三隅らにそう連絡しておくわ」と言ってくれた。

「八時に〈クロックワーク〉に集合するんや。中二階のＶＩＰ席を取ってある。勝手に飲み食いしてるから、好きな時間にきてくれ。遅うまでいてるから」

八時に行く、と答えて電話を切った。

また独りになる。

村越啓を殺害した犯人が優等生クラブの中にいるとしたら、それは誰なのか？　かつての級友である神坂や野毛でなければよいが、と案じる場面なのだろうが、頭がそちらに向かわない。踏み台やらガラス片から火村が組み立ててみせた推理について考え直す気にもなれず、想いは目覚める前に見た夢へと流れていった。

とうに忘れていたはずの女性が、私の前に現われた。

最後に見た時に十八歳だった女の子は、二十代にも三十代にも見える曖昧な容貌で、ごく自然に私に話しかけてきたのだ。場所は、どことも知れない街角。ひっきりなしに人が行き交っていた。

——作家になってたって知った時は驚いたよ。

私はどう答えていいか判らない。

——本屋で見たわ。すぐに判った。

どう答えたらいいのか。

——ペンネームだったら判らへんかったやろうね。けれど、本名のままやったから。

夢の中の私は、ひどく当惑していた。

——これからもがんばって、たくさん書いてね。応援してるから。

ありがとう、と言った。かろうじて、それだけ。

彼女は、ちらりと腕時計を見る。もう時間がない、行かなくては、と言うのだろう。私は慌てる。時計なんて見ないでくれ。時間がないことを確かめないでくれ。

——もう行かないと。

どうして？　今度、いつ会えるかも判らないのに。

——またね。

まだ何も話していない。もう少しだけ消えないで欲しい。

希《ねが》いも虚《むな》しく、彼女は雑踏の方に振り向いた。そして、一歩、二歩と私から遠ざかっていく。いつか見た光景だった。

年齢の定かでなかった彼女の後ろ姿が、十七年前のものに変わっていく。

夏休みを二週間ほど先に控えた日。前日に書いた生まれて初めてのラヴレターを、下校時に手渡した。これを読んで欲しい、とだけ言って。

彼女は驚くでもなく、怒るでもなく、困惑するでもなく、隣のクラスの男が差し出した手紙をするりと受け取ると、すぐに後ろ姿を見せて去った。紺色の小さなリボンを揺らしながら。

そして、その夜に手首を切って自殺を図った。生きていてもつまらない、と思ったのだそうだ。私の手紙は、彼女の目にどう映っていたのだろうか？

もう忘れたこと。

過ぎた遠い昔の、どうでもいい記憶だったはずなのに。不意に彼女は私の夢に現われた。今朝、突然に。

どこで何をしているのだろう、と考えたことはある。何かの拍子に、ふと。書店の片隅で私の名前に目を留め、驚いたことはないだろうか、などと。

十七歳の彼女のクラスメイトだった野毛は言った。

——女性陣の中には、「彼の本を読んだ」という奇特なのもいたよ。

訊いてみたかった。

それは誰なのか。

彼女はどうしているのか。

グラスの中で、アイスコーヒーの氷が溶けていく。

時が流れ、私は追い越す。

遠い過去だけでなく、閉塞《へいそく》した現在と、不安な未来について私は考える。

自分はいつまで今の仕事を続けられるだろうか、と。

十七年先には、どこで何をして、どんなことを考えているのだろう、と。

そして――

「有栖川」

9

われに返った。店内のざわめきが、どっと押し寄せてくる。

「さっきからどうしてん？　心ここにあらずって感じで、もの想いに耽《ふけ》ってたやないか。魚やあるまいし、目ぇ開けたまま寝てたんやないやろな」

神坂の顔が目の前にある。青いピンストライプのワイシャツに着替えていた。染めた髪に合わせたのか、プリント柄の派手なネクタイをしてやがる。

「推理小説のアイディアを練っていたのかな？　作家というのは二十四時間営業だと

言うからね」

ニキビ面の三隅はナイフとフォークを器用に使って、ガーリックの利いたフライドチキンを食べていた。倉木と野毛は、ボウルに盛られたサラダを取り分けている。

ここは？——〈クロックワーク〉。

そう。

神坂がデザインした南堀江のカフェだ。

私たちは、その中二階にいた。ボックスになって仕切られ、一階を一望できる特等席だ。自らも出資している神坂だからこそ、土曜日の夜の飛び込み予約でこのテーブルが取れたのだろう。大した繁盛ぶりで、見下ろすと八十あるという席はすべて埋まっている。

クロックワーク——時計仕掛けという店の名前とコンセプトは神坂の発案だ。一歩店内に足を踏み入れたとたん、初めての客たちは歓声をあげる。時計の内部に迷い込んだような作りになっているのだ。壁からは巨大な竜頭《りゅうず》が突き出し、半円形の錘《おもり》が左右に回転したり、上下に往復したりして発条を巻き上げて、天井では爪だらけのガンギ車がシリンダーと噛み合っている。様々な文字盤が美しく描かれた別の壁の上では、どこで揺れているとも知れない振り子の影が踊っていた。透明のアクリルに取り付けられた長短の針がブラックライトで照らされて妖しく光り、虚空《こくう》で音もなく回っているのも不思議な光景だ。通りに向けて開いた円形や長方形の窓は、どれも風防を模しているらしいし、うねりながら床を流れる幾筋もの曲線は川に見立てた時そのものの表象だろう。また、店の中央にはひと抱えもあるような砂時計が傾いて据えつけられ、薄紫色に着色された砂を絶え間なく落下させていた。

面白いとは思うが、あまりの過剰な演出に私は苦笑してしまう。

「われわれは時間に縛られて、痩せた日常を生かされてる。そこから脱出するためにはどうしたらええやろう？　『イージー・ライダー』のピーター・フォンダみたいに、いっそ手首から腕時計をむしり取って道端に捨てるべきなのか？　いや、そんな強がりでやり過ごせたら世話はない。時間の呪縛から逃れ、あるべき豊かさを回復させる方法はめいめいが探し出すしかないんや。うまいものを飲んで食べて、気の合う友だちや恋人と生の言葉を交換し合いながらな。俺は、このカフェをそのための場に作り上げたかった。そこで考えたのが、敵である時間の内懐に潜入すること。つまり、時計の内部から世界を観察し直してみようやないか、というフィクショナルな提案だったわけや」

席に着いてすぐ、店内を見渡しながら神坂はそんな講釈を垂れていた。

「お前の仕事はいいな。そんな出任せを押し通せばいいんだから」

倉木が苦笑した。

「稚気と哲学とモードの融合や。——隠れたギミックがいたるところにあるんやぞ。エントランスの上にある大きいのは仕掛け時計で、中途半端な時刻に突如として動きだす。その仕掛けに用意した人形は百体あるから、二度三度の来店ぐらいでは全容を見ることはできへん」

「いっそBGMも時計のセコンド音にしたらよかったのに」

「倉木よ。お前は犯罪的にセンスがないな。爺《じじ》むさいループタイなんかしやがって。時計の音なんか流したら、お客が緊張するだけやないか。波の音や風の声。こういう自然音でアトモスフィアを中和させるのがクリエイターの知恵というもんや」

得意満面である。

「料理もおいしくて、いい店だよ」三隅が褒める。「家具屋の街だった南堀江に洒落たカフェが次々にできて若者を集めてる、と聞いてはいたけれど、面白いことになっているな」

「ほんまは地階に短編映画を上映するミニシアターを設けたかったんやけどな。ま、それは北堀江に作る次の店で披露しよう。アイディアはなんぼでも湧いてくる」

村越のことがあるので飲んで騒ぐ集まりではなかったものの、私たちは神坂の自惚《うぬぼ》れに対して静かに乾杯したのだった。

「初めて小説を書いた日のことを……思い出してた」

間抜けなタイミングで三隅の発言に応えたのだが、周りの四人はきょとんとした。

「ああ、そう」元剣道部副将は言う。「ふぅん。それでぼんやりしていたのか。——それはいつのことで、何かきっかけがあったのかな？」

正直に言えるわけがない。

彼女が手首を切った、と知った夜のことを。私は狂ったように一編の小説もどきを書き上げ、溺《おぼ》れかけた自分の精神をからくも救ったのだ、とは。その時に書いたのは、ロジックが世界を支配する本格ミステリだった。

「有栖川君、さっきと様子が違うね。どうかしたのか？」

野毛に「いいや」と答えながら、私は胸の中で呟いた。君がクラス会のことを話したせいだ。

「そうそう、高山から電話があったよ」三隅が言う。「十時ぐらいになるかもしれないらしい。忙しいんだな、あいつ。——火村先生もくるって言ってたけど、やっぱり十時ぐらい？」

「ええ。それぐらいにはここにくる、と言ってました。皆さんと話したいらしい」

神坂が黒ビールを呷《あお》る。

「推理作家と犯罪学者のコンビに会えるとは、思うてもみんかったわ。ほんま……今日は未知の体験の連続で目が回る」

彼らの左手首には同じ時計が嵌まっていた。赤いルビーの周りがスケルトンになり、回転する半月形のローターが覗いているディプテロス。

乾杯の後、私は頃合いを見計らって彼らに頼んだ。その時計の裏蓋を見せて欲しい、と。秀才たちは、何故、と訊くこともなくリクエストに応えてくれた。野毛がしていた高山からの借り物の裏にはファミリーレストランで見たとおりF・Tとイニシャルがあったが——残る三人の時計には何も彫られていなかった。

すると、どういうことになるのだろう？　犯人を特定できず、という結論が出ただけなのか？　霞《かすみ》がかかった頭で考えても判らない。私はトイレに立つふりをして、火村に電話を入れた。

「野毛が持ってきた時計にF・Tとあるだけで、他のメンバーのものにはイニシャルがないんだな？　神坂もなしか」

念を押された私は、きっぱりと短く「ない」と答えた。すると彼は、捜査会議は何時までかかるか判らないが、十時にはそっちに行くようにする、と言う。

「裏蓋のイニシャルを確かめて、何か判ったか？」

「この電話で説明するのは面倒だ。そっちに行ったら優等生諸氏の前で話すよ。——ありがとう」

ありがとう？　感謝の言葉をもらうほどの仕事はしていない。おかしな奴だな、と訝しんだが——もしかすると、彼は私の口調がふだんと違っているように感じ、旧友が巻き込まれた事件に心を痛めている、と勘違いしたのかもしれない。そんなんじゃねぇよ。

私は思い出した。初めての著書を上梓《じょうし》できた時の興奮を。かつて出会った誰かが、自分のささやかな本をどこかで目にするかもしれない。小説を書いている限り、自分が生きていることを伝え続けられるかもしれない。そんなふうに考えたのだ。

何がマンネリだ。私は、自分の仕事を愛していることを忘れかけていた。

「昨日、聞きそびれたけれど、ボトムアップ式のナノマシンって、どういうことなんや？　俺にも判るように解説してくれ」

「では、犯罪的にセンスのない学者が天才クリエイターに教えてやろう。それはだな、分子を思うがままに組み立てて作る機械のことだ。その反対が機械を分子レベルの大きさまで縮小する技術を用いてできたトップダウン式。ナノテクはその両側から進化しているんだが、どうやらトップダウン式の限界が見えてきたのに対し、ボトムアップは無限の可能性を秘めている。マサチューセッツ工科大学のドレクスラーという学者が想定したアセンブラーという機械は、分子からありとあらゆるものを――」

村越の死について語り合うため参集したはずなのに、彼らはその話題を避けているようだ。捜査の進捗《しんちょく》状況について、なかなか私に質そうとしない。どう切り出したものか、と迷っているのかもしれない。

ところで、裏蓋のイニシャルの有無を確認することで、火村は何を摑んだのだろう？

彼は神坂の時計のことを気にしていた。その裏蓋にK・Mとあれば村越啓のものを奪って嵌めていることになる、という期待をしていたのだろう。しかし、神坂の時計にイニシャルがなかったとなると……。

工学博士によるナノテクのミニ講座が終わると、今度は三隅が中心になって政治・経済分野の話になる。彼が日米の経済見通しについて語ったのをきっかけに、話題はアメリカ帝国とテロリズムに移行したらしい。ノーム・チョムスキー、エドワード・W・サイード、アントニオ・ネグリとマイケル・ハートといった旬《しゅん》の人名が乱れ飛んでいた。

「――はニューヨークにいたんだ。ブルックリン側から、世界貿易センタービルの倒壊を見たらしいよ」

野毛の言葉に、はっとした。

二年前の九月十一日、彼女がニューヨークにいた？　確かにそう聞こえた。「そらすごい」「歴史の目撃者だな」と秀才たちは口々に言う。

「その彼女、どうしてニューヨークにいたんだ？　旅行か？」

三隅が尋ねると、野毛はいやいやと首を振る。

「絵の買いつけの仕事をしてて、あっちに住んでる。しょっちゅうニューヨークと東京を往復してて、たまたま去年のゴールデンウイークに大阪にくる予定があったからクラス会に参加したんだよ。『みんな色んな経験をしているねぇ』と岡井先生も感心していたよ」

絵の買いつけということは、画廊にでも勤めているのだろうか？　彼女は美術部員だったから、驚くこともないが。

「自殺騒ぎを起こした子だったかな？」

三隅が自信なさそうに訊く。

「ああ。おかしなもので、その事件を契機にうちのクラスではみんなが自分の考えを表に出すようになって、結束が固まったんだ。だから、彼女もあのクラスを大切に思っている」

　初めて聞いた。

「その日のこと、その後のニューヨークやアメリカについて、クラスメイトから訊かれるままに語ってくれたよ。三つ子が生まれただの、Jリーガーと結婚しただの、大受けしそうな話題の持ち主は少なからずいたけれど、9・11を目撃したって子の前では平伏《ひれふ》すしかないよな」

「元気そうやったか？」神坂が訊く。「告白すると俺、ちょこっと懸想《けそう》してた時期があるんや。例の自殺騒動の時は大ショックやった」

「まだ独身だった。俺やお前と一緒だ」

「ここにいてる中では有栖川もシングルや。――口説けそうな美人の編集者はおれへんのか？」

　彼らの話の輪に加わることにした。うんと快活な口調を作る。

「美女だらけなんやけど、みんなガードが固くてな。埒《らち》があかん」

「それはお前が売れてへんからや。百万部のベストセラーを連発して長者番付に入ってみい。先生、素敵、となるやないか」

「ああ、嫌だ」三隅が指差す。「誰かこの不純な男を摘《つま》み出せ」

野毛と目が合った。「そう言えば」と彼は切り出す。

「彼女は有栖川有栖の小説を読んでいたぞ。君とは一年生の時に同じクラスだったらしいな。成田空港のキヨスクで見つけて、びっくりしたそうだ」

「……そうか」

「面白かったって。もっとうまくなるだろう、とも言ってたな」

「わ、きつい女になったな」神坂が身を反《そ》らす。「まるで、今はまだ至らんけど、と言うてるみたいやないか」

「そんな意地の悪い言い方じゃなかった。――ニューヨークにも読者がいると考えたら、ちょっとうれしいだろう？」

私は頷いた。

「励みになるね。勇気が湧いて、明日からも書いていけそうや」

「何を大袈裟な」

笑っていた神坂が、急に真顔に返る。その視線をたどって振り向くと、火村が立っていた。

10

「熱帯夜をくぐり抜けて、よくいらっしゃいました、先生。どうぞ、そちらのお席へ」

神坂が起立して迎える。犯罪学者は遠くの壁で揺れている振り子の影を珍しそうに見ながら、空けてあった私の右隣に座った。

「何でも召し上がってください。ご遠慮なく。ビールにしますか？」

建築家に促され、「それでは」と彼はメニューをもらい、さっと目を通して二品ほどオーダーする。朝食の後、ほとんど何も口にしていなかったらしい。飲み物は「水を」だった。

「本当はあのへんのお席に着いてもらいたかったんですけれどね」

神坂は入口の脇を指す。

「今度いらした時には、ぜひあそこへ。世の中には奥の静かなテーブルに案内されて喜ぶ人がいますが」私だ。「田舎臭い方は奥へお通しするんですよ。外から見える大きな窓際のテーブルには、火村先生のように精悍《せいかん》で颯爽《さっそう》としていて、知的でクールなお客様に着いていただきたい。そうすれば、ここはカッコいい店なんだな、と通行人にアピールできますからね」

えらく火村を持ち上げる。営業トークで鍛えられたのか、口が達者な男だ。

「ほぉ、そんなセオリーがあったのか。逆に言うと、入口の脇に座らせやがった、と怒る必要はないんだな」

倉木が言うのに神坂は頷き、

「そういうことやな。けれど、そんな席に案内される客はスマートなだけあって、何となく察するもんやで」

「ユニークな店ですね」

一階を見渡した火村は、そう言って神坂を喜ばせる。

「ありがとうございます。有栖川と再会したおかげで、また一つ新たなアイディアを得られました。『不思議の国のアリス』をモチーフにした店。陳腐にならんように注意する必要がありますが」ここからはみんなに向かって「ハンプティ・ダンプティやチェシャ猫てなキャラクターを並べたりはせえへんで。文学的なテイストでいく。店名も〈アリス・リデル〉あたりにして、ルイス・キャロルが彼女を楽しませるため、ボートで川遊びをしながらお話を語った遠い日の午後をセピア調で——」

もういいよ、と言うふうに、三隅が顔の前で右手を振った。そして、火村が洋風飲茶《ヤムチャ》をひと皿平らげるのを待って、おずおずと尋ねる。

「それはそうと、捜査会議はどんな感じだったんでしょうか？　何か進展は——」

落ち着き払った様子の助教授は、まず紙ナプキンで口許を拭った。

「いくつかの興味深い事実が報告されました。昼間もお話ししたとおりこの事件は金銭目的のものではなく、犯人は殺された村越啓さんの顔見知りである疑いが極めて濃厚です。仕事上の関係者、女性関係を中心に聞き込み捜査が進められています」

「女性秘書がいたと聞きましたよ。彼女が何か知っているんじゃありませんか？　最も身近にいた女性ですから」

相手がヘヴィースモーカーとも知らず、三隅は火村に断わってから煙草に火を点けた。火村は「どうぞ」と言いながらキャメルをくわえる。

「彼女は充分な協力をしてくれています。もちろん、その証言を鵜呑《うの》みにすることはないし、彼女自身の当日の行動も確かめていますよ」

安田和歌奈が岡山の法事から大阪に戻ったのは、金曜日の午後十時近くだったことが確認されている。

「犯行の動機が何なのか、大いに気になります。殺されるような理由があったんでしようかね」野毛が言う。「いえ、もちろん、殺されてしかるべき理由を持つ人間というのはいないわけですが」

倉木が箸を置いて尋ねる。

「村越が誰かに怪しげな相談を持ち掛けていたらしい、と伺いましたね。そっちの方は何か判ったんでしょうか？」

「まだはっきりしません。誰かの弱みを握って脅してたんじゃないか、という捜査員もいますけれどね。その根拠もなくはない。村越さんの銀行預金口座に不審な入金の記録が遺っています」

「村越が誰かを脅迫していたとは、穏やかならぬ話ですね。しかも、その相手は学生時代の知人らしいと先生はおっしゃっていませんでしたか？」

三隅の問いに、火村はあっさりと返す。

「ええ、特に高校時代の知人が。つまり皆さん方が最有力候補なんですよ」

「私たちの誰かが彼にゆすられていた、と？　無理のある当て推量ですね。そう考えたら何かいいことがあるんですか？」

「あります。そして、別の事実が〈犯行時に腕に嵌めていたディプテロスが壊れ、それを隠す必要があって被害者のディプテロスを持ち去らなくてはならなかった人物〉

が犯人であると告げています。——つまり、今、このテーブルに着いている皆さんの中の誰かが犯人だというわけです。これは冗談ではありません」

テーブルに爆弾が投げられた。

「こんな時に、そんな冗談を言う人はいないでしょう」倉木は苦々しげだった。「どう考えたらそんな結論が出るのか、教えていただかなくてはなりません」

「ええ、ぜひ」神坂が力む。「警察がそこまでわれわれを疑《うたご》うてるとは知りませんでした。これから何度も刑事さんの訪問を受けて、同じような質問に繰り返し答えなくてはならんようですね」

「その必要はありません。明日から捜査員は、犯人とにらんだ方にのみ質問を繰り返すでしょう」

爆弾の二つ目。犯人が誰なのかはすでに承知していると、火村は宣言したのだ。これには私も驚く。

「何か新事実が判明したのか？」

「いいや、三十分前のお前の電話が決め手さ。あれでロジックが完成した。犯人は一人に絞れる」

私には信じられなかった。高山の時計以外にはイニシャルはなかったのだ。そんなネガティヴなデータで何が判る？

「犯人は社会思想研究会の一員である、という推理からご説明します」

火村は語りだした。現場にはディプテロスの風防が割れた微細な破片が遺っていたこと。村越が水曜日に左肩を痛めて左腕が上がらなくなっていたこと。したがって、犯人と揉み合いになったとしても、いつもダイヤル面を手首に向けて嵌めていた彼の腕時計が壊れる可能性がごくごく低かったこと。よって、絨毯にちらばっていた風防の破片は、村越のものではなく犯人のディプテロスが割れた事実を示していること。

「村越の時計が割れたはずはない、と断定するのは早計ではありませんか？　どんな姿勢で犯人と格闘したのかも判らないんですから」

倉木が私と同じように突っ込む。火村の答えもまた、私に向けたものと同じだった。

「犯人はセロテープや掃除機を使って、ガラス片を始末しようとした痕跡がありました。もしも被害者の時計が割れただけなら、そんな面倒なことはしません」

「論理的ですね」野毛が首肯《しゅこう》した。「犯人の時計が割れた、というのを認めましょう。しかし、それがディプテロスだというのは確かですか？」

「一時間前に、科学捜査研究所から鑑定結果の報告がありました。確かです。ちなみに、掃除機のゴミの中からも微量の同じ破片が検出されています」

「犯人はディプテロスをしていた。そのガラスが割れた。この二点について納得しました。でも、それがどのようにして、ここに犯人がいるという推断につながるんでしょうか？」

「行きずりの犯人と被害者がたまたま同じ腕時計をしていた、という偶然はまずないでしょう」

「いや、行きずりの人間とは言っていません。たとえば、犯人は村越の周囲にいたビジネス仲間で、彼の時計を見てすっかり気に入り、真似《まね》をして嵌めていたのかもしれませんよ」

「それは、ない」

火村は言い切った。

「何故です？」

「しばらく黙ってお聞きください。——ディプテロスは趣味性の高い高級腕時計で、ごろごろ出回っている品ではありません。ですから、殺人現場でそのガラスが割れたとなると慌てもするでしょう。しかし、破片のパーフェクトな回収が無理だったとしても、本来は致命的な事態にはならない。自分がディプテロスをしていることを周囲の人間に知られていたなら、しまった、と一瞬は思うでしょうが、遠方の時計屋にでも持ち込んで修理してしまえばすんだし、損傷がガラスに止まらなかったとしても買い替えればよかった。ところが、この事件の犯人は非常におかしな行動をとるのです。——現場から村越さんのディプテロスがなくなっているのはお話ししましたよね？」

「ええ」倉木が頷く。「それは、犯人が壊れた自分の時計の代わりにするため持っていったわけですね？」

「そうです」

「非常におかしな行動かなぁ」神坂が首をひねる。「変だとは思いませんよ。むしろ自然です。こっそり修理に出したり買い替えるのが危険だから、遺体の腕時計を失敬したんやないですか？」

「違います。そんなことをしたら、犯人は自分を苦しい状況に追い込むことになるんです。そうでしょう？　犯人が最も隠したかったのは、殺人者がディプテロスという特徴的な時計を嵌めていたということです。それなのに自分の時計が破損したからといって被害者のディプテロスを奪ったら、犯人はディプテロスをしていた、と自ら大声で言い触らすに等しいではありませんか。時計に警察の注意が集まることを犯人は避けたかったはずなのに」

「論理的です」三隅が言った。「よく理解できますよ」

「続けます。――犯人が村越さんの腕時計を持ち去ったのは、非常におかしな行動と言わざるを得ません。そんなことをせずとも、警察の目をディプテロスから逸らす合理的にして簡便な方法があったからです。人並みの頭脳があれば、その場で誰でも思いつく策ですよ。犯人は村越さんの時計を奪ったりせず、机の角にぶつけてそのガラスを割ってから、遺体の左手首に戻しておけばよかったんです。そうすれば、絨毯の上のガラス片にあっさりと説明がつく。ああ、被害者の腕時計が格闘の際に割れたんだな、と。それでおしまいだった。捜査員らは時計に関心を失ったことでしょう」

「なるほど」三隅が煙草を揉み消して「それも道理です。ところが、犯人は村越の時計を奪った。それは――」

「必要だったからです。後でこっそり修理したり買い替える、という時間的な余裕がなかったことを意味しています」

「つまり、犯人は犯行の直後にディプテロスを嵌めてリユニオンに出席しようとしていた人物である、ということですか。筋は通るな。でもね、先生。リユニオン直前に時計が壊れてしまったのなら、時計なしで出席してもよかったじゃないですか。忘れたとか、なくした、とか適当なことを言って」

　このあたりは、車の中で鮫山が火村と交わしたやりとりと同じだ。やがて村越の遺体が発見され、現場にディプテロスのガラス片が落ちていることが判明するのは不可避だから、犯人は自分の時計に異状があったことを隠さなければならなかったのだ。後日にこっそり修理できたとしても手遅れで、「あの時、してこなかった」という事実は消せない。

　神坂がウエーヴした髪を掻き上げる。

「オーケー、オーケー。これまでのところは呑み込みました。そしたら、ここからがお話の核心部分ですね。――いったい、私らの中の誰が村越を殺した犯人なのか？　勇気を振り絞って謹聴しましょう」

　犯罪学者は水で喉を潤《うるお》した。

「皆さんの中に犯人がいるということは、犯人は非常に頭脳明晰《めいせき》で合理的なふるまいがとれる人物だ、ということになる。その前提で推理を続けます」

「おだてますね」と三隅が苦笑する。

「裏蓋のイニシャルについて考えてみます。二年前のリユニオンでイニシャルを彫った時計を高山さんが披露したところ、賛否両論があったそうですね」

「はっきり否定派だったのは私だけですよ」と神坂。「倉木、野毛、村越は最初から面白がってましたし、嘆かわしいことに三隅もだんだんと興味を惹かれていってましたからね」

「この中で、実際にイニシャルを彫った方はいらっしゃいますか？」

誰も手を上げなかった。野毛が言う。

「さっき全員の時計を有栖川君にお見せしましたよ。私のものについては、例の場所でご覧になったでしょうし」

仲間の前で質屋とは言いづらいようだ。

「結局、あれにイニシャルを彫ったんは高山だけやったんやな。村越のことは知らんけれど」

神坂がそう言うなり、火村はきっぱりと打ち消した。

「村越さんがイニシャルを彫っていなかったことは証明可能です。だってそうでしょう？　ここにいるどなたかが犯人だということは、皆さんが嵌めているイニシャルのないディプテロスのうちのどれかは、遺体の左手首から取りはずされたものなわけですよ」

彼らは、不安そうに他のメンバーの腕時計を覗き見ていた。

「待ってください、火村先生」三隅が言った。「犯人は新しいディプテロスをどこかで入手して、今はそれを嵌めているのかも……」

「どれも新品には見えませんよ。それに、警察が時計貴金属店を調べて回ればたちまち判ってしまうのに、今日になってディプテロスを購入すること自体がリスキーではありませんか。犯人はそんなことをしていません」

火村は一蹴《いっしゅう》した。

「本題に入りましょう。簡単なところからいきますか。まず、社会思想研究会員のうち、高山不二雄さんは犯人ではない。彼は野毛さんに頼まれて、自分のディプテロスを貸していました。だから、もし彼が犯人であったとしても、村越さん殺害現場でそれが壊れることはなく、遺体の時計を持ち去る必要もなかったのです。——一人消えました」

火村は野毛を見やる。

「次に、高山さんからディプテロスを借りてリユニオンに参加した野毛耕司さん。あなたも犯人じゃない。何故ならば、水曜日に高山さんから借りたF・Tのイニシャルが入った時計を今も嵌めているし、あなた自身の時計は犯行時に別の場所にあったことを私たちは確認ずみだからです。——二人消えました」

三隅が大きく頷く。

「なるほど。さっきその時計を見ましたが、村越から奪ったものに慌ててイニシャルを彫った、というふうではありませんでしたね」

「ここまでは初歩的な消去ですね」神坂が言う。「しかし、この先が難しいんやないですか、先生？」

火村の視線が次に向かったのは三隅だ。

「では、三隅さんの場合を考えてみましょうか。彼が自分の時計にイニシャルを入れていたかどうかは、ご本人にしか判らない。しかし、入れていてもいなくても、結果は同じことになります」

「なんでや？」

思わず尋ねたのは私だ。

「イニシャルを入れていなかった、とご本人が話しているので、まずそれを信じてみよう。イニシャルなしの自分の時計が殺人現場で壊れた。さぁ、どうする？　彼の場合、パニックになる必要はない。壊れた時計と村越さんの時計を取り替えればいいんだ。もし、村越さんの時計の裏蓋にＫ・Ｍのイニシャルが彫ってあったとしても何の問題もない。それは三隅和樹のイニシャルでもあるんだからな。『言ってたとおり俺も彫ったよ』で通った」

「……なるほど」

「また、三隅さんが実際は自分の時計にイニシャルを彫っていて、それが現場で壊れたのだとしても同様のロジックが成立する。やっぱり壊れた時計と村越さんの時計を取り替えればこと足りた。自分のイニシャルK・Mを現場に遺すことになるけれど、それは村越啓のイニシャルと一致している。だから、ディプテロスに注目が集まることはなかったのさ。——お前にみんなの時計の裏蓋を調べてもらったけれど、実は三隅さんに関してはその必要はなかったんだよ」

イニシャルの有無を調査するよう私に命じながら、「本当は神坂の時計だけでもいいんだけれどな」と呟いていたのは、そういうことだったのか。

「よって三隅和樹さんは犯人ではないことになり——三人目が消えました」

神坂が拍手の真似だけをする。

「論理的や。となると、残るは私と倉木だけですか。緊張が高まってきましたよ」

「そうは見えませんが」

「いやぁ。小心者なので、びくびくですよ。お願いがあります。『倉木龍記さんは犯人ではない』というフレーズを先に聞いてしまうと絶望しますから、私から俎板《まないた》にのせてもらえますか?」

「では、そうします。神坂さんは、ディプテロスの裏蓋にイニシャルを入れるなど蛮行である、と主張なさってましたね。そして、シースルーになった裏蓋を事務所のスタッフら周囲の方に見せ、ムーヴメントの美しさを日常的に自慢していた。あなたが裏蓋にイニシャルを彫っていなかったことは周知の事実です」

「ええ、そうですよ」

「そんなあなたのディプテロスの風防ガラスが殺人現場で割れてしまったとしたら? とるべき行動は一つ。迷うことなく、村越さんの時計と取り替えてしまったはずです。イニシャルのない時計ならば、安心して現場に遺せますからね」

「しかし」私は言う。「もし、村越の時計にK・Mと彫ってあったら困るやろ。三隅さんと違《ちご》うて、神坂と村越のイニシャルは一致せえへんのやから」

「落ち着けよ、アリス。そんなことはあり得ない。だって、現に神坂さんは今、イニシャルのないディプテロスを嵌めているんだから」

頭が混乱しかけたので、自分なりに考え直してみた。今、神坂はイニシャルのない時計を嵌めている。それがもともと彼の時計だったなら、その風防ガラスに異状はないから彼は犯人ではない。また、もしも村越の手首からもぎ取ったものなら、村越はイニシャルを彫っていなかったことになるが、村越がイニシャルを彫っていなかったのなら、神坂は割れた自分の時計と取り替えればよかったはず。なのにそうしなかったということは、やはり犯人ではないのだ。

「四人が消えてしまい、残ったのは倉木さんだけです」

火村は最後の男と向き合う。

「あなたが犯人でしかあり得ない。昨日の夕方、あなたはリユニオンが開かれる六甲山に向かう前に村越さんのオフィスを訪ね、彼を殺害しましたね？　そして、彼の抵抗に遭って時計のガラスを割ってしまった。その時、あなたはパニックに陥ったはずです。ディプテロスという特殊な時計のガラスが割れた痕跡を消し去ることはできないし、自分の時計を被害者のそれと交換することもできなかった。何故なら、あなたの時計の裏蓋にはT・Kというイニシャルが刻まれていたからです」

「しかし、誰もそれを見た者はいない」

三隅が言うのを、火村は撥《は》ねつけた。

「ええ、私も見たわけじゃない。しかし、イニシャルが刻まれていたことは論理的に確定しているんです。ローマ字で名前を彫ってはいないし、漢字や片仮名も使っていない。何故か？　イニシャルがなかったり、それ以外のものが彫られていたなら、犯人は時計を現場に遺したはずだからです。持ち去る意味がないから。——そうでしょう？」

問いかけられた男の顔面は蒼白になっている。信じられないことが現実になった、と言いたげだった。火村の断罪は続く。

「あなたは慎重に指紋を拭き取った。村越ビルに出入りするところを目撃されないように充分に注意も払った。間抜けなことは何もしていない。それなのに、犯人だと指摘されて面喰らっているようですね。どこで自分はしくじったのだろう、と怪訝に思っているのなら、教えてあげましょう。村越さんと揉み合いになり、あなたの時計が机にぶつかってガラスが割れた時点で、すでに命運は尽きていたんです。不思議なものですね。その程度のアクシデントはどうとでも取り繕《つくろ》えそうに思えますが、そうじゃなかった。あなたがどれだけ知恵を絞ったとしても、逃れる術《すべ》はなかったわけだ。自分の時計にT・Kのイニシャルを彫っていなかったら村越さんの時計との交換が可能だったんですがね。あるいは、壊れた時計を見られないよう急遽リユニオンを欠席する手もあった。しかし、そうやったとしても友人たちに不自然な印象を与えるのは避けられなかったし、そもそも杓子定規の定評があるあなたらしくありませんよね」

倉木の喉仏《のどぼとけ》がわずかに動いた。声をなくしている。

「あなたを追い詰めたのは、腕時計という工業製品の特性だとも言える。もしも、腕時計があれほど精巧なものではなく、風防ガラスが素人でも簡単に取りはずせたなら、あなたには助かる道があった。割れた自分のガラスと無瑕の村越さんのガラスだけを取り替えればよかったからです。犯行現場でそれが可能だったら、社会思想研究会員が疑われることすらなかったかもしれません。――黙っていますが、いかがですか？」

掠《かす》れた声が、かろうじて答えた。

「論理的です。……悪魔《デイモーニアック》的なまでに」

頭上から重苦しい沈黙が下りてきかけた時、突然、店内に鐘の音が鳴り響いた。華やかな女性の声が告げる。

「只今、午後十時二十七分をお報《しら》せします！」

階下で歓声が上がった。みんな壁の大時計を見上げている。その下の扉が開いて、チロル風の民族衣裳をまとった少女と玉乗りをする道化師の人形が現われた。BGMがシンセサイザーでアレンジされた『ラデツキー行進曲』に変わり、軽快なメロディにのって人形たちのパレードが始まる。

「倉木！」

思いがけない方角から飛んできた怒声に、私はびくりとなる。特別席の戸口で、憤怒の表情を浮かべた高山が仁王《におう》立ちしていた。

「どうして反論しない？　お前が村越を殺したのか？」

倉木はゆっくりと顔を向けて、相手に問い返す。

「久しぶりだな。――お前、いつからそこにいたんだ？」

音楽に掻き消されそうな声だ。

「だいたいのところは聞いた。そんなことより、答えろよ。お前が村越を殺したのかって訊いてるんだ。不様《ぶざま》な言い逃れをするんじゃないぞ」

「俺は……」

倉木は惚《ほう》けたように視線を彷徨《さまよ》わせる。高山はつかつかと歩いてきて、その胸ぐらを摑んだ。「やめろよ」と野毛が割って入る。

「言葉を探す時間を与えてやれ」

「放せ、野毛。こいつはどうして探偵さんに反論せず、笑い飛ばしもしないんだ？　変じゃないか。まるで本当に村越を殺した犯人みたいだ。数式を解くわけでもあるまいに、時間なんてやる必要はない。違うなら否定し、もしそうだったら潔く罪を認めるべきだろう。――どうなんだ？」

倉木は、強面《こわもて》の男の右手を両手で包み込むようにして引き剝《は》がす。そして、怯えた目で火村を見た。

「証拠は、あるんですか？」

子供じみたからくり時計のショーが終わったらしい。行進曲がやんで、大きな拍手が起きた。

「これから探します。手始めにディプテロスをお借りできれば、それがあなたのものでないことは立証可能でしょう。ふだんから使われていた時計とめったに使われていなかった時計の差は潤滑油の乾燥状態で判りそうだし、オーバーホールをした時計職人なら気がつくことがあると思います。あなたのご専門のナノテクノロジーほど高度な技術を用いずとも、警察は顕微鏡《けんびきょう》を使って様々な事実を掘り出せますよ」

確たる証拠はまだない、と白状したのも同然だった。だからといって倉木が元気づく様子もない。彼は、仲間たちからの刺すような視線によって捕縛されていた。

そうか。火村はこの状況を見越して推理を披露したのか。深慮だ。

「……あなたの言うとおり私が犯人で、自分が殺した人間の腕時計を身に着けているのだとしたら、利口ではありませんね。そんなことをしたら、何かの拍子に『ちょっと腕時計を調べさせてください』と警察から言われたら大慌てだ。賢い人間は、そんな真似はしない」

自分ならばしない、と言いたいのか。火村はわずかに顔をしかめる。

「倉木さんらしくない発言ですね。警察が何かの拍子に『ちょっと腕時計を調べさせてください』と言う？　どれほど賢い犯人でも、『あなたがしている腕時計が村越さんのものではないか、調べさせてください』と警察に言われたらどうしよう、とまで犯行現場で先読みできるもんですか。確かに今、私はそのようなことをあなたに要求している。しかし、そこにたどり着くまで、いったいどれだけ精緻な思考があったことか」

彼の言うとおりだ。しかし、倉木はなお抵抗する。

「村越のディプテロスを持ち去れば、警察は腕時計に注目しかねない。私が犯人なら、彼の所持品を持ち去ることは本能的に避ける」

「腕時計にいくらかの注目が集まったとしても、『同じものを持っている皆さん、ちょっと腕時計を分解して調べさせてください。おや、倉木さん、あなたはイニシャルのない時計をしていますね。もしかすると、それは被害者のディプテロスではありませんか？』なんて疑われる可能性にもまして、犯人には恐れるべきことが他にあった。ディプテロスなしでリユニオンに出席することです。犯行現場に風防の破片を遺さざるを得なかった犯人としては、それだけは回避しなくてはならない。——そうでしょう？」

応えはなかった。神坂が溜め息をつく。

「証拠はあるんですか、とはな。話にならんわ。火村先生の推理が一貫して論理的であることを認めながら、なんでお前は論理的な反論ができへんのや？　それは敗北を意味している」

「おいおい。無茶を言うなよ、神坂。俺はずっと自分の時計を嵌めている。村越のイニシャルのK・Mが彫られた時計をしてるわけじゃないぞ。それなのに、『イニシャルのない時計をしているから、あんたが犯人だ』と言われても困る」

「それだ、それなんだよ」野毛がぶつぶつと言う。「俺もそれが奇妙に思えるんだけれど、いくら考えても火村先生のロジックは崩れないんだ。将棋で言えば詰《つ》んでるし、チェスで言うならチェックメイト。お前が犯人だ、と俺も思う。あの推理だけで裁判に懸けられるかどうかは疑問であるにせよ、俺にとっては動かぬ証拠《ハード・エヴィデンス》に等しい」

「馬鹿な」

「馬鹿じゃない」高山が一喝した。「お前はロジックで追い詰められながら、『証拠はあるんですか?』と間抜けなことしか言い返せないでいる。部外者の前でみっともないだろう。見るに堪えん」

部外者とは、火村と私を指しているのだろう。エリート意識で横っ面を軽く叩かれた気がした。同じニュアンスを倉木も感じたらしい。

「何を意気がってるんだ、高山。名誉を重んじる貴族にでもなったつもりでしゃべっているのか?」

「貴族だと? ああ、そのイメージはいいな。ただし、本物の貴族よりも俺たちは貴族的だ。現実の貴族なんて人種は、血筋をアイデンティティにする愚昧《ぐまい》な知的下層階級にすぎん。われわれは富豪や名家の御曹司《おんぞうし》ですらないが、そんな奴らよりも誇り高かったんじゃないのか? 俺様は他の連中とは違うという驕《おご》りを根拠あるものにすべく自分を高めていこう、と誓い合ったはずだろう!」

倉木は鼻白む。

「有栖川さんから噂を聞いたぞ。ファミリーレストランのデザートを考えているぐらいで、偉そうにぬかすな」

「俺は今、商社の中間管理職じゃない。十七歳のガキに戻ってしゃべっているんだ! ……お前、そんなことも判らないのか」

高山は哀しげに言った。そして、他のメンバーに向かって提案する。

「こいつを除名しよう」

「異議なし」の声が飛ぶ中、野毛だけが抵抗した。ボスの罪をなすりつけられそうになった男だ。

「待ってくれ。もっと彼の釈明に耳を傾けてやってもいいだろう。何か言い分があるのかもしれない。——どうなんだ、倉木？」

彼が口を開くのを、私たちは待った。みんなが黙りこくっているところへウェイトレスが現われ、「ラスト・オーダーはございませんか？」と訊く。神坂が「ないよ」と答えると、異様な雰囲気から逃げるように足早に去った。

やがて、倉木はあらぬ方を見ながら語り始める。予期せぬことから。

「離婚を迫られていてな。あいつが家を出たのは、俺の暴力が原因だ」

「何だと。お前、女房を殴るような男だったのか？」

高山が愕然《がくぜん》として言う。私にも、そんな男には見えなかった。

「恋愛結婚やったやないか」

と神坂が言うなり、高山がそちらにも嚙みついた。

「馬鹿野郎。うちは見合いだけど理想の夫婦だぞ！」

そんな二人を「やめろよ」と倉木が止める。

「一ミリの百万分の一の大きさのものを組み立てる研究をしながら、自分自身をコントロールするのは難しいもんだな。俺は、精神の有り様に欠陥のある人間なんだ。殴ってしまう。あいつはさぞや悲しく恐ろしい日々を送っただろう。やがてそれが怒りに転じて、逆襲が始まった。俺は家庭裁判所に引きずり出され、しこたま慰謝料を搾《しぼ》り取られることを覚悟している。すまないことをした、という罪悪感と自らを罰したい思いから、自己弁護するつもりはさらさらない。むしろ、裸にして路傍に放り投げてもらいたいぐらい、というのが嘘偽りのない本心だ」

「奥さんとのことが、村越とどう関係しているんだ？」

野毛が穏やかに訊く。

「つながっているんだ。——俺は村越に痛いところを突かれてしまった。上海のとある工作機械メーカーのトップとの商談の中で、奴はある噂を耳にする。関西の若手研究者がカーボンナノチューブの新しい応用技術を中国企業に売っている、という噂だ。素晴らしく勘のいい男だな。情報の断片から、それは倉木龍記のことではないか、と察したらしく、状況証拠を固めて俺に連絡を取ってきた。『これが公《おおやけ》になったら、今いるところから追放されてしまうだろう。お前の急所を握ったわけだが、そこは魚心あれば水心だ。学生時代からの友だちを悪いようにはしないから、少しだけ経済的な相談にのって欲しい』とね。要求されたのは八百万円だった。ほどよい金額だろ？　何か小商《こあきな》いを始める足しにしたかったらしい」

「本当なんだな？」高山がきつい調子で問う。「やり口の卑劣さはさて措き、村越が金を欲しがるのは理解できる。しかし、お前はどうして研究成果を中国企業に売ったりしたんだ？」

「話せば長くなる。俺だって金が欲しかったんだ、ということにしておいてくれ」

「いいかげんな言い方をするなよ。釈明の余地があるなら、胸を張って言うんだ」

野毛が叱り飛ばした。

「短くは話せんよ。色々あったんだ。言い訳にしか聞こえないだろうけど、いつの間にか巧妙な罠に嵌められた、という意識もある。……とにかく、俺は研究を売った強欲な卑怯者だ」

「それをネタに村越からゆすられて、保身に走ったわけか。やれやれ」

三隅が溜め息まじりに言う。非難を甘んじて受けるかと思われた倉木が、これに対しては反駁《はんばく》した。

「いや、保身だけじゃない。自分の愚かさに嫌気がさしていたから、いっそのこと

『どこへでもリークしろ。破滅してやる。そのかわり、お前の薄汚い犯罪行為もばらしてやるからな』と罵《ののし》ってやりたかったよ。でも、それはできなかった。そんなことをしたら、あいつに払う金がなくなる」

「あいつ？」高山が喘《あえ》ぐように、「つまりお前は、奥さんへの慰謝料のことを……」

そんな犯行の動機があるのは考えつかなかった。彼が守ろうとしたのは自分の名誉でも地位でもなく、別れる妻に支払うべき慰謝料だったとは。

いや、それは単なる慰謝料ではない。自分への罰という意味を持っていたのだろう。だから、村越が旧友から奪おうとしたのも金ではない。心ならずも妻を苦しめた倉木が、自らを罰する機会だったのだ。

「最初は要求を呑むしかないと諦めて、二回に分けて百万ずつ払ったが、その時点でどうにも我慢がならなくなってしまったよ。奴が妻の財布に手を突っ込んで、無遠慮に金を強奪しているように感じられたんだ。リユニオンに向かう前に、奴のオフィスを訪ね、二百万で勘弁してくれるよう頼んだが、相手にされなかった。奴は言った。『俺は恐喝しているわけじゃない。ほら、だからお前が中国人らと取引をしている現場写真や密談を録音したテープなんてものも揃えていないだろ？　あくまでも相談にのってもらっているだけだよ。商売がうまくいったら、利息をつけて返そうじゃないか。俺が三隅や神坂たちを見返す手伝いをしてくれ』。俺がかっとする質《たち》なのは、離婚を迫られていることで証明ずみだろ？　狡《ずる》い言い方だが、気がつくと村越は死んでた。それに気づいた瞬間から今まで、ひたすら後悔している。しかし、自首するのは躊躇《ためら》われた。あいつを人殺しの妻にしたくなかったんだ。俺は呪わしい男だ。さんざん悲しませたあいつを、また苦しめてしまうことになった」

倉木は手首から時計をはずして卓上に置いた。脱会の意思表示だろう。

と、高山が怒りに任せてテーブルを叩いた。どうして俺を頼らない、と嘆いているのかもしれない。

「やり直したい。時間がもとに戻るなら。心からそう思うよ」

神坂が鼻を鳴らす。

「倉木よ。時間は川みたいに流れていくもんやと思うてるのか？　幼稚な。それは文化に根ざすイメージの一つにすぎん。今度、暇があったらホピ族が考える〈蓄積する時間〉と、ニーチェの〈永劫回帰〉について復習させてやる」

倉木は、小首を傾《かし》げて神坂を見る。

「時間は過去から未来へと川のように流れるものじゃないのか？　現在はその川を下っていく笹舟みたいなもの。俺には、それが一番適切なイメージに思える」

「それだけのものでもないやろ。子供か、お前は？　現在はおろか、未来の中にも過去はある。やり直せることを、やり直せ」

ガタンと音がした。

「部外者は失礼します。お勘定を」

立ち上がった火村を、神坂はきっとにらむ。

「先生たちの分は、われわれの奢《おご》りです。お世話をおかけしました。――すまなかったな、有栖川」

また言葉が見つからなかった。

火村は背中を向けて階段に向かう。外では熱い夜が待ちかまえていることだろう。

その後を追おうとした私は一度足を止めて振り返り、声には出さず野毛に個人的なメッセージを伝えた。

これからも書いていける。

ありがとう、と。

助教授の身代金

Masterpiece Selection
Great detective Hideo Himura

1

リビングで電話が鳴った。

恵里香《えりか》の右肩が、鞭で打たれたようにビクリと跳ね上がる。博多《はかた》出張から新幹線で帰ってきてまだ十分もたっておらず、旅装を解いたところだ。疲労で靄《もや》がかかったような頭に、呼び出し音がひどく暴力的に響く。

——何の報《しら》せなの？

ろくなものではない、と思った。もとより彼女は、気分が沈んでいる時に電話が鳴ると嫌な予感を覚える性癖を持ってはいたのだが、今のそれは確信に近い。

おそるおそる受話器を取り、「はい……」とだけ言う。

「志摩《しま》さんのお宅？」

不自然に圧《お》し殺した声が問いかけた。性別さえも隠そうとするかのような無気味な声だ。まともな相手のはずがない。

切ってしまおうか、と思いながらも、つい反射的に応えてしまった。

「はい、そうですが……どちら様でしょうか？」

「奥さんですね？　志摩恵里香さん。ご主人、どうしています？」

心臓が早鐘のように打ち出した。何なのだ、この不躾《ぶしつけ》な切り出し方は？

「あいにくここにはおりませんが……お宅様はどなたですか？」

「志摩征夫《ゆきお》さんを預かっています。無事で帰して欲しければ、こちらの言うとおりにしてください」

潰《つぶ》れた声は、にわかに信じられないことを告げた。恵里香は、一度大きく深呼吸をする。

「志摩のお知り合いですか？　彼はこんな悪趣味な冗談は好かない人です。お付き合いしている暇はないので、失礼しますよ」

「切るな」

相手の態度が豹変した。搾り出すような声は、完全に命令口調になる。

「しっかり聞けよ。志摩征夫とは、一昨日から連絡が取れていないだろ？　われわれが拉致《らち》している。明日の朝までに、使い古した一万円札で三千万円を用意しろ。さもなくばあんたの亭主の命はない。明日、五月二十一日の金曜日までに三千万円だ。この期限と金額は、絶対に変更しない。警察に通報した場合は、金を払う意志がないものとみなして亭主は死ぬことになる。——もしもし、聞こえているか？　返事をしろ」

「聞こえて……います」

かろうじて答えられたが、目眩《めまい》に襲われて立っていられない。恵里香は受話器を握りしめたまま、よろよろとソファまで歩いて崩れ落ちた。

こんなものは嘘っぱちだ、と理性は否定するのだが、恐怖が足許から這《は》い上がってきて、呼吸が乱れる。

——あの人の仲間にこんな悪戯《いたずら》をする人はいたかしら？　まさか、テレビのバラエティ番組の企画では。

いずれもありそうにない。征夫の知人にこんな子供じみた真似をしそうな人間はいないし、休業中の俳優の妻を騙《だま》して遊ぶテレビ番組があるとも思えない。

「俺の要求を復唱してみろ」

「……明日の朝までに、三千万円を用意しろ、と」

「使い古した一万円札で三千万だぞ。できないとは言わせない。預金を下ろしても足りないのなら、あんたの親父さんに頼めばいいだろう」

脅迫者は、自分の父親の経済状態まで知悉《ちしつ》していることを仄《ほの》めかす。恵里香の背筋に、あらたな戦慄が走った。

「金の受け渡し方法については、別途そちらに連絡するから、あんたは家にいてじっとそれを待っていろ。繰り返すが、これは最初で最後の要求だ。あとで後悔することのないよう、死に物狂いで応じるんだな」

通話を終えたがっている気配を感じて、恵里香は叫んだ。

「待って！　主人がそこにいると言うのなら、電話に出してください」

「そうくると思った」

相手の声が、一瞬、男のものに聞こえた。だが、断言するほどの自信は持てない。

数秒の間があった。受話器を摑んだ恵里香の右掌に、汗がにじみ出てくる。電話の向こうで衣擦《きぬず》れの微《かす》かな音がしたかと思うと、くぐもった声が漏れてきた。

「恵里香、俺は間違っていた。やっと判ったよ」

左手で口をふさぎ、迸《ほとばし》りかけた悲鳴を呑《の》み込んだ。聞き違えようもない夫の声は
それっきりで、すぐ脅迫者に替わる。

「あんたは、俺に従うしかない」

2

五月二十日、午後十二時四十三分。

大阪府警通信指令室から刑事部捜査一課内にある特殊班に電話が入った。誘拐・立てこもり事件等の特殊犯罪を専門に扱う部署である。一課の刑事部屋の奥にある〈関係者以外は立入禁止〉の部屋で、電話を受けたのは特殊班第二係の矢口《やぐち》刑事だった。

「阿倍野《あべの》署管内にて、誘拐容疑の事案発生。所在不明者の義父から通報がありました。不明者の義父と妻のもとに、被疑者から架電あり。不明者の生命と引き替えに、身代金を要求しています。不明者の姓名は志摩征夫といい、妻とは別居中。被疑者は、妻恵里香の自宅を今後の連絡先に指定している模様。そちらの住所を読み上げます。阿倍野区田辺《たなべ》──」

ひと通りメモを取り終えてから、矢口は尋ねた。

「志摩征夫はどういう字を書くのかな。ちょっと前にそういう名前の俳優がいてたけれど」

「本人です。その俳優の志摩征夫が不明者です」

「ほお、あの〈助教授〉が」と言ってから、若い刑事は班長の机に走った。桜沢《さくらざわ》警部は重大事件が発生したことを察して、報告を待ち構えている。他の捜査員らも席を立って集まってきた。

「忙しくなりそうだな」

ないに等しいほど薄い眉毛の下で、桜沢の目は爛々《らんらん》と輝いていた。

志摩恵里香宅は、ＪＲ阪和《はんわ》線南田辺駅からほど近い住宅地の中にあった。警察に通報した場合、人質に危害が及ぶ恐れがあるため、いかにして恵里香宅に入るかを阿倍野署の捜査員と検討しなくてはならなかったが、この問題はじきに解決した。敷地内の立ち木が葉を茂らせていたため、死角になった裏手から塀を越えて庭に降り、機材とともに窓から家に潜入することができたのだ。

空き巣まがいのルートをとって捜査の最前線に立ったのは、桜沢警部、矢口刑事、そして女性刑事の川本《かわもと》の三人である。迎えたのは、恵里香とその父の井関申太郎《いせきしんたろう》。捜査員らがスムーズに窓から入ってきたことに、二人はひとまず安堵《あんど》の表情を示した。警察と接触したことが誘拐犯に露見しまいか、と恐れていたのだ。

班長である桜沢は、恵里香らに落ち着いた声で語りかける。

「ご心配でしょうが、どうか冷静さを保ってください。私たちは誘拐事件などを受け持つ捜査一課のスペシャリストです。全力を尽くしますので、ご協力をお願いします」

「はい」と恵里香が頷《うなず》いた。意外としっかりした声をしていたが、脅迫電話から一時間ほどしかたっていないというのに、目の周囲には隈《くま》ができており、心労が美貌を損なっている。きれいなアーモンド形をした目、きりっと上がった細い眉、ややめくれた唇。万人が美女と呼ぶ要件を充たしてはいないかもしれないが、桜沢の目には男好きのするタイプと映った。三十六歳という年齢より心持ち若く見える。

リビングのもの以外に固定電話がないことを確認し、恵里香の携帯電話を提出させた後、捜査員らは、手短に自己紹介をすませた。受け取った名刺を見つめながら、恵里香に寄り添った父親が頭を下げる。

「井関申太郎と申します。何とぞ、よろしく」

六十代半ばの、押し出しのいい男だ。大慌《おおあわ》てで駈けつけたはずなのに、仕立てのいいスーツに隙なく身を包んでいた。それが癖なのか、しゃべり終えるとガムを噛むように口許を動かしている。彼が返してきた名刺には、スターシップ工業株式会社社長の肩書きがあった。

「通信機器の部品メーカーで、携帯電話のアンテナなども製造しています。そんな商売をしていながら、電話にびくびくするとは皮肉なことで……」

「人生は皮肉に満ちていますね。——電話を受けたのは、出社なさる前だったんですか？」

「いいえ。会社に顔を出すのは、月水金だけです」

犯人はそれを知っていたということか？　もしそうなら、入念なリサーチを行なってから犯行に及んだことになる。

「征夫さんがいなくなった経緯やら犯人からの電話について、詳しく話していただきましょうか。大丈夫です、その間に、犯人からいつあらたな連絡が入ってもいいように準備を整えます」

矢口と川本は行動を開始していた。阿倍野署に設けられた指揮本部と連絡を取りながら、犯人からの電話を録音・逆探知するための装置をセッティングしていく。録音された音声は、府警本部内の対策本部にも無線で伝わるようになっていた。逆探知については、要請書を携えた別の捜査員が最寄りのＮＴＴ電話局に飛び、すでに局員の協力を仰いで作業が進んでいるはずだ。

リビングのソファに掛けた桜沢は、てきぱきと質問に入る。

時五分」

「誘拐犯らしき人物からの電話を最初に受けたのは、奥さんですね？　それが午前十一時五十五分頃。同じような内容の電話が井関さんのところに入ったのが、午後十二時五分」

二人は無言で頷いた。

「その時のやりとりを、できるだけ正確に再現していただけますか？　まず奥さんから伺いましょう」

「私は一昨日から仕事で博多《はかた》に出向いていまして、今日の朝の新幹線で帰ってきたところなんです。家に戻って、着替えをするなり電話が鳴って――」

娘の話をひと通り聞いてから、父親にも訊《き》く。早めの昼食をすませて寛いでいた井関にかかってきた電話は、幾分短めだったようだ。恵里香の時は「ご主人、どうしています？」などともったいぶっていた犯人が、この時は「志摩征夫を誘拐した。娘婿《むこ》の命を助けたかったら身代金を用意しろ」と単刀直入に本題に入っている。そして、井関は征夫の声を聞いてはいなかった。

「『本人を電話に出してくれ』と頼もうとしたら、こちらが言い終わらないうちに切られてしまいました。ですから半信半疑だったのですが、『悪戯だと思ったら娘に訊いてみろ』と言っていたので、恵里香に電話をしたところ、これがすっかり動揺していまして。とりあえず、車で駈けつけました。長居《ながい》に住んでいるもので、五分ほどの距離です」

夫の声を聞かされた恵里香は、疑う余地なく誘拐だと知ってパニックに陥っていた。

「確かに征夫さんだったんですね。何と言っていましたか？」

「それが、思い出せないんです」恵里香は申し訳なさそうな垂《だ》れる。「主人の声だったのは間違いありません。でも、何を言っていたのか記憶が飛んでしまっていて……。よく覚えていないんですけれど、私に向かって謝っているようでした」

「『こんなことになって、すまない』やら『心配をかけてごめん』やら、そういう意味のことですか？『すまないが身代金を頼む』とか」

「……だったように思います」

曖昧《あいまい》な証言だが、そのようなことを本人が口にしたのだとしたら、語句の厳密な正確さは求めなくてもよい。

肝心の犯人の声については、おそらく男だろうが性別も定かではない、とのこと。背後で車が行き交う音がしていたというから、電話ボックスからかけてきた公算が大きい。

その時、窓から数人の男たちが闖入《ちんにゅう》してきたので、恵里香が飛び上がらんばかりに驚く。特殊班と所轄署の捜査員が追加の機材の搬入と応援にやってきたのだ、と警部は説明した。

「多額の身代金が目当ての犯行のようですが、犯人のお心当たりは？」

二人は揃って首を振った。不審な人物が周辺をうろついていたこともないし、誰かの恨みを買っている覚えもない、と言い切る。

「休業中で、世間からは引退したと見られているでしょうけれど、主人はかつて人気ドラマの主役を張ったこともある俳優です。お金をたくさん持っているはずだ、と狙われたんだと思います。あの人は預金を取り崩して、私は友人が経営するキャラクター雑貨の店でこき使われながら、質素に暮らしているのが現実なんですが」

質素と言っても、庶民とは違った次元の生活を送っているのだろう。恵里香の普段着らしいワンピースは、桜沢の妻の一張羅《いっちょうら》よりずっと高価に見える。

「しかし、犯人は奥さんの名前を呼びかけ、身代金を用意するだけの資力があなたのお父さんにあることも知っていた。入念な下調べをしたのかもしれませんが、身近な人間の犯行でないとも限らない」

「そんなことを言われても、何も浮かびませんよ」

恵里香は、苛立《いらだ》たしげに言った。気の強い一面が覗《のぞ》いたようだ。

「身代金といえば……。警部さんに伺いたい。金が揃ったら、ここに持ち込めばいいんですか？」

ここ、と言いながら井関は足許の床を指差した。征夫の預金が二千万円あるので、義父が不足分を用意する手筈《てはず》を取ろうというのだ。右から左へ三千万。あるところにはあるもんだな、と桜沢は感心する。

「あらかじめ私の意志をお伝えしておきます」伏し目がちだった恵里香が顔を上げた。「要求どおりに身代金を払うつもりです。もちろん、それが犯人に渡る前に主人を取り戻していただけたなら、こんなありがたいことはないのですけれど、お金を惜しんだがためにあの人が死ぬようなことは、絶対に避けたいんです」

「娘の本心です。どうか判ってやってください。くれぐれも慎重な捜査を」

被害者の心情としては、いたって自然だ。わが子を攫《さら》われたなら、自分だってそう思うだろう、と桜沢は共感する。細心の注意を払うと約束した。

「われわれが目指すのは、第一に人質になっている志摩征夫さんの安全の確保で、第二に犯人逮捕です。その順序は決して誤りません」

「絶対に、ですよ。もし警察が犯人逮捕を優先するようなそぶりを見せたら、私は犯人の味方をするかもしれません」

　恵里香は、充血した目で桜沢をにらみつけた。妻の気迫に警部は約束の言葉を重ねたが、隣の井関は呆《あき》れている様子だった。

「恵里香、犯人の味方をする、というのは言いすぎだろう。興奮してはいけない」

　諭《さと》す父親に、娘は強い視線をぶつける。

「私が一番の当事者なんだから、これぐらい釘を刺してもいいでしょう。失敗は許されないのよ。警察がどんなに優秀だとしても、主導権は向こうにあるの。言うことを聞くしかないの！」

　今は憔悴《しょうすい》しているが、根っから勝ち気な女らしい。言葉遣いがストレートだ。

「まあ、奥さん。水でも」

　桜沢は、卓上のコップにミネラルウォーターを注いだ。恵里香は、素直にそれを受け取って飲む。

「失礼しました、警部さん。実のところ、娘は警察に通報することに反対だったんです。犯人に知られたらおしまいだから、と」

　そんなことだろう、と思っていた。犯人から井関中太郎への電話があったのが十二時五分で、警察への通報が十二時四十分。間に挟まった三十分ほどのうち五分は移動に費やされたとして、残りは父が娘を説得するのに要した時間だったのだ。

「警察に相談しないことこそ無謀だと言い聞かせてから、私が一一〇番しました。警部さん。私は、人命を尊重する日本の警察を信じているんです。どうか裏切らないでくださいよ」

三度《みたび》「約束します」と答えた。

「ただ、こちらでもアンコ入りの札束を用意しているんです。上下が本物の一万円札で、間が新聞紙を切った束になっています」

「お金が用意できるのに、何故そんな物騒なおもちゃを使う必要があるんですか！絶対にやめてください」

間髪入れず、恵里香が吼《ほ》えた。取りつく島もない。

「承知しました。——本物の三千万円はいつ揃いますか？」

井関が胸を張って答える。

「銀行の担当者に、引き出すことを連絡ずみです。私が自分で下ろしに行きます」

「大金ですよ。お独りだけで大丈夫ですか？」

「平気です。それに、誘拐犯がどこかで見ているかもしれないのに、お巡りさんに護衛をお願いするわけにはいかんでしょう」

被害者らの意志は強固で、これにも従うしかなさそうだった。仕方がない。井関が銀行に向かう時、こっそりと警護することにしよう。銀行に赴《おもむ》く被害者に、犯人が接触してくる可能性もなくはないのだ。バラバラの紙幣の番号を控える必要があるので、なるべく早く引き出してもらうに越したことはない。

「身代金については、そういうことで。——ところで奥さんと征夫さんとは別居中だったそうですが、ふだんは行き来をしないんですか？」

桜沢は、被害者に関する情報の仕入にかかる。落ち着きを取り戻した恵里香は、目尻のあたりを擦《こす》りながら淡々と答えていった。

「週に一、二度、電話で話すことがある程度です。大喧嘩をして離れているわけでもないので、『変わったことはない？』といったことを普通に話します」

「会うのは？」

「月に一度ほど」

「別居状態になったのはいつからで、その理由は何ですか？」

「去年の暮れからです。理由は、ひと口では説明できません。何となくしっくりいかなくなって、彼から『しばらく独りで暮らしたい』と言われたんです。私も気詰まりに感じるところがあったので、同意しました」

「どちらかに不貞があった、といった具体的な原因はないんですか？」

「ありません」

「奥さんはこちらに独りでお住まいなんですね。征夫さんは？」

「ふだんは西宮《にしのみや》のマンションに」

「お独りで？」

「はい、そうです」

「もう一軒、石切《いしきり》に家がありまして」井関が補足する。「今年の初めまで、彼はそちらに住んでいたんです」

恵里香が家を出る、という形の別居だったのだ。

「どうして征夫さんまでそこを出たんですかね。西宮のマンションの方が具合のいい事情でも？」

一瞬、父と顔を見合わせてから、娘が口を開く。

「住むには方角がよろしくない、と掛かりつけの占い師に言われたんだそうです。馬鹿げた話です。あの人はこのところ感情が不安定で、そんな戯言《ざれごと》を鵜呑《うの》みにしていました。気分転換にふらりと石切に戻ることもあったようですけれど」

「あなたは、そちらには？」

「自分のものをたくさん置いてきていますから、時々、立ち寄っています。ついでに掃除をしたり……」

石切の邸宅の住所を控えてから、桜沢は質問を続ける。

「先ほどの電話を除いて、征夫さんと最後に話したのはいつですか？」

「十六日の日曜日に、電話がありました。共通の知人が結婚するので、お祝いにどんなものを贈ろうか、という相談です」

そう聞くと、夫婦の関係が破綻《はたん》しているようにも思えない。

「その時に何か変わった様子は？」

「ありません。芦屋《あしや》でいいレストランを見つけたので、今度行ってみないか、と誘われたぐらいで。この頃にしては、機嫌がよさそうでした」

「誘い合わせて食事に行くこともあったんですね」

「はい。それが月に一度ほど」

この夫婦がまだよく理解できない。桜沢は、壁の飾り棚をちらりと見た。かつてテレビで頻繁《ひんぱん》に見た志摩征夫のポートレイトが写真立てに収まっている。憎んでいるのなら、こんなものを出しておきはしまい。

ただ、その写真が現在の夫のものでないことがひっかかった。桜沢に馴染みがあるということは、この俳優が華々しく活躍していた七、八年も昔の写真だということになる。癖のある前髪のウエーブ、眼鏡が似合う涼しげな目、口許からこぼれる白い歯。とびきりの美男子というほどではなかったが、知的な雰囲気と清潔感で女性にアピールする男優だった。『ハード・レイン』という恋愛ドラマで務めた主人公の大学助教授が当たり役だ。それがあまりにうまく嵌《は》まったので、〈助教授〉というニックネームで親しまれたほどだったが——

好事《こうじ》魔多し。彼をイメージ・キャラクターに起用していた大手美容クリニックが反社会的な事故・事件を起こして倒産する。俳優に法的な責任は微塵《みじん》もなかったのだが、彼が被《こうむ》ったダメージは甚大だった。知性派のイメージが逆に働き、「とんでもない企業のお先棒を担いでいた間抜け助教授」と揶揄《やゆ》されて、志摩征夫はノイローゼに陥る。その上、長期休暇と称して身を隠していた最中、運転していた車で子供を撥《は》ねて大怪我を負わすという事故をやらかしてしまった。以来、かつての人気俳優は立ち直る気力を喪失してしまい、移り気な大衆は彼を過去の人にしていったのだ。

「これは『ハード・レイン』に出てらした頃のご主人ですね。うちの女房がよく観ていましたよ。——最近の写真をお借りできますか?」

恵里香は黙って立ち、キャビネットの抽斗《ひきだし》から小さなフォトアルバムを出してきた。現像をした際、写真屋がつけてくれる簡易なアルバムである。一枚目は、小太りの中年男が揺り椅子に掛けているスナップ写真だ。

「かなり太りました」

恵里香の言葉で、初めてそれが志摩征夫の近影であることに気づいた。大した変貌だな、と桜沢は驚く。ぶくぶくと肥満しているわけではないが、二十キロ近く体重が増加しているのではあるまいか。頰《ほお》や頸《くび》の肉がたるみ、腹が迫《せ》り出し、スリムだった往年の面影が失われていた。変わったのは体型だけではなく、虚空に向けられた眼差《まなざ》しが、いかにも無気力で弱々しい。

「仕事に復帰できず、他にすることも見つからず、世間からは忘れられて、ストレスが溜まった結果がそれです。昔の彼の、脱け殻みたい」

「仕事に復帰できなかったのは、精神的な問題ですか？」

「はい。気鬱に憑《つ》かれて、どんなものにも集中できなくなってしまいました。役者としては、死んだも同然です。誤解しないでください。私は、そんな彼に――自分で言うのも何ですが――献身的な愛情を注いできました。精一杯やってきました。でも……なかなか報われませんでした」

芸能界の情報に疎《うと》い桜沢だったが、志摩征夫が助教授人気の直前に結婚したことは知っている。恵里香は、彼が頂点に登りつめた後、坂を転がり落ちるのに立ち会ってきたのだ。

短い沈黙を引き裂くように、電話が鳴った。はっとして振り向いた警部に、川本が小さく頷く。逆探知の準備は万全らしい。

犯人からの電話があった時に留意すべきことを、まだ恵里香に話していなかった。桜沢はヘッドホンを付けながら、早口でまくしたてる。

「犯人だったら、なるべく会話を引き延ばしてください。うまくやれば、電話ボックスにいる犯人を捕まえられます」

「はい」と応える声は、さすがに隠しようもなく顫《ふる》えていた。そして彼女は、唇を固く結んで受話器を取る。

「ああ、奥さんですか。城戸《きど》です」

電話から漏れてきたのは、やや気怠《けだる》げな男の声だった。誘拐犯からのものとは思えず、場の緊張がゆるむ。

「今、いいですか。志摩と連絡が取りたいんですが、どこに電話したらつながるんでしょう？　ちょっとナイスな話があるんです。もっとも、彼がやる気を見せてくれんと困るんですが。何かと言うとですね——」

「あの」と恵里香は遮った。「すみませんが取り込み中なもので、いったん切らせて

ください。手が空いていたら、こちらからお電話いたしますので」

「あっ、申し訳ない。そしたら、また後で。舞台に立ったんか、っていう話が舞い込ん

でいるんで」

「ごめんなさい。この電話は空けておかないと駄目なんです。また今度、事情をご説

明します。失礼します」

電話を切った恵里香は、天井を仰いで吐息をついた。

「どなたです?」と警部が尋ねる。

「城戸誉さんといって、主人のマネージャーをしていた人です」

「仕事の話のようでしたね」

「今は独立して、大阪でプロモーターをしています。主人のことを気に懸けて、舞台

でカムバックしないか、と奨めてくださっていたんです。その計画についての相談だ

と思います」

「征夫さんと親しい間柄なんですね」

「西宮のマンションや石切の家に主人を訪ねて、話し相手になってくれていたようで

す。でも、あくまでも仕事上のお付き合いですから……」

誘拐されているとは、とても打ち明けられない、ということか。

「よそから電話が入っても慌てなくていいんですよ。キャッチホンにしてありますから、通話中に犯人から電話が掛かってきても大丈夫」

恵里香は「はぁ……」と気のない返事をする。

「せっかく色々と準備していただきましたけれど、犯人はもう電話をかけてこないかもしれません」

「どうしてですか？　身代金の受け渡し方法について、あなたに別途連絡すると言ったんでしょ」

「また電話する、とは言いませんでした。別途というのは、別の手段で、ということではないでしょうか」

「どうして別の手段に変えるんです？　逆探知を警戒してですか？」

「はい」

「もし仮にそうだとしたら、犯人はわれわれが捜査に乗り出してくるのを計画に織り込んでいることになりますね。警察に通報するな、とあなたを恫喝《どうかつ》したのは単なる常套句《じょうとうく》だった。でしょう？」

「だから、父が一一〇番通報したのは適切な措置だった、とおっしゃりたいわけですか？」

「まぁ、そういうことです」

「そういう理屈も成り立ちますけれど、あまり決めつけないでください。警察に報せたことが適切だったかどうか、私は最後の最後に結論を出します」

警部は鷹揚《おうよう》に頷いた。被害者家族を事件解決の最大の協力者にするため、粘り強い態度で臨まなくてはならない。

「少しだけ休憩しましょうか」

穏やかに言って、桜沢は腕時計を見た。二時を過ぎている。ただならぬ警察の動きを察知しているであろうマスコミ各社に向けて、報道協定の要請が出る頃だ。すでに本部の記者クラブでは、刑事部長らが説明を始めているのかもしれない。

井関に現金の引き出しに行ってもらうなら、早い方がいいな、と段取りを考えていたところに、呼び鈴が鳴った。何かが届いたようだ。蒼ざめた顔で玄関に走った恵里香の後を、急いで川本が追う。やがて女性刑事は、手袋を嵌めた手に小包を提げて戻ってきた。

「差出人不明です」

警部も手袋を嵌めて、それを受け取る。Ｂ４サイズほどのパッケージの中に、形の異なる品が二つ、三つ入っているようだ。さして重量はない。郵政公社のエクスパック500という便で、〈お届け先〉は志摩恵里香、〈ご依頼主〉は住所も氏名も無記名。受取人の了解を得てから、彼は丁寧に開封した。

最初に出てきたのは、よく使い込まれた黒革の財布だった。「主人のものです」と、すかさず恵里香が言う。中を覗くと、現金八万円ほどとシマ・ユキオ名義のクレジットカードが三種類、それに運転免許証が収められていた。

次は電源の切られた携帯電話。ストラップの類《たぐい》はついておらず、ONにしてみると、青い海原で跳ねる海豚《いるか》の待ち受け画像が現われた。

「それも主人のです」

「後で詳しく確認していただきます」

その他に、いかにも事務用らしい茶封筒が二通入っていた。膨《ふく》らんだものと、平べったいものと。より気になるのは前者だ。封が開いていたので、逆さにしてテーブルの上で振ってみると、黒い塊《かたまり》がぱさりと落ちた。

「うっ！」

井関が殴られたように呻《うめ》き、恵里香は口許を両手で覆って悲鳴をこらえる。桜沢でさえ、声をあげてしまうところだった。

長さ十センチほどに切られた毛髪の束だった。手袋をはずして触ってみたところ、どうも本物の人毛らしい。細いビニール紐でくくられており、目の高さに持ち上げて観察すると、何本か白髪が混じっていた。

志摩征夫を拉致していることを証明するのに、ここまでやるのか。警部は、誘拐犯の非道さに静かに憤慨する。それでも努めて冷静に恵里香に言った。

「鑑定のため、征夫さんの毛髪が必要になります。西宮か石切のお宅でサンプルを採取させていただきますよ」

恵里香は、警部の手中のものを気味悪そうに眺めながら、こくりと頷いて承諾する。夫の毛髪であることを半ば確信しているのだろう。

最後に残った封筒からは、一枚の紙切れが出てきた。ありふれたレポート用紙に、定規をあてがって書いたらしきメッセージが綴《つづ》られている。身代金の受け渡し方法だった。

用意シタ金ヲカバンニ入レテ、アス、「オオサカ駅ハツ11ジ10プン」ノ「ヤス行キ」ニノレ。左ノ席ニスワッテ、赤イ目印ヲ探スコト。見ツケタラ、カバンヲマドカラオトセ。目印ヲミノガスナ。ケイサツガイタラ、オワリ。

警部が文面を読み上げると、恵里香は表情を曇らせた。あまりにも気の重い仕事を強要されて、不安でならないのだろう。

「お金を持って電車に乗って、どうするですって？　赤い目印を探せ？　それだけでは何を探したらいいのか判らないかもしれない。見逃すなと言われても、無茶だわ」

「漠然とした指示ですね。ご心配なら、婦人警官があなたに成りすまして身代金を運ぶこともできますが」

警部の配慮は、言下に断わられる。

「そんなこと、できません。犯人は、ここでも『警察がいたら、終わり』と駄目押ししているじゃありませんか。こちらの内情を下調べしているようですから、私の替え玉を立てたりしたら一発で見抜かれてしまうに決まってます」

「奥さんができるのなら、それで結構ですよ」

「もちろん、できます。三千万円なんて鞄《かばん》に入ってしまうぐらいのものですし。誰の手助けもいりません。警察の方は、指定された電車に乗らないでください。車内に犯人グループの目がたくさん光っているかもしれないんですよ。『警察がいたら、終わり』なんです。私だけで運びます」

「いや、それでは捜査ができない」

「主人の命が最優先だとおっしゃったではありませんか。邪魔しないで」

彼女と言い合っている場合ではない。

「その件については、ゆっくり話し合いましょう」

桜沢は中座した。ホットラインを通じて、指揮本部に詰めている係長に連絡を入れる。身代金受け渡し場所が特定できないため、当該列車が走る区間の京都府警、滋賀県警に協力を要請しなくてはならない。

広域事件になったことを報告する彼の胸に、何かもやもやしたものが込み上げていた。この事件は、どうにもちぐはぐで犯人像が摑めない。電話の向こうの係長の思いも同じらしく、醒《さ》めた反応が返ってきた。

「解《げ》せんな。狂言やないのか？」

桜沢は受話器を握ったまま、かぶりを振った。

「判りません」

3

五月二十一日、午前十一時九分。

8番線ホームに滑り込んできた野洲《やす》行き普通列車に乗り込んだ森下《もりした》刑事は、6号車の中ほど、左側の席に座った。神戸方面からの人間のかなりの部分がここ大阪駅で下車し、京都方面行きの乗客と入れ替わる。

さりげなく車内を見渡すと、車両前よりの右側に尼崎《あまがさき》から乗車している鮫山《さめやま》警部補のスーツ姿があった。無線連絡を受けるイヤホンをごまかすため、膝に英会話のテキストを置いて、眼鏡がよく似合う辣腕《らつわん》ビジネスマンといった風情だ。視線が合わないうちに前を向く。彼自身は、自前のアルマーニのシャツにブレスレットなどを嵌めて、ちゃらちゃらと生意気にキメていた。

志摩恵里香は、最後部の二人掛け席に座り、人がくるのを拒むため身代金入りのボストンバッグを傍《かたわ》らに置いている。進行方向に向かって左の窓際を間違いなく確保するため、彼女は芦屋から乗り込んでいた。

その向かい側など周辺を固めているのは、桜沢警部ら特殊班の捜査員である。警察が同乗することに恵里香は強い拒否反応を示したが、結局は警部の〈被害者指導〉や父親の説得に折れたと聞いている。

　捜査一課で強行犯を専門としている森下にとって、身代金誘拐はまるで別世界の事件だった。すでに起きてしまった犯罪の痕跡をたどる捜査と、刻々と変化する状況に対応して先を読み、人質の安全に極限大の注意を払いながらの捜査では、まったく勝手が違う。応援に駆り出された身としては、与えられた指示に忠実に従うしかない。もっとも、そんなことを鮫山の前で言ったなら、「殺しの捜査もまだ手探りの若造が」と、どやされただろう。

　発車する間際に、禿頭《とくとう》に太鼓腹《たいこばら》の男が駈け込み、「おい、早《はよ》う」とパートナーを手招きする。森下の上長、船曳《ふなびき》警部だ。その妻を演じているのは、交通課の主任。本物の奥さんを同伴してきたのか、と思うほど自然に見える。みんな役者だな、と感心しているうちに、発車のベルが鳴った。

ホームが後方へ去り、列車はビルの谷間を縫って、進路を北東にとった。いよいよ始まった、と緊張する。

　犯人は、赤い目印を見つけたら身代金入りの鞄を窓から落とすよう指示してきた。それがどんな目印なのか不明だが、一見すれば判るほど特徴的なものだろう。問題は、それがどこに用意されているか、だ。投下された鞄を回収するや素早く逃走しようとするのなら、犯人が指定しそうな場所はおのずと限られてくる。川原、山間《やまあい》、田園地帯など。その条件に合致する最初のポイントは、大阪駅を出て約二分後に渡る鉄橋だった。まさかそんなに都心の近くで、という意表を衝《つ》く作戦かもしれないため、河川敷には散歩を装った捕捉班の捜査員が配置されている。森下は、車窓に注目した。ロングシートなので、首を捻《ひね》っていなくてはならないのがつらい。

だが、赤い目印らしきものは見つからず、列車は大きく右にカーブして新大阪駅に到着する。この列車の京都着は11時47分。終点の野洲着は12時21分。気を抜けない旅は、最長でまだ一時間以上も続く。

新大阪で乗客が増え、八割ほどの座席が埋まった。ビジネスマン、主婦、学生、旅行帰りらしき老人。お客の構成はバラバラで、特に不審な人物は見当らない。それでも、赤い目印を見たら鞄を落とせという指示はフェイントで、犯人はさりげなく車内で恵里香に接触してくるのではないか、という見方もあるので油断はできなかった。

やがて列車は神崎川《かんざき》を越え、大阪市を脱した。貨物の線路と幾重にも並走しながら操車場のある吹田《すいた》を過ぎ、茨木市《いばらき》を通り抜けて、次の停車駅である高槻《たかつき》着。若干の乗客が入れ替わっただけで、何事も起きなかった。もうすっかり郊外だ。

高槻を出ると、車窓に緑が広がった。北側から山が迫ってきて、豊臣秀吉《とよとみひでよし》と明智光秀《あけちみつひで》がぶつかった山崎《やまざき》の合戦の地になり、山裾の名神高速道路と寄り添う。捜査員の間には、このあたりがX地点ではないか、と予測する向きもあった。そんな雰囲気がある、と。

今回の犯人の指示を聞くなり、「嫌なことを思い出す」と古参の刑事らが話すのを耳にした。嫌なこととは、一九八四年から翌年にかけて日本中を震撼《しんかん》させたグリコ・森永事件だ。〈かい人21面相〉を名乗るグループが青酸入りチョコレートなどを小売店に置き、食品メーカーを脅迫した一連の事件。その中で犯人らは、五千万円入りのバッグを持って国鉄（当時）高槻駅から京都行きの各停に乗り、「バッグ出せるよう進行方向に向かって左側の窓を開けて線路を見とれ　白い旗が見えたらバッグを外にほれ」と要求してきたことがある。結局、折からの悪天候もあって捜査員が旗を見つけられなかったばかりか、挙動不審の〈キツネ目の男〉を車内で目撃しながら尾行中に見失い、事件解決のチャンスを逃した。大阪府警にとって、苦々しい記憶の一つだ。

そんな話が伝わっているのか、恵里香がそわそわし始めた。窓ガラスに鼻先をくっつけるようにして、飛んでくる景色を懸命に注視している。

赤い目印。

赤い目印。

森下もさらに神経を集中させた。民家の瓦屋根、不動産会社の広告塔、ファミリーレストランの看板。赤い色はいたるところに散っているものの、誘拐犯からの指示らしきものは発見できない。

県境をまたぐ山崎駅を通過し、列車は快いスピードで京都府内に入る。新緑鮮やかな山並みは、しだいに後退していった。

目的のものは、赤い旗なのか？　赤い吹流しなのか？　あるいは、犯人が真っ赤な服を着て立っているということも予測しておくべきなのか？

犯人は何故、赤い何々と指定してこなかったのか？　奇妙だ。同じ疑問を口にした捜査員は多く、赤い目印云々《うんぬん》の指示は目眩《めくら》ましで、思いがけない方法で身代金を取ろうとしているのかもしれない。

何も見つけられず、何も起きないまま、定刻に京都駅に着いた。鮫山はここで下車して、他の捜査員と交替する。森下と船曳らは、終点の野洲まで乗車することになっていた。まだ旅は、三十分ほど残っている。

11時49分、京都を発車。鴨川《かもがわ》を渡り、山科《やましな》駅に停車してから、東山《ひがしやま》トンネル、逢坂《おうさか》山《やま》トンネルをくぐった。鞄を投下させるのに適したポイントは随所にあるが、ここで身代金を掴んでも逃げおおすことは困難だ。京都府側に向かっても滋賀県側に向かっても、しっかりと網が張られている。

何も起きない。

11時58分、大津《おおつ》着。

停車中に、ささやかなハプニングがあった。恵里香の携帯電話が鳴ったのだ。犯人が突然の予定変更を報せてきたのか、と緊張したがそうではなく、彼女の雇い主からの業務上のものだった。「家庭の事情で数日休みたい」と有給休暇を取っていても、電話は容赦なく追いかけてくる。

「だから、それは交渉次第。デコちゃんについては、向こうも強気なのよ。もっと大きなグロスで話をしないと、単価は下がりそうにないわ。――ごめん。今、手が離せないの。後でかけ直させてくれる？　一時間ぐらいしてからになりそうだけど。ごめんなさいね、温子《あつこ》さん」

デコちゃんというのは、商品のキャラクターだろうか。電話を切ってから、捜査員に聞かせるためか、彼女は大きな声でぼやいてみせた。

「嫌になるわねぇ。休み中に上司から電話が入るのって」

窓の外をにらむ旅がまた始まる。

12時ちょうど、膳所《ぜぜ》。

12時6分、瀬田《せた》。

何かが起きる気配すらない。

青空を映した水田が車窓を流れていった。車内の空気は長閑《のどか》で、職務中でなければ眠気を催しそうだ。

捜査一課全体に動員が掛かった昨日、鮫山が話していたことを思い起こす。

「多分、これは瀬踏みや」

そう彼は言い切った。

「とてもやないが、身代金を奪おうとしてるとは思えん。もし犯人が本気やったら、授受の前日にこれこれの電車に乗れ、と指定するわけがないやろう。そんなことをしたら、警察に準備の時間をたっぷり与えてしまうだけなんやから。直前になって、どこそこへ向かえ、と連絡してくるのがセオリーや」

「甘い奴なのかもしれませんよ」と逆らってみたら、一蹴《いっしゅう》された。

「われわれの相手はアホやない。それが証拠に、志摩征夫を誘拐した、と最初に報せてきた後は、いっぺんも電話を使《つこ》てないやろ。逆探知が怖いんや。大急ぎで用件をまくしたてたら、『駄目です。逆探知できませんでした』と警察が悔しがるのは古いドラマの中だけやと知ってるんや」

「プロっぽいですね」

「今度は大袈裟《おおげさ》やな。ナンバー・ディスプレイが普通のサービスになってる時代やぞ。逆探知が瞬間芸やというぐらい、素人でも気がついとるわ」

「しかし、逆探知をそこまで警戒するということは、あれだけ執拗《しつよう》に恫喝しても被害者は警察に通報する、と予測しているわけですか？」

「当たり前や。ええか、よう考えてみい。そうでなかったら、人質の毛髪を家族に送りつけてくるわけがないやろ。あれを調べて志摩征夫のものやと鑑定できるのは、警察だけやないか。敵は、わが社が介入することを前提に計画を立ててる」

　鮫山が嚙んで含めるように言うのに、「はぁ、なるほど」と納得した。

「そんな慎重な犯人が、授受の前日から手の内を晒《さら》すはずがない。だから今回の指示は、警察が介入しているかどうかを試すためのテストにすぎない、と？」

「まず間違いない。そもそも、三千万円がどれだけの嵩《かさ》なのか、電車の窓が何センチ開閉するのか、お前は知ってるか？　知ってたら、犯人の指示に無理がありすぎることが判る。おまけに、ＪＲの大阪―京都間は複々線になってて、普通列車は内側を走る。小さく開いた窓から鞄を投げて、線路脇に届かせるのは至難の業《わざ》や」

なるほど、と納得してしまった。

「すると、今回とよく似た指示をしたグリコ・森永事件の〈かい人21面相〉も、本気ではなかったことになりますね」

「あっちは、市バス降り場の観光案内板の裏に手紙を貼りつけておいて、直前に乗るべき電車の指定をしてきたし、『窓を開けて線路を見とれ』と細かく命令してきた。今回の犯人は、『窓を開けて』と書いてないやろ。赤い印を見つけてから慌てて窓を開けて鞄を投下したら、その間に電車がどれだけ進むと思う？　たちまち数百メートル離れてしまうぞ。被害者の妻が指示どおりにしても、犯人は目的を達することが難しい」

「うーん、それもそうですね。もしかしたら、やっぱり犯人は賢くないのかもしれませんよ。逆探知を恐れるほど臆病ではあるけれど、身代金授受については思いつきで動くほど間抜けなのかも」

その答えを鮫山は保留した。

「よく気が回る間抜け、という人種がいないでもないからな。しかし、俺の勘では明日は瀬踏みや」

「単独犯でしょうかね。鮫山さんはどんな犯人像を浮かべます？」

「詳細を聞いてないから、何とも言えん。犯人は電話で『われわれ』と言うたり『俺』と言うたりしてたらしいし」

「『われわれ』がはったりで、『俺』は口が滑ったのかもしれません」

「あり得る。――それより、もっと根底から疑《うたご》うてかかった方がええぞ」

「根底とは？」

「志摩征夫は、トラブル続きで休業して以来、精神状態がよくなかったらしい。今度の事件が彼の狂言という可能性も考慮するべきや。とんでもない騒ぎを起こして、自分の存在を世間に思い出させようとしているのかもしれん。まさか、とは思うけどな」

「そういう発想はありませんでした。被害者家族について通じているようなので、身近な人間の犯行かもしれない、とは考えましたけれど」

「女房の名前と、義理の父親に経済的な余裕があるらしい、ということを知ってただけで、身近な人間の犯行と見るのは早計やろう。家族の連絡先については人質から聞き出すこともできたし、取り上げた携帯電話をチェックしても事足りた。テレビの元人気俳優やから小金ぐらいは貯めてるやろう、ということで志摩征夫が標的にされただけなのかもしれん」

「〈助教授〉も災難ですね」

そう言ったところで、火村英生《ひむらひでお》助教授の顔が浮かんだ。これまで何度も捜査への協力を仰いできた気鋭の犯罪学者で、主に殺人事件を研究の対象としている。今回のような特殊犯罪は専門外だろうが、あの先生なら今の状況からどんな推論を下すだろうか、と興味が湧いた。

そんなことを思い返しているうちに、つい注意が散漫になっていた。列車は草津《くさつ》駅に近づいていた。ここで不意にメッセンジャーが現われ、「草津線に乗り換えろ」といった指示を恵里香に伝えるのではないか、などと思ったのだが、変化はなかった。

終点の野洲まで、残すところ三駅。十分足らずで到着だ。こんなところまでくることはないだろう、と思っていたのに。右手には、藤原秀郷《ふじわらのひでさと》が大百足《おおむかで》を退治した伝説で有名な三上山《みかみやま》があった。晴れた空に山容が映えて美しかったが、近江富士を観賞している場合ではない。

義務的に赤い目印を探してはいたが、もうここまでやってきて、それが目に飛び込んでくることはあるまい、と諦《あきら》めかけていた。やはり空振りだったのだ。

鮫山の言ったとおり、犯人が恵里香を試しただけなのか？　そうなら幸いだ、と森下は思う。最も恐ろしいのは、犯人が本気でいたのに目印を見落としてしまったケースだ。夫の命を懸けた恵里香を始め、各車両に配備された何十人もの捜査員全員がうっかりミスを犯すとは考えにくいのだが。

12時21分。

列車は終着駅にたどり着き、森下は腰を上げた。乗客たちが降りていく中、恵里香だけがなかなか席を立たない。大丈夫だろうか、と気になって見ていると、ふらつきながら立ち上がる。終点まで乗っても犯人からのコンタクトがない場合は、恵里香は捜査員の指示があるまで駅の待合室で待機するよう言われている。

だが、その必要はないようだった。指揮本部への報告をすませた桜沢がつかつかと歩み寄って、ホームで声を掛ける。

「不審者は見当りませんから、ご安心を。あなたを振り回すことが今日の目的だったのかもしれません」

「印はどこにもありませんでしたよね？」恵里香は、顔を歪《ゆが》めて訊く。「皆さんも見ていてくださいましたね？　私、見落としていたんじゃないかと思うと、きりきりと胃が痛んで……」

「ええ、しっかり見ていましたとも。反対側の窓に注目している捜査員もいましたが、右手にも明確にそれと判るものはありませんでした」

「うちの家に、犯人からの連絡はなかったんですか？」

田辺の家では井関が待機していた。

「ありません。——引き返しましょうか。念のため、もう一度赤い印を探しながら。きっと犯人は、あらためて身代金授受の時と場所を連絡してきます」

恵里香はこくりと頷いたが——

結果として、警部のその言葉は嘘になった。

4

「足許に注意してください、有栖川《ありすがわ》さん。そのあたり、ガラスが散らばっていますから。あ、火村先生、そっちは行き止まりですよ。現場はこちらです」

森下刑事の先導で、私たちは廊下をまっすぐ進む。廃墟となったモーテルの中に入ることなども、もちろん初めての体験だ。死体遺棄現場の見分にきたことを忘れ、探険気分になってしまう。

松原《まつばら》ジャンクションからほど遠からぬ大和川《やまと》のほとり。その名も〈天国の門《ヘヴンズ・ゲート》〉なるモーテルの跡だ。倒産したのは十年前らしいが、建てられたのは二十年以上も前なのだろう。その頃の私は小学生で、こんな施設に足を踏み入れることなどあるわけもないのだけれど、内装のいかがわしいセンスが懐かしい。

ロココ風の陳腐なブラケットには蜘蛛《くも》の巣が張り、深紅だったであろう絨毯《じゅうたん》は無気味に黒ずんでいた。蝶番《ちょうつがい》が壊れて半開きになったドアから客室内を覗くと、毒々しい花柄の壁紙が大きくめくれて、ベッドの上に影を作っている。洗面台のガラスがメチャクチャに割られているのが恐ろしげだ。不法侵入した者が、悪戯で叩き割ったのだろうか。

「かつての天国が、今は地獄みたいやな。悪趣味で、艶《なま》かしい奈落」

私の雑感に、森下が応える。

「まったく気味が悪くて地獄みたいです。こんなところに死体を棄《す》てにきた奴の度胸に感心します。おそらく夜中に忍び込んだと思われますし」

五十メートルほど隔てた阪神高速松原線を、切れ目なく車が行き交う音がしている。外は五月の陽光で満ちているのだが、建物の内部はじめじめと薄暗くて別世界だ。

「こんなスポットを知ってるということは、犯人はかなり土地勘のある人間かな。めったに人が寄りつかないから死体を隠すにはいい場所だ、と考えたんやろうけど、ホトケさんは死後四日ほどしかたってなかったそうですから、大変な誤算ですね」

「いや、それがですね、有栖川さん。ここは一部のマニアの間ではちょっと知られた名所だったんです。最近は廃墟を探訪する愛好家というのが少なくないようで」

「ああ、その手の本がたくさん書店に並んでいますね」

頽《くずお》れた病院、ホテル、工場、遊戯施設、民家などを愛《め》で、写真を撮りながら探索したり、その来歴を調べる、といった趣味が成立しているようだ。しかるべき許可を取った上、真面目に廃墟研究に勤《いそ》しむファンはいいとして、私有地に無断で立ち入るのは法律に触れるし、打ち棄てられた建物の中にはどんな危険物が転がっているか判らない。浮浪者が棲みついていて、トラブルが発生することもある。が、面白半分に廃墟ウォッチングに出掛ける人間にすれば、そんなスリルがたまらないのだろう。

「このモーテル跡は阪神高速を走る車からもちらりと見えますし、廃墟マニアが作ったいくつかのホームページで紹介されています。犯人は、それを見て『あそこなら死体を棄てられそうだ』と見当をつけたのかもしれません」

「死体を発見したのは、不作法な廃墟マニアなんですか？」

ジャケットにからみつく蜘蛛の巣を払いながら、火村が尋ねる。

「まぁ、そんなところです。昨日の深夜十一時過ぎ、肝試しにきた大学生三人が見つけました。もう髪の毛が逆立つほど驚いて、半泣きで警察に通報してきたそうですよ。一生の想い出になったでしょう」

森下はきつい皮肉を言ってから、突き当たりの部屋を指差した。

「その部屋です」

開いたドアに、立入禁止の黄色いテープが張られている。この中に他殺死体が横たわっていたのか。廃墟の中に、ヒトの廃墟が。

陰鬱な空気が漂っている。温度が急に二、三度低下したような錯覚を覚え、つい腰が引けそうになったが、臨床犯罪学者の火村は手袋を嵌めながら、すました顔でテープをくぐる。ヒトの廃墟が彼を呼ぶのだ。

とはいえ、司法解剖のため死体は午前中に搬出されており、彼がこれから調べるのは廃墟の痕跡だ。

各部屋には、それぞれ異なる意匠が凝らされており、ここ208号室はロッジ風にデザインされていた。腐った柱や梁《はり》が、饐《す》えた臭いを放っている。作り物の窓の向こうに、色褪《いろあ》せたアルプスの風景写真が貼ってあるのが侘《わび》しい。

死体はドアの左手のトイレで、蹲《うずくま》るような姿勢で壁にもたれていたそうだ。その情景を想像した私は、夜中に懐中電灯を提げて探険をしていて、そんなものに遭遇してしまった大学生らに同情する。

ここにくるまでに捜査本部でもらった死体写真と照合しながら、火村は現場の観察を開始した。ペン型の懐中電灯で四方の壁や床を照らして、犯人につながる何かを漁《あさ》る。森下はトイレの外に退いて、その背中に語りかけた。

「本部でご報告したことの繰り返しになりますが、志摩征夫の死因は頭部を鈍器で殴られたことによる脳挫傷です。加えられた打撃は一度だけ。右目の上、十センチのところが陥没しています。頭髪に不自然な箇所があるのは、犯人が脅迫状に同封するために刈り取ったからです。死亡推定時刻は、十八日の午前六時から午後六時にかけてで、凶器はまだ特定されていません。遺体には動かされた形跡が顕著で、死後しばらく時間が経過してから、ここに運び込まれたものと見られます」

「モーテル内の他の部屋で殺されてから、ここに移されたということはないんですか？」

私が尋ねた。火村は剝がれたタイルの一枚をつまんで眺めていたが、すぐに興味をなくしたようで、無造作に足許に捨てる。

「どこもかしこも散らかり放題なので、はっきりとしたことは言えません。でも、よその部屋で殺したのなら、わざわざここに移動させなくてもいいと思いますよ」

「奥まった部屋の方が見つかりにくい、と思ったのかも」

「大して変わらないと思いますけれどねぇ。とにかく、現時点では凶器も犯行現場も判明していません」

トイレの見分をすませ、火村が出てきた。荒れ果てた室内を観て回りながら、ぶつぶつと呟《つぶや》く。事件の概要を確認しているのだ。

「志摩征夫を誘拐した、という脅迫電話が入ったのが、二十日の正午頃。被害者の所持品や身代金授受の方法を書いた手紙が届いたのが、同日午後二時過ぎ。翌二十一日、その要求に従い、被害者の妻が金を持って指定の電車に乗ったが、犯人からのコンタクトはなく、身代金を渡すことができなかった。その後、誘拐犯からの連絡は絶えて、二十二日の午後十一時、この部屋で被害者が遺体となって見つかった」

ひどい事件だ。

被害者の死亡推定時刻は、十八日の午前六時から午後六時の間だった。つまり、犯人は志摩征夫を撲殺《ぼくさつ》しておきながら、家族に身代金を要求していたのだ。被害者が有名な俳優――かつて有名だった俳優と言うべきか――ということに加えて、この犯行の残忍さに日本中が衝撃を受けている。

志摩征夫が遺体で発見され、捜査一課の船曳班が事件を担当することになるや、警部はただちに火村英生に協力を要請した。世間の注目度の高さに鑑《かんが》み、上層部は早期解決を強く現場に命じているらしい。太鼓腹の警部は相当なプレッシャーを背負っているはずだ。火村のフィールドワークに助手として帯同している私としても、何とか捜査に貢献したい、といつにも増して前向きな気持ちになっている。

「被害者が十八日のうちに死亡していることが明らかになるや、問題になったのは妻恵里香の証言です」森下が言う。「彼女は、脅迫電話を受けた際に夫の声を聞かされています。それはどういうことなのか？　彼女曰《いわ》く、『そういえば、とても不明瞭な声だったし、こちらからの問い掛けには答えなかった。録音されたものだったのかもしれません』。頼りない話ですが、気が動転していたらそんなものなのかもしれません」

「生きている被害者が最後に目撃されたのは、いつですか？」

火村が質問を投げた。

「十七日の午後六時に、西宮の自宅マンション近くで夕食用らしい惣菜を買っています。その後の足取りはまったく摑めないままですね。マンションの部屋に争った形跡はなく、犯人に暴力で拉致されたのか、言葉巧みに誘い出されたのかも判りません。

また、遺体には頭部の致命傷以外に目立った傷はありませんでした」

「被害者は妻と別居中だったそうですが、独りで暮らしていたんですか？」と私。

「ええ、別に愛人と同棲していたわけではありません。被害者の周囲に女の影はなかったようです」

「なのに、別居を？」

長い時間一緒にいると気詰まりに感じるようになったから、という理由はよく理解できない。私に結婚生活の経験がないからか。

「独身者には判りませんね。そこらへんは、ご本人に直接訊いてください」

この後、阿倍野区内の恵里香の家を訪問することになっている。さぞや愁傷《しゅうしょう》の最中だろう。遠慮なくあれこれ尋ねる自信はない。

「遺体は、いつここに運び込まれたんだろうな。何か情報は？」これは火村。

「ありません。十八日以降、ここに無断で入って遺体を見つけた誰かが、怖くなって警察に報せないまま逃げた、ということがあったかもしれません」

凶器も、犯行現場も、遺体がいつここに遺棄されたのかも不明。被害者の身元以外は、まだ判らないことだらけなのだ。

森下が、「実は」と話しだす。

「わが船曳班は、誘拐事件の特別編成部隊に組み込まれて、志摩恵里香が身代金を運ぶ際、彼女と同じ車両に乗り込んでいました。結局、犯人のメッセージにあった赤い目印が見つけられなくて、次の連絡を待っているところに遺体発見の報です。その瞬間、みんな心臓が縮み上がりましたよ。警察が介入したことで犯人が逆上し、人質が殺害されたのだとしたら、わが社が恐れていた最低最悪の結末ですからね」

その場合、当局に囂々《ごうごう》たる非難が浴びせられ、本部長を始めとするキャリア組のお歴々にも傷がついたことだろう。ところが、介入前に人質が殺されていたとなると、警察が責任を問われることはなくなるから、志摩征夫の死亡推定時刻が出た時、府警本部全体が胸を撫で下ろしたはずだ。

「肝試しの大学生によって遺体が見つかったのはハプニングや。犯人は、第二第三の脅迫をしてくるつもりだったんやろうな」

私の独白を、火村は聞き咎《とが》めた。

「それは怪しいぜ」

「なんでや？」

助教授は、くるりとこちらを向いて、

「鮫山さんも指摘していたことだけれど、犯人が指示してきた身代金の受け渡し方法が杜撰《ずさん》すぎる。はたして本気で金を取ろうとしていたのか、疑問だ。それに、もしも手違いで金が奪えなかったのなら、二十一日のうちにあらたな連絡をしてきそうなものだ。それがなかったということは——」

「身代金目的の誘拐ではなく、最初から志摩征夫を殺害することが目的だった、と？」

「そういう見方もできる。まだ断定するだけの材料はないけれどな。——被害者を殺す動機のある人物について、捜査は行なわれていますか？」

森下はズボンの裾の埃《ほこり》を払いながら、

「鮫山主任や茅野《ちの》さんが担当しています。志摩征夫が遺体で見つかる前から、その線もしっかり洗っていたんです。今のところ、ひっかかるのは三人ほどですか。一人目は、妻の恵里香。激しくいがみ合っていたわけではない、と本人は言っていますが、良好な関係ではなかったようですから」

想像の域を出ないものの、夫婦喧嘩が殺人に発展してしまったのかもしれない。

「志摩恵里香は、十八日から二十日まで九州に出張していたんじゃないんですか？」

先ほどそのように聞いた。

「はい、十八日の13時51分発の新幹線で博多に向かっています。博多に着いた夜は取引先の業者と会食。翌日は、業者や地元のデザイナーとの打ち合せで費やしているので、大阪で起きた事件と関係がなさそうなんですが、死亡推定時刻は十八日の午前六時から午後六時の間ですからね。旅立つ前に夫を殺害することはできました」

もし彼女がやったのなら、脅迫電話はまったくの大嘘というわけだ。父親への電話も彼女がかけたか、あるいは父親が口裏を合わせていることになる。

「郵便物は、大阪市内から発送されていたんでしたね」

「彼女が犯人だとしたら、共犯者が手を貸したんでしょう。エクスパック500は、どこからでも手軽に発送できますから。ちなみに、問題の小包は十九日の午後五時前に本町《ほんまち》一丁目のポストに投函《とうかん》されたことが判明していますが、どんな人間が出したのかを突き止めるのは、まず無理ですね」

その小包なら、私も利用することがあった。郵便局で販売している専用封筒を五百円で買い、校正刷りを入れて、ポストに投函すれば翌日には東京に届くので重宝している。宅配便と違うのは、ポストに投じればOKという点だ。発送する際、誰にも接触しなくてすむのだ。

「志摩征夫と確執があったと思われる人物の二人目は、恵里香の友人で、彼女が勤める雑貨店の社長でもある宇田川《うだがわ》温子。もっとも、宇田川についても殺人に至るほどの激しい敵意を抱いていたとも見えません。『どういういきさつか知らないが、別居なんかやめて恵里香と仲よくなれないか』と仲裁を買ってでたはいいが、征夫に無礼なことを言われて喧嘩になってしまった、というだけで」

「喧嘩をした、と宇田川自身が話したんですか？」

「はい。梅田《うめだ》のホテルのラウンジで派手にやり合ってしまったそうです。次の約束があった征夫の知人がその様子を見ていたので、『告げ口される前に自分からお話ししておきます』と言って」

どんなすごい剣幕だったのか知らないが、それしきのことが人殺しに発展するとは考えにくい。

「動機としては、ちょっと弱いな」と私は独り言《ご》つ。

「そうですね。おまけに宇田川は車の運転ができないので、誰かに手伝ってもらわなければ遺体を運べませんでした」

そんなところで人の手を借りずとも、他に適当な遺体の処理方法はある。

「被害者と宇田川温子の諍《いさか》いをホテルで目撃した知人――芸能関係のプロモーターで城戸というんですが――、その人ともこの後で会う予定にしています。被害者の過去の仕事上のトラブルについて聞けるはずです。あの助教授には、色々とありましたからね。——あ、すみません。助教授というのは被害者のニックネームで、火村先生のことではありません」

「テレビドラマの役柄からきた愛称だそうですね。アリスから聞きました。同業のよしみで、全力を尽くしましょう」火村は真顔で言う。「彼がイメージ・キャラクターをしていた美容クリニックが不祥事を起こしたり、一時休業中に人身事故を起こしたりと、色々あったわけですね？」

「七、八年前のことですから、その頃の事件・事故が今回の殺人とつながっていることはなさそうなんですが……。一人だけ、まだもめている人物がいます。被害者と親しかった加山昌平《かやましょうへい》という男です。彼は志摩征夫を信頼して、そのビューティー・フロンティアというクリニックに多額の出資をしていた。ところが、院長によるクライアントへの猥褻《わいせつ》行為、詐欺、薬事法違反、巨額脱税の四連発で同社が倒産したため、妻には逃げられ自宅は銀行に取られる、という羽目に陥ったんだそうです。それで征夫を逆恨みして、損害の償いを執拗に求めていました。その執念深さに被害者は辟易《へきえき》していたと、周囲の何人かが証言しています」

これは殺人に結びつきそうな話だ。本命ではないか。どうして森下は三番目に指を折ったのだ、と訝《いぶか》しんだのだが、それには理由があった。

「この加山が匂うんですけれどね。でも、どうやらシロらしいんです。彼は今、長距離トラックの運転手をしていて、十八日から十九日にかけて、大阪―富山、大阪―高知を往復しています。すごい走行距離です。とてもではありませんが、殺人だの死体遺棄だのをしている暇はない」

「しかし、志摩征夫がどこで凶行に遭ったのか判っていませんよ。犯行は本当に不可能やったんでしょうか？」

「加山がどこかで被害者と落ち合って殺害し、遺体を積んだまま西へ東へ走り、脅迫電話をかけたり、小包を送ったりした、と有栖川さんはお考えなんですか？　それはヘヴィーすぎるでしょう。遺体の始末をするだけでもひと苦労ですよ。まぁ、アリバイの裏を取っていますから、そのうちシロだという結論が出ると思います。――あ、失礼」

森下は携帯無線機に出た。捜査に進展があったのか、真剣な表情で聴き入っている。相槌を五、六回打ってから、「了解」と応えて通話を終えた。

「予定が変わりました。これから石切に向かいます。十七日の夜、志摩征夫の家に明かりが点《つ》いていた、という情報が得られたからです。被害者は、本宅で襲われたのかもしれません」

「志摩恵里香との面会は延期ですか？」

私が訊くと、森下は「いえいえ」と小型の無線機を振る。

「本宅を調べている捜査員に呼ばれて、彼女もそちらに移動中なんです。石切に行けば会えます」

「では、急ぎましょう」

火村が号令を掛けた。この廃墟にもう用はない、ということらしい。

外に出ると、太陽が目に沁《し》みる。近くの空地には、志摩征夫の遺体発見現場を見物するため足を止めた者や、テレビのリポーターらが群れていた。火村はしかめっ面になり、顔を伏せて、素早く車に乗り込む。これほど世間の耳目を集める事件だと、警察に協力していることを秘するのも難しい。

「火村先生、サングラスでも用意しておくべきでしたね」

森下が運転席で言った。それでは、かえって目立つだけだろうに。

「あ、失礼」刑事は慌てて付け足す。「有栖川さんにも必要ですよね。推理作家という人気商売をなさっているんですから」

二人揃ってサングラス？　ブルース・ブラザースやあるまいし。

5

石切は東大阪市の東端にあり、奈良との県境に位置している。石切と聞いて、大阪の人間がまず連想するのは〈石切さん〉で親しまれている石切劔箭《いしきりつるぎや》神社だ。物部《もののべ》氏の祖神である饒速日命《にぎはやひのみこと》と可美真手命《うましまでのみこと》を祀り、腫物《はれもの》――大阪弁でデンボ――を治してくれる神社として庶民の信仰を集めている。

近年、近鉄東大阪線が地下鉄と相互乗り入れし、大阪の中心部と直結されたせいもあって、宅地が立て込《こ》むようになった。古くからの住宅と新しい住宅が斑《まだら》模様を描くというのは、郊外でよくある構図だ。

志摩征夫の本宅は、やや高台になった町はずれにあった。テレビのスターが住む高級住宅地の雰囲気はないが、落ち着いた閑静な場所だ。その一角に点々とする家は、どれも広い敷地にゆったりと建っており、裕福な住人が多いことを窺《うかが》わせた。円錐形の針葉樹《コニファー》が整列した前庭に、制服警官が佇立《ちょりつ》している。私たちが着くと、歩み寄ってきて敬礼し、「船曳警部がお待ちです」と告げた。

さして豪壮なお屋敷ではないが、建坪は五十坪近いのではあるまいか。周囲の緑に溶《と》け込むような浅黄色の外壁が美しい。広い一階の上に、望楼のようにささやかな二階がちょこんと乗っていた。

玄関を入ると右手に階段、左手は応接スペースらしい洋間。その奥がリビングになっている。外観から予想していたほどの大きな部屋ではない。その中央で二人の女性を相手に何事か話していた警部が、顔を上げた。

「どうも、ご苦労さまです。——ご紹介しましょう。こちらが志摩恵里香さんと宇田川温子さんです」

黒いワンピース姿の恵里香は、針のように細くて吊り上がった眉が印象的だ。ビジネススーツに身を固めた宇田川は小さな唇が目を引いた。どちらがどちらと紹介されずとも、消沈の度合いで区別がつく。眠れぬ夜が続いているのか、恵里香の目は充血して落ち窪んでいた。

「そして、こちらが犯罪学者の火村先生と作家の有栖川さん。先ほどお話ししたとおり殺人事件に精通していらして、警察の捜査に協力していただいています」

私たちは、軽く頭を下げる。

「有栖川さんは助手なんですね？」

宇田川が尋ねてきた。事前に警部がそのようなコンビがくると話していたらしい。

私が答えるより早く、「まぁ、そんなところです」と火村が言った。

「松原から駈けつけてもらって恐縮です。ここで大きな進展があったものですから。志摩征夫さんは、十七日にここにきていたらしいんです。隣家とは離れているので、証言してくれたのはご近所の人ではありません。少し下の家で聞き込みをして判ったんです」

警部は体をずらして、西向きの大きな窓を示す。あっ、と声をあげそうになった。庭木の間から、大阪平野が一望できる。日が落ちたなら、さぞや夜景が素晴らしいことだろう。石切から眺めた大阪の夜景には定評があり、新生駒《しんいこま》トンネルを抜けたあたりで近鉄電車の車中からも観賞できるのを知っていたが、このようにリビングに取り込めるとは思わなかった。

「主人の自慢の窓でした。夜景を眺める時以外はカーテンを閉めていますが、昼間、お天気がよければ淡路島《あわじしま》が見えることがあります。知人に頼まれてここの土地を購入したんです。あの人、いい買物をした、と喜んでました」

恵里香が、ぽつりぽつりと語った。

「それやのに、たかが占い師のご託宣《たくせん》で出ていってしもうたんやから、かなり精神のバランスが崩れていたんやね。私に対しても、口のきき方が変やったわ。クールで紳士的やったんが、しゃべってるうちに、だんだん興奮してきて」

宇田川が溜め息まじりに言った。桜の花弁のようなおちょぼ口から、細く空気が洩れる。梅田のホテルで暴言を吐かれたことを指しているのだろう。

この窓は、夜景を愛でるために西の斜面を向いているが、芸能人ゆえ私邸を覗かれることを嫌ってか、わざと庭木で目隠しも施してある。その隙間から洩れた明かりが、高台下の住人の目に留まったのだ。

「志摩さんの足取りが、ようやく摑めたわけです」警部は太鼓腹をさすりつつ、「有名人ですから、動く先々で人目を引くと思っていたのに、かなり手こずりました」

「ご活躍なさってた時代と、風貌がかなり変わりましたし」

宇田川が何を言外に匂わしているのか察しがつく。風貌がかなり変わったし、彼が活躍していたのは遠い過去だ、と言いたいのだろう。芸能界での七、八年は長いのだ。

「足取りといっても、ここにきてからどこへ行ったのかは判らないんでは――」

私が言いかけるのを、警部は遮る。

「いやいやいや、捜査は急転しています。被害者が殺された現場は、おそらくこの家です。凶器が出ました。そこにあります」

と言って指差したのは、ドアの脇のマントルピース。その上に、ブロンズ製のオブジェが鎮座していた。高さ三十センチ、直径十センチばかりの円柱で、フラダンスでも踊るように中程がくねり、表面には象形文字が彫ってあった。

「何ですか、あれ？」

オブジェと聞いたのに、私は尋ねる。恵里香が答えてくれた。

「芸術作品なんでしょう。韓国の若手アーチストの作品だそうです。画廊のオーナーに頼まれて主人が買いました。あの人は、誰かに手を合わせて拝まれると、首を横に振れない性分だったんです。ビューティー・フロンティアの件でも、それが災いしました」

火村は中腰になってオブジェを観察する。太さがあるので、見るからに握りにくそうだった。人の頭を殴打するのに、あまり適当な代物だとは思えない。

「これから科捜研に送りますが、底の部分の角に微量の血が付着しています。鑑識の見立てでは、その形状は遺体の創傷にぴったり一致するそうです。まず間違いなく凶器でしょう」

「いつもこんなふうに置いてあったんですか？」

火村が振り向いて尋ねると、恵里香より前に、「はい、そうです」と宇田川が答えた。傷心の友人を気遣って返事を替ったというより、おせっかいな質《たち》らしい。志摩夫妻の仲が良好だった頃、彼女は何度もここに招かれたことがあったのだ。

「場所はこの部屋の中でよく変わっていましたけれどね。征夫さんが、ごてごてと飾っていたものの一つです。——そうやね、恵里香さん？」

問われた女は頷いた。先週末にきた時も、マントルピースの上にあったと言う。

室内を見渡すと、なるほど、雑多なものが統一感なく無造作に置いてある。ソファの向こうの飾り棚には、ケースに入った貝殻のコレクション、大きな熊の縫いぐるみ、アンティークなシェードの洋灯、陶製の仏像エトセトラ。買わされたものあり、贈られたものあり、恩着せがましく譲られたものあり、様々らしい。

ここで警部は、両手を蠅《はえ》のように擦り合わせる。

「ところが、これが今マントルピースの上にあるのは、私が置いたからに他ならない。その前はどこにあったと思います？」

判るはずのないことを訊かないで欲しいものだ。

「実に推理小説的な場所です。有栖川さん、お判りになりますか？」

推理作家への挑戦か。警部の視線が、わざとらしく東側の壁面に動く。ガラス扉つきの立派な本棚が三つ並んでいた。造り付けのものだろう。百科事典や美術全集で埋まっていて、いかにもインテリアとしての書架といった感じだ。ところどころに本がない段があったが、高さ三十センチのオブジェが収まりそうにない。

火村は、若白髪の光る前髪を掻《か》き上げて、真ん中の本棚に寄った。そして、あちこちの蔵書を抜き出してみるが、何も異状はない。ただ一つ妙なのは、四段目の奥に把手《とって》がついていたことだ。手前に引いてみても、びくともしない。いったん首を捻った彼だったが、次の瞬間、思いがけない行動に出た。踏ん張りながら、「多分、こうだ」と両手で本棚全体を押したのだ。すると――

真ん中の一連だけが、ゆっくりと奥に引っ込んでいくではないか。その部分が隠し扉になっていたのだ。本棚が動くにつれて、その下からは床に埋め込まれた真鍮《しんちゅう》のレールが現われる。凝った細工だ。ゴロゴロと音をたてながら一メートルほど進んだところで、扉は動かなくなった。本棚の両脇にできた空間から、その向こう側の小部屋が見えている。

「いやぁ、意外とあっさり見破られてしまいましたね」警部が微笑む。「私たちが気づいたのは、本棚がわずかに後ろに引っ込んでいたからやったんですが」

四段目の把手は、本棚を元に戻す時に使うわけか。

「ここは何のための部屋なんですか？」小部屋を覗き込みながら火村が訊く。「仕事にこもる部屋でもなさそうだ」

どれどれ、と私も首を突っ込む。広さはせいぜい四畳半ほど。頭上の天窓から光が差し込み、思ったよりも明るい。室内にあるのは、安楽椅子が一脚と壁面に吊り棚。そこにも水晶球や歌舞伎役者の押し絵といったガラクタ――失礼――が並んでいた。可動式の本棚の裏側には、内側からも開閉できるように把手がついている。

恵里香が言うには、深い意味はなく、征夫が悪戯心で作った隠し部屋なのだそうだ。遊びにきた友人に見せて面白がるのが第一の目的で、賊に押し入られた時に避難するパニック・ルームというのが口実。そして実際には、瞑想と称して征夫が独りになるのに利用していた。

「ブロンズ製のオブジェは、吊り棚の上で倒れていました。何気なく起こして手に取った時、私が血痕を見つけたんですよ」

すると、どういうことになるのだ？

私は頭を整理する。

――被害者が殺された現場は、おそらくこの家です。凶器が出ました。

警部はそう言った。なるほど、そうなのだろう。リビングにあったオブジェが凶器なのだから、志摩征夫は十七日にこの家にやってきて、独りで過ごしているところを襲撃されたわけだ。さもなくば筋が通らない。犯人がオブジェを持ち出して征夫をどこかよそで殴殺し、その後にまた凶器だけこの家に戻しておくはずがない。

しかし、それにしても――

「この部屋は、凶器を振り回すには狭すぎる。吊り棚が邪魔です。犯行はリビングで行なわれたんやないですか？」

「ええ、私もそう思います」と警部。

「そうやとしたら……。変ですよ。犯人は遺体を運び出して、身代金誘拐を装ったわけですよね。それはいいとして、なんで凶器を隠し部屋にしまったんでしょう？　謎ですよ。犯人の心理として、凶器を特定されたくなかったのなら、遺体と一緒に持ち去ってしまえばよかった。また、現場に元からあった置物だから処分する必要なし、と判断したのなら、リビングの絨毯の上に転がしておいたらよかったやないですか。

――おい、どう思う？」

火村の意見を求めた。

「さすがは犯罪を飯の種にしているだけあるな。先生の言うとおりだ」

ちょっと不真面目な言い方ではないか？　にらむと、すまん、と片手を上げる。

「そんなことを不思議がったら、犯人が判るんですか？」宇田川は不満そうだ。「ささいなことやと思いますけど。私たちが望んでるのは、一刻も早い犯人の逮捕です。恵里香は、怯《おび》えているんですよ。ほら、顫えてます」

彼女は、そっと友人の肩を抱いた。言われてみれば、そのとおり。恵里香は青い顔で、上体を揺すっている。感情を隠せないタイプらしい。

「夫を殺されて悲しいし、怒りも感じていますけれど……怖いんです」恵里香は言う。「私が約束を破って警察に通報したことを、犯人の方も怒っているかもしれない。まさかとは思いますが、犯人は私に――」

「あなたに危害を加える？　それはない。われわれ警察がうろついているところへ出てきたら、飛んで火に入る夏の虫ですよ。ご心配なく」

警部が森下に命じて、オブジェを科捜研に回すよう手配している間に、火村は隠し部屋を調べていた。オブジェを振り回す動作をして、「ここじゃ無理だ」と結論づける。やはり犯行現場はリビングか。――いや、さらにその裏を読んでみよう。

「この家で犯行があったように偽装するため、犯人がよそで殺してから凶器を戻したということはないか？　そうすることによってアリバイが成立するとか、犯人に何かメリットがあるのかもしれん」

「それならば――リビングの絨毯の上に転がしておけばよかった」

数分前に、私が使った言い回しを引用されてしまった。確かにそうだ。犯行現場がここだと偽装したかったのならば、隠し部屋の吊り棚に凶器を置いたりしまい。

「この家が犯行現場やとしたら、犯人はどうやって中に入ったんやろう」宇田川が呟く。「征夫さんが入れたんかな。つまり、犯人は彼の顔見知り……？」

そういうことになる。

志摩恵里香と宇田川温子も、犯人の資格を備えているのだ。

「該当するのはどういう方ですか？　そのぅ……お二人以外に、志摩征夫さんが家に招き入れそうな方です」

警部の訊き方に宇田川が反発する。

「待ってください。人前で彼と大喧嘩をしたんですから、私は家に上げてもらえそうにありませんよ。だいたい、独りでのこのこ訪ねてきたりもしません。ここにきたのは、いつも恵里香がいる時でした」

一概にそうも言えない。派手な口論をしたとはいえ、和解したいので謝罪にきた、と言えばドアを開けてもらえたのではないか。警部もそう思っただろうが、さらりと流す。

「そうでしたな。では、他にどなたか思い浮かびませんか？」

恵里香が何か言い掛けるのにかぶせて、宇田川が答える。

「城戸誉という人ですね。征夫さんと仕事仲間だった芸能プロモーターで、時々ここに遊びにきていました。私も何度かご一緒する機会があったので存じています。征夫さんは、彼のことを信頼していたようです」

同じ名前を恵里香も挙げようとしていたのだ。宇田川の話に追補を加える。

「面倒見のいい親切な人です。主人が復帰するきっかけになりそうな仕事を探してくれていました。脅迫電話があった日にも、誘拐されているとは知らずに、彼に連絡を取ろうとして私のところに電話が……。いいお話だったんでしょうけれど、無駄になってしまいました」

宇田川が咳払《せきばら》いをしたところへ、紺色の制服を着た捜査員らが入室してきた。このリビングに犯行の痕跡が遺っていないか捜査が始まるらしい。追われるように、私たちは隣の応接室に移った。

「城戸さんは、隠し部屋の存在も知ってたんですか？」

ソファに浅く掛けた火村の問いに、恵里香は「はい」と頷く。そして、あの仕掛けについて知っている者の名前を、ぽつりぽつりと五人挙げた。その中に犯人がいるのだ、と気負いかけたが、そう断定するのは早計だ。何らかの用件をもって初めて訪れた客が犯人で、殺される前に被害者自身が得意げに隠し部屋を披露したかもしれない。

「気になっていることを二、三お伺いしたい」火村はこれも恵里香に向かって、「博多出張から帰って、自宅に戻られたんですね。商談の結果報告のため会社に直行はしなかったんですか？」

また宇田川が返事を横取りしかけたが、恵里香が制する。

「およその報告は電話ですませられますし、嵩張るサンプルは宅配便で送ることになっていました。それに、今月初めに日曜出勤して休日が飛んでいたので、温子さんから事前に『そのまま直帰してちょうだい』と言われていたんです」

「直帰することは、出張の前から決まっていたんですね？」

ここで火村は、質問の真意を明かした。

「私が疑問だったのは、恵里香さんが帰宅した十分ほど後に脅迫電話が入ったことです。タイミングがよすぎるでしょう。犯人は、恵里香さんがいつ家に戻るか、あらかじめ知っていたかのようだ。それを知ることができたのは、どんな人でしょう？」

宇田川やその周辺の人間を疑うような発言だ。しかし、女社長は気分を害したようでもない。

「七人の、うちの社員が知っていました。必要とあらばリストを提出いたしますよ。でも、捜査が足踏みするだけですから、そちらを調べるのは賢明ではないと思います」

「念のためリストを」と警部は愛想笑《あいそ》いをふりまくが、火村はにこりともせず。

「十八日のお二人の行動について、お聞かせ願えますか？　端的に言うと、アリバイの有無に興味があるんです」

「警察の方に話しましたが、繰り返しましょう。私の場合、面白くありませんよ」

宇田川は、十七日の夜から懇意にしている社外のデザイナーらと飲み歩き、カラオケボックスで朝を迎えて、そのまま東天満《ひがしてんま》の会社に出ていた。そして、午後九時までばりばり働いたという。証人はたくさんおり、タフネスのおかげでアリバイは完璧か。

一方の恵里香は、定時である午前九時半に出社。午前中はデスクワークをして、13時51分発の新幹線に乗るため一時過ぎに会社を出た。それ以降、博多では単独行動をとる時間なし。——こちらの場合、九時半に出社する前に犯行が可能だったため、アリバイに綻《ほころ》びがある。

「恵里香に嫌疑が掛かるんですか？」宇田川は、私たちの顔を見比べる。「まさか、ありませんよね。彼女が犯人だとしたら、遺体を運んだり脅迫電話をかけたりする共犯者が必要です。でも、そんな物騒な人間をどこでどうやったら調達できるのか、想像もつきません。友情で結ばれている私だって、手伝いませんしね。私の十八日以降のアリバイも、どうぞ調べてみてください。二十四時間仕事と戦っていて、悪いことをする暇《いとま》がなかったことが証明されるはずです」

火村が大きく頷いた。何に対して納得しているのか、よく判らないが。

「それよりも、怪しいのは加山という人でしょう。征夫さんを信じて例の美容クリニックに出資して大火傷《やけど》をした人。執念深く責められて困っている、と彼が言っていましたよ。もちろん、それについては恵里香の方がよく知っているはずですけれど。あの人ならば、征夫さんを恨んでいるし、お金も欲しがっているはず」

加山のアリバイについては説明せず、宇田川がおちょぼ口全開で熱弁をふるうままにさせておく。彼女はさらに続けて、

「城戸さんについても……恵里香は親切な人だと褒《ほ》めちぎっていましたが、ただ親切なだけでもないみたいですよ。この場でぶちまけるのも何ですが……この宇田川温子は、人を見る目については自信があるんです。従業員を雇うにあたっても、値踏みを誤ったことはないと自負しています。そんな私の眼力をもってすると、城戸さんとい

う人には心が許せません。何か下心がありそうで。決して好意だけで征夫さんの世話を焼いていたのではないと思います」

「そんなこと、当たり前でしょ」恵里香は迷惑そうだ。「ビジネスを通じての付き合いだったんだもの。それを下心と呼ぶのは失礼だわ」

「彼、何か人知れない野望を抱いてるみたいやわ。それがどういうものかまでは見えへんけれどね」

「だから、それはあくまでも仕事の上でのことで――」

邪魔が入った。捜査員が一人、船曳の指示を仰ぎにきたのだ。「よいしょ」と警部が腰を上げて、小休止となる。「ちょっと失礼します」と恵里香が手洗いに立った。

友人が席をはずしたのを好機とみたのか、宇田川は声を低くして言う。

「梅田のホテルで喧嘩になったのは、征夫さんが私を侮辱したからではありません。恵里香に対して赦《ゆる》せない発言があったんです。あんなに尽くしているのに、『彼女との結婚は間違いだった。やっと気がついた』ですよ。自分の至らなさは棚に上げて、あまりにも身勝手です。とても本当のことを彼女に言えませんでした」

「もし恵里香さんがそれを知ったら、激高したでしょうね。大きな喧嘩になったかもしれない」

火村は、相手の神経を逆撫でするように言う。予想されたとおり、宇田川は恵里香の擁護に回った。

「いいですか、火村先生。恵里香が怒りのあまり夜叉《やしゃ》になって、征夫さんを衝動的に殴り、死なせてしまったとしましょう。それができたのは十八日の朝、出社する前だけです。けれど、計画殺人ならいざ知らず、そんな忙《せわ》しない状況で、どうやって共犯者を見つけることができるんですか？　パパに泣きついたとでも？　まだお聞きでなかったら、教えてあげます。彼女のお父さんは、十八日の朝から十九日の夜まで、一泊二日の人間ドックに入っていたんですよ。大阪市内の黎明会《れいめいかい》病院です。だから、パパが愛娘のために汚れ仕事をすることもできなかったんです」

説得力は満点だった。

6

松原の廃墟から急遽《きゅうきょ》、石切へ向かったために大きくスケジュールが狂ってしまった。城戸誉のオフィスに私と火村が到着したのは、午後も遅くになってからだ。しかも、森下刑事がにわかに忙しくなったため、警察官の同伴はなし。ただ、こういう者が訪問する、という連絡はすませてもらっている。

城戸企画のオフィスは、島之内《しまのうち》一丁目の雑居ビルに入っており、その一階のカフェで四時に会うことになっている。ちょうどコーヒーが飲みたかった、と火村は喜んだ。

店内が埋まっていたので、テラスの席に着いた。これほど繁盛しているのだから、コーヒー好きの助教授を満足させてくれるだろう。だが、湯気の立つカップが運ばれてきたところで、彼の携帯電話が鳴った。警察からお預けを喰ったらしい。

「……拭き取った形跡がないわけですね。なるほど。……絨毯の毛が？　背中からですか。……ええ、さすがに頭髪を刈り取ったのは、現場以外の場所でしょう」

通りがかった人が耳にしたら、いったい何の仕事をしているんだろう、と怪訝《けげん》に思うに違いない。

四時を過ぎたな、と腕時計を見ていたら、テーブルの上に影が落ちた。ずんぐりとした中年の男だ。脂性らしく太陽を反射した額《ひたい》がてらてらと光り、はだけたジャケットからは真っ赤なTシャツが覗いている。

「城戸です。私をお待ちの方ですよね？　どうもどうも。事務所がちらかり放題なもんで、ここを指定させていただきました」

如才《じょさい》なく、滑らかな動作で名刺を差し出す。あいにくと、私は名刺を切らしていた。

「ああ、結構です。お聞きしていますから。えー、英都《えいと》大学の火村先生ですね？」電話中の火村を見て「それで、こちらが作家の有栖川さん」

「逆です」と言うと、相手はさも心外そうに顔をしかめた。火村の方が小説家らしく見えるとは、ショックだ。私の方がノーネクタイでラフな恰好《かっこう》をしているのに。宇田川温子と違って、人を見る目がない。

「それは失礼しました」

バツが悪そうに頭を掻いた城戸は、火村が電話を終えると、あらためて自己紹介をした。

「志摩さんとは、十年来の付き合いです。マネージャーをしていました。私が大阪に戻って独立した時、温かく応援してくれたことに今でも感謝しています」

大阪の生まれで、一時、誘われて東京のプロダクションに勤めていたのだとか。元々、知友はこちらに多かったのだそうだ。

「ご存じのとおり、彼、色々ありましたでしょ。心機一転、舞台で出直してはどうか、と勧めていたんですよ。彼、こっちで芝居をやっていた男ですから。端役でいい映画に出演したのがきっかけで、テレビにひっぱられて、一時は人気ドラマの主役まで行きましたけれど、よかったのか悪かったのか。人気が頂点に達した途端に転んでしまいました」

ややもの憂い調子で話すのだが、それでいて饒舌《じょうぜつ》だ。

「色々とは、ビューティー・フロンティアの一件と、志摩さん自身が起こした人身事故ですね。いまだにトラブルが尾を引いているそうですが」

私の言葉に、城戸は顔を曇らせる。

「一人、変なのがいました。お聞きになっていますでしょ。加山某という男で、自分の欲が招いた結果の責任を、志摩さんに転嫁しようとしていた。脅迫めいた不穏な言葉を吐いたりもしていたんですよ。警察には、ぜひ彼の身辺を調べていただきたいですね」

その加山はすでに捜査の対象になっている。そして、アリバイがありそうなのだが、そんな捜査状況は伏せておいた方がいいのだろう。私からは話すまい、と思って火村を見ると、コーヒーカップに視線を落として、人差し指で唇をなぞっていた。なんだか気が入っていない。被害者の愛称が助教授だったせいで本物の助教授も意気上がらない、というわけでもなかろうに。

「加山某以外に、志摩さんと揉めていた人間はいませんでした。私の知る範囲ではね。いれば、ぽろりとこぼしたと思います」

このあたりで火村が座り直して、テンポよく質問を始める。

「志摩征夫さんのお宅を訪問して、よくお話をなさっていたそうですね。一番最近ではいつお会いになって、どんな話題が出ましたか？」

「五月の初め。連休中に、一度訪ねました。遊びに出るでもなく石切の家に引きこもって、外に連れ出そうとしても嫌がるので、強引に押し掛けてやったんです。彼にとって石切は方角が悪い？　ああ、そんなことを占い師に言われて引っ越しはしたんですけれど、住むのが凶なのであって、たまに帰って寝泊りするぐらいは平気でしたよ。その時の話題は……いやぁ、つまらない世間話が大半です。『また芝居をやってみないか』と水を向けたりはしましたが。変わった様子はありませんでしたね。いつもどおり、少しぼんやりとした感じで。その点について、このあたりで仕事に復帰しないと、完全に勘が狂って駄目になるな、と危惧《きぐ》しました」

「孤独そうですね」

「自分の殻に閉じこもってしまっていましたから。あれでは奥さんも大変だ。立ち直らせようとがんばっていたのに、別居なんて言い出すし」

「征夫さんから一方的に、ですか？」

「はい。隠れた理由があるんじゃないかと思って聞き出そうとしたんですが、どうも違うらしい。励ましの言葉や、無言のうちに伝わる期待が心の負担だったんでしょう。でもねぇ。黙って見守り続ける、というのも難しい。私の持ち込む話も、彼にとってはありがた迷惑だったのかもしれません」

「彼と恵里香さんの馴《な》れ初《そ》めは何だったんですか？」

「恵里香さんは、芸能界とは無縁のＯＬでした。志摩さんが仕事で大阪にきて、キタで一人で飲んでいた時、ふと言葉を交《か》わしたのが知り合ったきっかけです。その頃の彼は、『ハード・レイン』に出る前で名前も顔も売れておらず、恵里香さんも『本当に俳優さんなのかしら』と疑ったそうですよ。彼が助教授役でヒットを飛ばしたのは、結婚したすぐ後のことです」

「結婚生活は、しばらく順調だったんですね？」

「私の知る範囲では」

あくまでも慎重な答え方だ。

「城戸さんは、恵里香さんに好意を抱いてらっしゃるようですね。いや、好感と言った方が誤解を招かないか」

予期せぬ言葉だったらしく、芸能プロモーターは、ほんの一瞬、口ごもった。

「ええ、素敵な方ですよ。志摩さんといいカップルでした。……しかし、そんな質問をされること自体、何か誤解されているような気がしますね」

「他意はありません」

「あらぬ想像をして、私まで事件に巻き込まないでくださいよ。それが職務とはいえ、警察の方にも疑われている気配がしました。十八日から二十一日にかけて、どこで誰と何をしたかを訊かれましたが、愉快ではありませんね」

そして彼は、こちらが訊きもしないのに、その間の行動について語った。十七日から仕事で東京に行っており、十九日の正午過ぎに大阪に帰る。その後は、オフィスを出たり入ったり。二十日、二十一日も通常どおりに働いていた。だから、志摩征夫殺害については完璧なアリバイがあるし、電車から投げられる身代金を拾おうと線路脇で待機してもいない、と胸をそらす。

火村は黙ったまま拝聴する、という感じだった。

「十九日も二十日も志摩さんのために奔走して、劇場関係者と会っていたんですよ。一つしくじったのは、誘拐犯からの連絡を待ってる最中の恵里香さんに電話をかけてしまったことです。そうと知っていればって、知れたわけないんですが、とにかく申し訳ないことをした。警察の方から『何故、あんなタイミングで電話をしたのか？』と、痛くもない肚《はら》を探られてしまいました。でもね、仕方がなかった。シアター新梅田の支配人が、『本人の意思を確認したい』と言い張ったので、私も渋々ながら彼を捜したんです。支配人に聞いてもらえば、そのへんの経緯は判っていただけるはずです」

「あなたに電話を強《し》いた人がいるのなら、警察もつべこべ言わないでしょう。宇田川温子さんのように、自分で悪いタイミングを選んで電話をした人もいます。身代金を運んでいる恵里香さんにかけてしまったんです」

「そりゃまずいですよ。まるで身代金受け渡し方法の指示をするためかけてきて、きな臭い空気を感じたから計画を変更したみたいじゃないですか」

他人に嫌疑をなすりつけるようなことを言う。

「そちらの電話にも、一応の必然性があったらしいですけれどね。——宇田川さんはよくご存じなんですか？」

「石切の家で、何度かお会いしています。恵里香さんと学生時代から仲がよかったみたいですね。やり手の社長さんだそうで。それぐらいのことしか知りません」

「征夫さんは、彼女について何か話していませんでしたか？」

「いいえ、特には」

「彼と宇田川さんがホテルのラウンジで口論している現場をご覧になったと伺っています。その時、恵里香さんの悪口が出ていたそうですけれど」

城戸は、汗で光る額をハンカチで拭《ぬぐ》った。嫌な話題だな、と感じているようだ。

「ちらっと耳にしました。でもねぇ、夫婦の間には色々あるもんですよ。私は聞き流しました。宇田川さんの怒り方だって、あなたの言い方は不愉快だわ、という程度に見受けました」

隣のテーブルの客が、バサリと音をたてて夕刊紙を広げた。そのフロントページに、〈志摩征夫殺害は偽装誘拐？〉の大活字が躍っている。それが視野の片隅に入ったらしく、城戸が尋ねる。

「電車の窓から金を落とせ、というのは偽装工作だったんでしょうか？　確かに安物のドラマじみていた指示ではありますけれど、本気だったのかもしれないでしょ」

「そんな方法で金を手にした犯罪者は、一人もいませんよ」

「確かに、聞いたことはありませんね。うまくやれば成功しそうな気もしますけれど。やっぱり映画や推理小説の世界だけの話なんでしょうか」

走行中の乗物から身代金を投下させようとする誘拐犯は、まず小説の中に現われた。エド・マクベインの『キングの身代金』(一九五九年)だ。これを黒澤明《くろさわあきら》が翻案して、あの『天国と地獄』(六三年)を撮ったのは有名である。マクベイン作品の犯人は高速道路を走る自動車から金を投下するよう指示してきたのに対し、黒澤作品では特急〈第2こだま〉のトイレの窓を利用した点が秀逸だ。突発事態が生じた時、鉄道だと制動をかけても何キロも停止できないのだから。

あるアイディアが、同時多発的に複数の人間の頭に宿ることがある。『天国と地獄』に先んじて、三好徹《みよしとおる》は『乾いた季節』(六二年)の中で、特急〈はと〉のトイレから金を落とさせるトリックを書いている。

「黒澤映画で一気に広まった手口ですね。映画の影響力は甚大だ」火村は言う。「『天国と地獄』が公開された二年後、早くも模倣犯が現われています。電車の窓から赤い旗が見えたら身代金を落とせ、と。ところが、犯人がその目印を出発点の近くに立てていたものだから、金を運んでいた両親が迷ってしまい、計画は失敗しています」

「事件は無事に解決したんですか?」

「受け渡し失敗の直後に、人質だった女性デザイナーは殺されました」

城戸は、沈痛な面持ちで吐息をつく。

「この他にも、線路脇のピンクの傘を目印に金を落とさせだの、高速道路の非常電話に電話して『ここから落とせ』だの、他人のアイディアを盗んだ犯人はいます」

「グリコ・森永事件でもそんな要求がありましたね。でも——」

「身代金を運ぶ人間が目印を見逃したり、場所を勘違いするなどして、ただの一件も成功していません。だいたい身代金誘拐事件において、犯人が金を奪って最後まで無事に逃走できた、という例は存在しないんです。人質を殺害して逃げたまま、というのはいますよ。しかし、それは犯人にとってさぞや苦い結果に違いない」

城戸は、遠慮がちに言葉を返した。

「先生に向かって素人考えを言うのも何なんですが、ただの一件も成功していない、というのは言い過ぎかもしれませんよ。誘拐犯の言いなりになって、警察に通報しないまま身代金を払った被害者がいないとは限らないでしょう。被害者がそのまま口を噤《つぐ》んでいたら、事件は表沙汰にならない。そうやって闇から闇に葬られた誘拐事件もあると思います」

そんな不穏な想像を、火村はあっさりと斥《しりぞ》ける。

「およそ考えにくいですね。人質が無事に返ってきたのなら、被害者は沈黙をする必要がありません。そこで口を噤んで都合のいい被害者を貫いたら、犯人にまた狙われる危険を自ら招くことになるだけだ。人間の心理として、まずない。闇から闇に葬られた身代金目的誘拐がたくさん存在する、というのは、欲深い誘拐犯の妄想です」

「こういう表現は不謹慎かもしれませんが、身代金が目的の誘拐というのは難しいんですね」

「失敗するべくして失敗します。なのに誘拐事件で大金を摑もうなどと非現実的で残忍な夢想をするのは、そもそも知性的ではない粗暴で強欲な人間なんですよ。理性があれば、それを成功させるためには何百の難関を突破しなくてはならないか判るはずだ。脅迫電話をかける際と身代金を受け取る際に注意すればいい、というものではありません」

城戸は、うっすらと苦笑した。

「よく判りました。でも、私はそんなことを企《たくら》んだりしていませんよ。お金にもまったく困っていませんしね」

「ええ、あなたは理性的に見えます」

「よかった」

胸を撫でおろす真似をする城戸。だが、火村の目は少しも笑っていなかった。機械的に誘拐論をしゃべりながら、頭脳はまるで別の思索に飛んでいるようだ。

「石切の家に出入りしていたのは、どんな人でしたか？　あなたの知る範囲で教えていただきたいのですが」

「ごく限られた人間ですよ。奥さんは言うまでもなく、他には宇田川さん、私……。出てきませんね」

「誰かが急に訪問したら、征夫さんはどうしたでしょう？」

「仮定の質問ですね。うーん、疎《うと》ましがって門前払いじゃないですか。植木屋さんにも最近はきてもらっていなかったほどです」

火村は、ふと思いついたように、

「石切の家にある隠し部屋をご存じでしたか？」

「本棚が後ろに動くアレですね。ええ、志摩さんから自慢されたことがあります。ちょっと無駄なことがしてみたかったんだそうで。あんなものを作らなければリビングはもっと広かったし、間取りもすっきりしたはずなんですけれどね。『こんなの使い道がないだろう』と言ったら、『強盗がきたら逃げ込める』と笑っていました。馬鹿らしい。それなら部屋に非常電話をつけていないと理屈に合わない」

いずれにせよパニック・ルームとしては機能しなかった。彼は、そこに避難することなく殴殺されたのだから。

「隠し部屋がどうかしましたか？」

訊き返されて、火村は言葉を濁す。彼の質問の多くは、宇田川温子の証言との照合のようだった。

「おっと」

火村がマナーモードに切り換えていた携帯電話を取り出して、体を横に向けた。警察の誰かから電話が入ったのだ。私とともに、城戸も聞き耳を立てていたが、助教授は「はい、ええ」を繰り返すばかりで、どんな話をしているのか見当がつかない。

「詳しくは捜査会議で伺います。午後七時に、現場でですね？」そこで腕時計を一瞥《いちべつ》して「ええ、行きます。遅れることはありません。では、後ほど」

パチンと電話を畳んで、城戸の丁寧な応対に礼を言う。

「参考になりました。ありがとうございます。事件の解決は、遠くないと思います」

「犯人が判りそうなんですか？」

城戸だけでなく、私も驚いた。

「今の電話では、そこまでは。ただ、大きな発見があった模様です。これから石切に戻らなくてはならないので、失礼します。またご連絡することがあるかもしれませんので、その節もよろしくお願いします」

席を立ち、地下鉄の駅に向かう火村の背中に、私は「おいおい」と呼びかけた。

「どんな重大な発見があったんや。今のは船曳警部からか？」

「それより城戸氏と会う前の電話が何だったのか聞きたくないか？　重大な発見があった」

質問をはぐらかされた。だが、そう言われたら訊かずにいられない。

「どんな発見や？」

凶器のオブジェから、恵里香の指紋が検出されたのだ。

7

新石切駅まで、森下が車で迎えにきてくれていた。火村が要請したのだ。高台の志摩邸を見上げることができる場所を求めて、私たちは周辺を巡る。適当なポイントは、存外少なかった。十七日の夜、窓に明かりが灯っていたという目撃証言があったところからも、カーテンが降りた窓の一部が望めるだけだ。火村はその結果に満足していた。

「もう結構です」

そのひと言で、森下は車を高台に向ける。凶行が行なわれた家では、船曳、桜沢の両警部が待っていた。

「恵里香が落ちそうです。どう答えてもボロを出しそうなんでしょう、おろおろしています」

応接室のソファに腰を下ろしながら、船曳が報告する。

「凶器に指紋がついていたといっても、自宅にあった置物なんだから、彼女が手を触れたことがあってもおかしくありませんよね。私は関係ないと、突っぱねてもよさそうですが」

理屈の上ではそうだ。しかし、彼女以外の者があのオブジェを凶器に使用した場合、手袋をしていたのなら、もとからついていた指紋の何割かを擦《こす》って消してしまい、手袋をした手が握った痕跡が遺る。したがって、そんな跡がまったくないということは、鮮明な指紋の主が最後に凶器を握った人間の可能性が高い。いっそすべての指紋を拭い去ってしまっていればよかったのだが――何故か恵里香はそうしなかった。

「有栖川さんなら最後まで抵抗するんでしょうね。しかし、彼女は脆《もろ》い。われわれが新しい事実を摑むたびに、心臓が冷えていっているんですよ。感情がこぼれ出てしまう」

船曳が言う隣で、桜沢が深く頷いていた。眉毛のないその面相は、子供をあやすのに不向きだろう。

「そう、俳優の妻ながら芝居ができない人です。じきに唄うでしょう」

その点につき、両警部は楽観的だった。

「ですが」と桜沢は続けて「解《げ》せないことがある。第一に、誰が彼女に手を貸してやったのか、ということです。単独での犯行は不可能なんです。脅迫状を出したり遺体を運ぶことができませんでしたから。必ず共犯者がいる。それが何者なのかが判りません。衝動的に夫を殺《あや》めてしまった後、すぐに協力を頼めたのは父親か宇田川温子ぐらいのものだろうに、井関申太郎は人間ドックに入ってたし、多忙な宇田川の行動にも空白の時間帯が少なすぎる。おまけに、彼女は運転免許も持っていない」

言葉が切れたので、私は促《うなが》す。

「解せないことの第二は何ですか？」

「さっき言ったことと矛盾しますが、脅迫電話に怯え、不安そうに鞄を抱えて身代金を運んでいた時の恵里香の様子が、あまりにも真に迫っていたことです。そのため、本部では当初から志摩征夫の狂言ではないのか、という声が上がっていましたけれど、妻を疑う者はあまりいませんでした」

「この事件には、まだ見えていない構図があるんです」

火村は言い切った。船曳が、ふむ、と顎《あご》を撫でる。

「それがどういうものか、もうすぐ判るんですな？」

「万事うまくいけば。——例のものは用意されていますね？」

「はい」桜沢が答えた。「いつでもＯＫです」

「では、待ちましょう」

私たちは三十分ほど待って、求めていたものを得た。隣のリビングから顔を出した特殊班の矢口刑事が告げる。

「逆探知、成功です」

上首尾に喜んだ火村が、私の背中を拳《こぶし》で叩いた。

「ビンゴ」

8

火村の「ビンゴ」から、きっかり一週間がたった。

時間も、あの時と同じ。ただ、いくらか日が長くなったようだ。

リビングの窓の向こうには、大阪平野の夕景が広がっている。遠い海の上に、紫色とサーモンピンクに染まった雲が垂れ込め、その下から夕陽が今日の名残《なごり》の光を放つ。何かの終焉《しゅうえん》を象徴するかのようだった。何かとは、志摩征夫殺害をめぐる捜査だ。

隠し部屋の中から、城戸誉と船曳警部の声が聞こえる。部屋に入れない火村と桜沢は、本棚の両脇に立って中を覗き込んでいた。

「こんなポーズで横たわっていました。はい、頭はこちら向きで。体に触れるとすっかり冷たくなっていましたが、硬直は解けていました。『変わり果てた姿になったな』と話しかけたのを覚えています」

「凶器には気がつかんかったか？」

船曳が砕けた調子で問う。

「はい。あの吊り棚にのっていたんですって？　そんなもの、眼中に入りませんよ。血糊がべったりと付いていたんなら別ですけれども」

「せやから無視か。それを始末してやってたら、志摩恵里香はのらりくらりと言い逃れできていたかもしれへん。画竜点睛《がりょうてんせい》を欠いたな」

「警部さん、ご冗談でしょ。あの人は、のらりくらりで警察の追及をかわしたりできませんよ。そんな人なら、私が救いの手を差し伸べることはなかった。——それに、凶器から指紋が出なかったとしても、皆さんはどうにかして彼女の尻尾を捕まえていたでしょ。ここにくる時は無防備だったし、ここから慌てて去る時だって、誰かに見られていたかもしれない」

「買い被ってくれるやないか。目撃者というのは、こういうところでは簡単に見つからんのや。あんたが凶器をここに保存しておいてくれたことは大きい。感謝するで」

「堪《こた》えますね、何を言われても」

二人が隠し部屋から出てきた。船曳は腹が支《つか》えてかなり苦労していたが、太鼓腹というのは弾性に優れているから、ほどなく脱出に成功する。

「ああ、苦しかった。もうここには二度と入らんぞ。——そっちで話そうか」

夕陽に照らされたソファに全員が座った。リビングの隅には数人の捜査員が立って、私たちの様子を見ている。

「閉めましょうか。城戸さんが立ち会っての実況見分だから、マスコミの諸君が望遠レンズ付きのカメラで狙っているかもしれない」

窓の一番近くに座った桜沢が、気を利かせてカーテンを引いた。城戸は、ほっとした表情を浮かべて、誰にともなく訊く。

「恵里香さんは、私のことをどう言っているんですか？　ひどく恨まれていても仕方がないと思いますが……」

そんなことを気にしていたのか。

「驚いてはおったけど、特に何もコメントしてない。あんたのことより、自分がこれからどうなるかで頭がいっぱいなんやろう」

「身代金を口実にした口止め料の要求だった、と思われたくないんです」

「さぁな。どう思っているものやら」

船曳の返事は、冷たく素っ気ない。

「……自分がしたことについては？」

「殺すつもりはなかった。口論の末、かっとなって手近にあったものを両手で摑んで投げつけたら、頭に命中してしまっただけだ、と弁明してる。まさか死んでしまうとは思わなかった、と。その自供の真偽については、どこまで信じていいものやら、まだ判断がつかんな」

「裁判では、喧嘩の原因は考慮してもらえるんですか？　私が提出したものに証拠能力があるといいんですけれど」

「あの人のことを心配するんやな。さんざん脅《おど》しておきながら。あんたの心理もよう判らんわ」

妻がブロンズ製のオブジェを投げつける直前、夫はこう言い放った。

——恵里香、俺は間違っていた。やっと判ったよ。

妻は、取り調べに応じて語った。

「世間は、知的でクールな助教授という幻影を彼にかぶせて持《も》て囃《はや》しました。当たりが柔らかく、外面《そとづら》のいい人でしたから、彼と会った人は、イメージどおりの素敵な男性だ、と納得したようです。でも、私に対しては移り気な面ばかりを晒して、常に気難しく、しばしば横暴な夫でした。それぐらいは珍しい話じゃありません。稼いだお金を自分のためだけに浪費するわけでもなく、よそに愛人を囲うでもなく、暴力をふるうわけでもない。ただ仏頂面《ぶっちょうづら》をして、私を振り回すだけ。でも、それは静かな虐待と呼べるんではありませんか？　彼が家を出ても、仕事に戻ろうとしなくても、私は責めはしなかった。すると、『どうして俺が駄目になっていくのを放置しているんだ？』です。いつか我慢の限界がくるな、と感じていました。それが、こんな取り返しのつかない悲劇になるとは夢にも思いませんでしたけれど」

こうも訴えた。

「悪女という言葉がよく使われます。でも、悪女のような男って、いると思いませんか？　どこまで自分のわがままが通るか、を絶え間なく試し続けるような性悪男《しょうわる》。それが志摩征夫の素顔です。だけど、あの瞬間までは耐えることができた。あの人のことを愛していたから。憎ければ、さっさと別れています」

それなのに、彼女は夫めがけて鈍器を投擲《とうてき》した。

「言ってはいけない言葉というのがあります。この人に対してあれは禁句だ、あの人にはこれだけは言えない。私にだって、決して聞きたくない言葉があります。それが何なのかを夫は探っているのではないか、と思いたくなることがあった。あの日の朝、彼はそれを見つけたんです。そして、クライマックスの名台詞《めいぜりふ》であるかのように、感情をたっぷり込めて、口にした」

――君との暮らしは人生のロスだった。出会った日に道を誤ったんだ。恵里香、俺は間違っていた。やっと判ったよ。

「言葉による虐待であることは認めていただけますね？　耳をふさぎたくなるような台詞です。私は、われを忘れた。……後になって、その言葉のどの部分に最も腹が立ったのだろう、と考えたことがあります。声の出し方や語調、抑揚が残忍でした。『人生のロス』はあんまりです。『道を誤った』だの『俺は間違っていた』だのも、すごく陰険です。でも、もしかしたら『やっと判った』の『やっと』が赦せなかったのかもしれません。何が『やっと』よ。あなたはずっと愚かだったくせに。そう思った次の瞬間、理性がなくなったような気がします」

火村は、カーテンの降りた窓を向いたまま問いかける。

「あなたは、恵里香さんの秘められた怒りを感じることがあったんですか？」

城戸は、正直に告白した。

「いいえ、まるでありません。私はただ、彼女にいびつな好意を抱いていただけです。だから助けてあげたかった。これは本心です。でも、素性を明かした上で『アリバイ工作をお手伝いします』なんて言う度胸はなかった。また、そんなふうにして台本を書いたら、大根役者の彼女がへまをするのは目に見えています。だから、素の恐怖を演じてもらいました。ひどいやり方ですね。自己弁護するわけではありませんが、志摩さんの態度と私がしたことを重ねると、恵里香さんの内なる何かが、サディスティックな感情を引き寄せるのかもしれません」

「自分がしたことを、サディスティックな行為だったと認識しているんですね？」

「嗜虐的《しぎゃくてき》でしょ。誘拐犯になりすまして、録音してあった死者の声を聞かせながら身代金を要求する電話をかけ、志摩さんの所持品や毛髪を送りつけ、長時間にわたる不安な鉄道旅行を強要したんですから。しかも、彼を殺した当人に――」

征夫の声が録音だということに、恵里香はすぐ気づいた。しかし、それだからこそ彼女は脅迫者に恐怖しなくてはならなかった。

——あんたは、俺に従うしかない。

呪縛が始まった。

「どんな気分だったんです？」

火村が最も関心を寄せているのは、その点だろう。

「あの可愛い女をマリオネットにして、自分が糸で操っているんだ。そう思うと、甘美な喜びを覚えました。ええ、性的な快感です。他人の恐怖や緊張は、啜《すす》ると甘い。——しかし、それは恵里香さんだけを対象にしたものではありません。警察全体を翻弄すること。国家権力の鼻面を摑んで思うがままに振り回している、と思うと、下半身がじんじん疼《うず》くほど興奮しましたよ。俺は今、世界をプロデュースしているのかも、という錯覚さえしました。パワーというのは、エロティックなものですね。あの味は、金では買えない」

やったことと感じたことの釣り合いが崩れている。彼が行なったのは、卑小な盗み聴きにすぎないのに。いや、話の平仄《ひょうそく》は合うのか。出発点の盗聴という犯罪行為からして、ある種エロティックなものだ。

「火村先生とお話しするのは、オフィスの下のカフェでお会いして以来ですね。教えてくださいますか。どうして私に照準を合わせて、真一文字にアタックしてきたんでしょう？」

犯罪学者は、おもむろに脚を組んだ。

「この事件が身代金目的の誘拐ではないことが判明し、どうやら志摩恵里香による殺人もしくは傷害致死事件なのが見えてくるなり、大きな疑問が立ち上がりました。まず第一に、どうやって彼女は脅迫役の共犯者を確保したのか？　相談にのってくれそうな父親や友人にはアリバイがあって、脅迫役たり得ない。第二に、どうして共犯者と芝居を演じているように見えないのか？　この二つの疑問を同時に解決可能な仮説があります。それは、彼女は誰も共犯に引き込んでいないのに、いずこからともなく事後共犯が出現した、というケース。稀有《けう》な状況ですが、考えれば考えるほど、私にはありそうなことに思えてきました。だが、その幻の共犯者がどこからどう現われたのかが判らなかった。犯行が行なわれた時、家の中に犯人と被害者以外の人物がいたとも思えないのに」

火村は、またカーテンを見る。

「この家は高台に建っています。誰かが覗き見たのではないか、とも考えましたが、事件当時はカーテンが閉まっていた。夜ならば凶行が影絵になって見えた、ということがあったかもしれないけれど、事件は早朝以降に起きています。覗き見できた者はいない。そうなると、残された可能性は一つだけだ。見られないまでも、聴いていた者がいるのではないか？」

「いきなり、そこに考えが及んだんですか？」

「盗聴器調査がビジネスとして成立しているご時世ですからね。大した飛躍でもありません。——現場に盗聴器が仕掛けられており、何者かが聴覚を通じて犯行を知ったのかもしれない。そう仮定して事件を見つめ直してみましょう。すると、ある謎が解けます」

その謎とは、幻の共犯者の奇妙な不作為である。遺体を運び出して処理したのに、何故凶器はそのままにしておいたのか？

「盗聴者は、志摩夫妻の激しい言い争いが悲惨な結末に至ったことを知ったとしても、何が凶器に使われたのかが判らなかった。それが遺体のそばに血まみれで転がっていたのなら、現場にくれば判ったでしょう。しかし、あのオブジェは一見したところ凶器として振り回すには太い上、微かな血痕しか付着していなかったし、恵里香がそれを吊り棚に置いたがために、とうとう気づかなかったわけです」

「恵里香さんが遺体を隠し部屋に入れたことも、盗聴していただけの犯人は判らなかったんじゃありませんか？」

「隠し部屋に入れたからこそ、知ることができたんです。本棚が動く際、ゴロゴロと音が鳴る。盗聴者はそれを聴いて、もの言わなくなった夫を妻がどうしたのか、目で見るごとく悟ったんだ」

火村は、事件の全体を概括する。

「口論の末、志摩征夫を殺してしまった恵里香は、恐慌を来《きた》したことでしょう。どの時点で冷静さを取り戻したのか、あるいはそんなものは喪失したままだったのか判りませんが、わが身を守るために必要最低限の措置を講じにかかる。九時半には出社し、二泊三日の博多出張に赴かなくてはならないから、遺体の始末をする時間的余裕はない。かといってこのまま床に転がしておくのも不安だから、凶器と一緒に隠し部屋に移動させることにした。いずれも出張から戻ってきて、しかるべく処理するまでの臨時避難です。だから、凶器の指紋を拭き取ることさえ怠ったんだ。選択の余地がない行動で、同じ状況に追い込まれたら、私だってそのようにふるまったことでしょう。よもや、その一部始終に耳を傾けている人間がいるとは思いませんからね」

城戸は、神妙に聞いている。

「私の脳裏に、あなたの名前が点滅した。井関申太郎、宇田川温子と違って、あなたには遺体搬出と脅迫についてのアリバイが欠落していたからです。動機は定かでないものの、志摩夫妻の身近におり、石切の家にも出入りしていたので盗聴器を仕掛けられた可能性がある。十七日から十九日にかけて東京にいたあなたに盗聴ができたとしたら、どんな機械を使ったのかもおのずと明らかになります。現場から数百メートル離れたら役に立たない電波発信式のものではない。使用されたのは、デジタル盗聴器だ」

プリペイド式の携帯電話を改造したもので、真面目な市民の知らないところで広く出回っているらしい。携帯電話がそのまま盗聴器になっているので、電源をオンにしたそれを対象の目につかないところに隠し、任意の時に電話をすれば仕掛けた周囲の音声を拾ってくれる、というたって単純な仕組みだ。もちろん、呼び出し音も光も振動も発しないように設定されており、受信時しか電波を出さないため、盗聴中でなければ通常の探査では見つけられない。

この犯罪的な機械の最大のメリットは——不心得者にとっての話——、携帯電話が通じるエリアならばどこからでも盗聴が可能なことだ。東京と石切ならば、何の問題もない。高性能の集音マイクを組み込んだ上、ボイスレコーダーと接続させれば、盗聴器を仕掛けた室内の音声をそれなりの質で録音することもできるし、自動車のコンソールボックスの裏側の隙間や助手席の下に潜ませれば、走行中の車内の会話もキャッチする。嫌らしいおもちゃが流行《はや》るものだ。

一方、最大のデメリットは電池寿命が短いこと。通常の電波式盗聴器ならば五十時間以上でも発信が可能なのに対して、こちらはもともと携帯電話なので連続通話では二時間ほどでバッテリーが切れる。待ち受け状態だと二週間程度は持つというが、いずれにしても定期的に充電をする必要がある。

城戸の場合、そんな盗聴器を二台用意しておいて、ここを訪問する都度、充電ずみのものと交換していた。もっとも、夫妻が別居を始めてからは盗聴の機会もめっきりへり、今日あたりいるだろうか、とたまに使用するぐらいだったらしいが。

火村は、雑然とものが並んだ飾り棚に目をやった。一箇所だけぽっかり空いているのは、大きな熊の縫いぐるみがあった場所だ。以前にここを訪ねた折、城戸はその中に盗聴器を仕込んで征夫にプレゼントしたのだ。ファンからの預かり物と称して。哀れな熊君は、盗聴器を取り出すため捜査員の手にかかって解体されてしまった。

「あの道具は、卑しい好奇心を満たしてくれました。あれを持ち込んだのは一年ほど前です。その頃から、私は恵里香さんが気になっていたんですね。志摩さん夫婦が別居を始めてからも、たまには一緒にここに泊まりにくることがあったので、盗み聴きの機会はありました。まさか、あんな場面にぶつかるとは思いませんでしたが……」

恵里香が大変なことをやらかした。遺体を隠し部屋に入れて立ち去ったのは、出張に行かなくてはならないからだろう。前夜から夫妻の会話を聴いていた彼には、そのあたりの事情がすべて読めた。東京にいながらにして。

十九日の正午過ぎ、大阪に戻った彼は、好意を寄せる恵里香を窮地から救うために、行動を開始する。この傷害致死を身代金目的誘拐に仕立て直すべく。

「もう一つの犯罪を自供します。私は、悪戯心からこの家の合鍵を作っていました。一緒に仕事をしていた頃、忘れ物を取りに行かされた時に、こっそりと。それを使って盗聴器の交換に入ったこともあります。十九日に遺体を運び出す時も、もちろんその合鍵で家に侵入しました」

遺体から携帯電話と財布を奪い、毛髪を切ると、それに脅迫状を添えて、本町一丁目のポストから発送。遺体を廃墟に運んだのは、その夜だった。

「これで恵里香さんにはアリバイができた。警察が誘拐だと信じてくれれば、彼女は安泰だ。そう思って、北叟笑《ほくそえ》みました」

「自分自身のアリバイも確保しておきたい、と考えなかったんですか？」

私が質問を挟んだ。

「考えましたよ。一年も二年もたってから遺体が発見されたら、『犯行当時、私は東京にいました』と主張できなくなりますからね。頃合を見計らって、『あのモーテルに死体のようなものがある』という匿名《とくめい》の電話をどこかに入れるつもりでした。思いの外、早く見つかりましたね」

二十日には、脅迫電話をかける大仕事があった。恵里香が帰宅するおおよその時間は、これまた盗聴で摑んでいた。

井関申太郎にも電話したのは保険だ。「一一〇番通報はするな」と脅しながらも、恵里香がそれに従ってしまったら、誘拐に偽装しようとした苦労が水泡に帰す。そこで井関にも同様の電話を入れ、警察に通報させる役を担わせたのだ。

それから城戸誉は――何もしなかった。ただ、恵里香や刑事らが掌上で踊るのを観察していただけ。いや、見てもいなかった。その様子を想像していたのみである。

「火村先生。答えていただけますか？　七時に現場で捜査会議がある、なんて私の前でしゃべったのは罠《わな》だったんでしょ？」

「ええ。あの時、私は電話機に向かって独り芝居をしただけです。なかなかの演技力でしょう。捜査会議の予定なんてなかった。あなたが幻の共犯者だったなら、盗聴器を作動させるに違いない、と鎌を掛けたんです。見事に嵌まってくれましたね」

「発信元が判らないよう非通知でかけたんですが……」

「それで素性が隠せると思って？　頭隠して尻隠さず、か。警察を相手にしていることを失念していたようですね。私たちはこの部屋中を調べて、すぐに縫いぐるみからブツを掘り出していた。そこへ入電だ。あなたが手許の電話の電源をオンにするなり、逆探知できました」

「そこで逆探知を喰らうとは」

力なく笑ってから、彼は気になることをしつこく尋ねた。

「まだ答えてもらっていない。先生は、どうして私が盗聴していたと――」

「初対面の挨拶をする前に、あなたを疑っていた」

城戸は、まさか、と言うように顔をしかめる。火村が冗談を口にしたと思ったのだろう。

「有栖川のことを火村英生だと勘違いしましたね？」

「ええ。……うっかりと」

「ノーネクタイの彼を犯罪学者だと思い、携帯電話に向かって捜査状況の話をしている私を小説家だと思ったのはおかしい。ただの勘違いならば誰にでもありますが、あなたは自信満々といった様子で取り違えた上、それを指摘されると意外そうだった。思い当たる節はありませんか？　あなた、私たちと会うしばらく前にも盗聴器を使っていましたよね」

「ええ。ですから、お二人の声はあらかじめ知っていました」

「どこかで声と顔を誤って認知したわけだ。どこでズレたか、私には見当がつく。それは例えば、有栖川さんは助手なのか、という宇田川さんの問いに私が『そんなところです』と答えたこと。あるいは、凶器がどこで発見されたのか『有栖川さん、お判りになりますか？』という警部の問いかけの後、私が『多分、こうだ』と応えたこと。またあるいは、私が有栖川に向かって、『さすがは犯罪を飯の種にしている先生』と話しかけたことです。彼はただ作家と紹介されていたから、『犯罪を飯の種にしている推理作家』というふうには結びつかなかったわけだ。この三つだけで誤解が生じる素地は整う。おまけに、あの時の有栖川はなかなか積極的に発言していたので、彼が犯罪学者に思えたのかもしれませんね」

「あなた……」城戸は呆れている。「先生は、そんな些細な会話まで記憶しているんですか。よく頭が破裂しないものですね」

「一時間前に自分が話したことぐらいはっきり覚えている。あんた、他人がしゃべることばかりに興味を持つから、自分が何をしゃべったか忘れてしまうんだ」

黙り込む城戸。

鮫山警部補がやってきて、「調書をまとめました」と告げる。

城戸は、老人のようにゆっくり立ち上がると、カーテンを細目に開いた。夜が降りてきて、無数の明かりが街を飾っている。

「あの灯やら、あの灯やら、あの家やらにも、盗聴器が仕掛けてあるかもしれない。そして、あっちの家やら、こっちの家に、盗聴器から洩れてくる声に耳を澄ましている人間がいるかもしれません。それが私たちの社会なんですよ」

その背中に、火村は堅い声をぶつける。

「あんた、今でも楽しいかい？」

再び黙った男は、それっきり口を開かなかった。

解説

杉江松恋（文芸評論家）

――当然のことながら犯罪学は科学でなくてはならない。

有栖川有栖の創造した探偵・火村英生が読者の前で発した第一声だ。

このとき火村は三十二歳、母校である英都大学の社会学部で犯罪社会学の講座を持つ、当時は学内で最も若い助教授であった。右の言葉は、その講義中の一節である。〈臨床犯罪学者・火村英生〉シリーズは、一九九二年三月に発表された長篇『46番目の密室』（講談社ノベルス→現・講談社文庫）で幕を開けた。以来四半世紀にわたって作者はこの連作を描き続けている。継続期間もさることながら、現時点で長篇が八冊、オリジナルの短篇集が十五冊と点数も多く、新作刊行の間隔が三年以上空いたことがないなど、現役のシリーズでは群を抜く安定ぶりである。

この連作ではごく一部の短篇を除いて火村と同窓の友人であるミステリー作家・有

栖川有栖（通称アリス）が語り手を務める。臨床犯罪学者という耳慣れない異名は、フィールドワークと称して実際の犯行現場に出没する火村にアリスが進呈したものだ。作者と同じ名前の作中人物が登場する趣向はミステリーでは人気があり、最も有名な先例はアメリカの作家エラリー・クイーンと、彼の創造した探偵エラリー・クイーンだ。クイーン・ファンを自任する作家は多く、有栖川有栖もその一人である。創作活動を行うにあたって偉大な先輩の作法を踏襲したが、自分と同じ名前の人物を探偵役に採用するのはさすがに憚《はばか》られ、助手役というあたりで落ち着いた、というのがコンビ誕生の真相だろう。講談社から刊行された火村ものの長・短篇集は国名を一つ冠した題名で統一されている。これも本家はクイーンであり、有栖川は先達が使用しなかった国名を採るというやり方で、その尊崇の念を表現している。

有栖川有栖には江神二郎を主役とするシリーズがあり、そちらでも有栖川有栖が助手役を務めている。デビュー作『月光ゲーム　Yの悲劇'88』（一九八九年、東京創元社→現・創元推理文庫）が公刊された最初の江神作品だが、作者が同志社大学推理小説研究会在籍中の一九八〇年に執筆した習作短篇「蒼ざめた星」（二〇一二年、講談社刊『0番目の事件簿』に収録）にも江神と有栖川有栖のコンビが登場している。こちらの連作は主人公たちが英都大学の大学生であることから〈学生アリス〉、火村のシリーズは〈作家アリス〉との通称がある。興味深い点は〈学生アリス〉と〈作家アリス〉の有栖川有栖は同一人物ではないということで、ではどういう関係なのか、というヒントは作中に埋めこまれている。それを捜しながらページを繰るのも一興だろう。

本書が刊行される二〇一七年は、新本格ムーブメントが始まって三十周年という節目である。東西の古典的な探偵小説に魅力を感じてミステリー読書を開始し、連城三紀彦、泡坂妻夫、島田荘司といった上の世代に啓発されながら創作を志した若い才能が爆発的な勢いでデビューを飾り、一九九〇年代前半にはそれまでのミステリー観を塗り替えるほどの興隆を誇った。そのきっかけとなったのが一九八七年の綾辻行人『十角館の殺人』(講談社ノベルス→現・講談社文庫)刊行だったのである。有栖川有栖は、その新本格第一世代に属する作家であり、二〇〇〇年に本格ミステリ作家クラブが設立された際には二期にわたって初代の会長を務めるなど、このジャンルの発展に貢献し続けてきた。その偉大な足跡を振り返るために企画されたのが本書である。

作品選定に当たっては代名詞というべき国名シリーズの作品集から一作ずつを採ることとし、杉江が案を作成して作者に了承を得た。火村ものの短篇は角川ビーンズ文庫から全三冊の選集が出ているが、可能な限りそちらとは収録作が被らないように配慮している。シリーズの第一短篇である「人喰いの滝」などの有名作品を外したのは、それが理由だ。

以下、各篇について解説しつつ、本シリーズと作家・有栖川有栖の魅力についても触れていきたい。ネタばらしは一切ないのでご安心を。

「赤い稲妻」（初出：「小説ｎｏｎ」一九九四年三月号）

まずは第一作品集『ロシア紅茶の謎』（一九九四年。講談社ノベルス↓現・講談社文庫。国名シリーズの書誌情報は以下すべて同じ）から。同書には他にも、暗号ものであり、犯人当てであり、〈最後の一撃〉（最後の一行に大きな驚きが待ち受けている）小説でもあるという「動物園の暗号」、元は推理劇の脚本として書かれ、作中に〈読者への挑戦〉を含む、稚気に溢れた「八角形の罠」などの佳品が収められている。その中から本篇を選択したのは、犯人を追い詰める狩人としての火村英生という性格が作品に色濃く出ているからだ。

謎解きミステリーには二段階の結末がある。作中で謎とされた事象に合理的な解決がつけられ、それに読者が納得するというのが第一段階、作中に設定された複雑な状況が整理され、人間関係が変化するのが第二段階だ。後者は犯人の指摘と逮捕という流れになるだろう。火村英生の登場する物語には、この部分に大きな特徴がある。

火村英生は論理によって犯人を指摘するだけではなく（それは第一段階の作業である）、名指しされた人物を観念させて抵抗を止めさせる探偵である。論理だけでは犯人を屈服させることは難しい。なんだかんだとこじつけて悪あがきする者もあるだろう。しかし、抵抗しても無駄だという決定的な何かを突きつけられれば、その余力は失《う》せる。火村は探偵としての第二段階の作業として、犯人にとどめを刺すのである。探偵のそうした側面は二〇〇〇年代に入ってからの中篇群、たとえば『妃は船を沈める』（二〇〇八年。光文社→現・光文社文庫）のような作品でより顕著である（この作品で火村は珍しく幕の引き方を迷うのだ）。二〇一七年の長篇『狩人の悪夢』（角川書店）などを見ても、とどめの刃が一層研ぎ澄まされているのを感じる。本篇を読めば、そうした狩人の作法が初期作品からすでに火村に備わっていたことを確認できるはずである。

「赤い稲妻」は墜落死トリックを扱っているが、すべてが結末からの逆算で組み立てられている美しい謎解き小説の形を堪能できる作品でもある。たとえば、あまり一般的ではない設定が序盤に出てくる。一見奇異に感じるが、その理由は解決編を読めばきちんと理解できるのである。無駄な部品がまったくない機能美も、その魅力の一つだ。

「ブラジル蝶の謎」（初出：「小説現代」一九九六年四月増刊号メフィスト）
長篇『スウェーデン館の謎』（一九九五年）を挟んで刊行された『ブラジル蝶の謎』（一九九六年）の表題作である。この第二作品集には前述の「人喰いの滝」など人気作が収められており、巻末収録の「蝶々がはばたく」も選定に当たっては検討対象になった。同作は結末で虚構の世界が現実に接続するという構造を持っている。
現実との接続は有栖川作品の重要なキーワードであり、本シリーズでもマスメディアの狂奔が新しい形の憎悪を誕生させるさまを描いた『絶叫城殺人事件』（二〇〇一年。新潮社↓現・新潮文庫）の表題作、現代の世相を反映したとしか思えない犯人の心が奇矯な動機を作り上げる『乱鴉《らんあ》の島』（二〇〇六年。新潮社↓現・新潮文庫）などが含まれている。警察国家の恐怖を描いた『闇の喇叭《らっぱ》』（二〇一〇年。理論社↓現・講談社文庫）などの〈空閑純《そらしずじゅん》〉シリーズもそうした系譜に連なるものと言っていいだろう。しかし「蝶々がはばたく」は別アンソロジーに収録済みであり、今回は「ブラジル蝶の謎」を採った。
本作は、「赤い稲妻」と並べて読んでいただけると魅力が倍増するはずだ。火村英生が、自分がなぜ犯罪者を狩る探偵という役割を続けているかについて、極めて直截的な言葉で表明した作品だからである。本シリーズが日本テレビ系で「臨床犯罪学者火村英生の推理」の題名で連続ドラマ化された際、まさにそうした内面を強調する形で斎藤工扮する探偵は演じられた。火村の中には昏《くら》いものが潜んでおり、それを垣間見せる相手は親友であるアリスだけなのだ。狩人が孤独な貌《かお》を垣間見せる一話である。もちろん謎の設定もおもしろく、本家クイーンの国名シリーズを知る読者は「ああ、あの作品へのオマージュか」と深く頷かれるのではないだろうか。

「ジャバウォッキー」（初出：「小説新潮」一九九六年十月号）

題名はルイス・キャロル『鏡の国のアリス』作中に出てくるナンセンス詩から採られている。火村&アリスに対して、怪人物〈ジャバウォッキー〉が一方的に電話をかけてくる。彼の言葉はキャロルの詩よろしく混乱した言語で構成されているのだが、それを火村は解読しようとするのだ。こうした言語遊戯もまた、本家クイーンが深く愛した趣向の一つだった。本篇は第三作品集『英国庭園の謎』（一九九七年）の収録作だが、同書には他にも言語遊戯のバリエーションとれるような短篇が含まれている。「ジャバウォッキー」に続く形で配置されている表題作からして、英国庭園のどこかに隠された宝物を暗号解読によって捜させるという趣向の最中に起きた殺人事件を題材にしている。有栖川は短篇集の作品配置に凝る作家である。『英国庭園の謎』はその熱意が理想的な形で結実した作品集なので、オリジナルにもぜひ当たってみていただきたい。

火村の物語としては、犯人を「救う」内容になっていることにも注目したい。彼は「狩る」だけの探偵ではないのだ。本編発表後の一九九七年に刊行された長篇『朱色の研究』（角川書店↓現・角川文庫）の作中では、火村が繰り返し見る悪夢に脅かされていることが明かされる。同作においては、アリスが親友について「彼自身の奥底でとぐろを巻いている、何とも得体の知れないもの」を引きずり出したがっていると見解を述べるのが印象的だ。火村自身も「この世には人間しかおらず、あの世は存在しないから、犯罪者は人間の手で裁かれるべきなんです」と語り、聞き手の「神も仏もないのなら、この世でその代理を務めるのは」誰かという問いに対しては「質問が矛盾を含んでいます。いないものに、代理はありません」と回答そのものを拒絶する。

このやりとりで思い出されるのは、火村初登場の長篇『46番目の密室』における講義の場面だ。解説の冒頭で彼の第一声を紹介した。それに続く言葉の中で火村は「人は犯罪者という怪物――異郷の国の住人に尽きない興味を覚えつつ、自分たち〈正常者〉とは違う存在なのだという科学的な根拠を欲している」と言い、しかし犯罪学という科学の目的は「真実の追求」であって「臆病者のお守り」ではない、と警告する。犯罪者を決して対岸の存在と考えず、自らのうちにもある昏いものを直視しようとする態度は、初登場のときから火村英生には備わっていた。「ジャバウォッキー」は、そのことに思いを馳せながら読むとさらに興趣の増す短篇なのである。

なお、収録作のうち本篇だけが先行アンソロジーにも入っていることをお断りしておく。重複を顧みずあえてこれを選択したのは、すでに述べたように火村が内面を覗かせる一篇であること以外に、警察官に協力するだけではなく、火村とアリスの連携で事件を解決しようとする変型の物語であることも大きい。

また、お読みになっていただければわかるが、「ジャバウォッキー」には作者の「鉄」分も反映されている。前項で収録を見送った「蝶々がはばたく」もそうなのだが、有栖川の体内には鉄道およびトラベル・ミステリーに対する憧憬《しょうけい》の念があり、時にそれが作中にも表れてくる。たとえば『白い兎が逃げる』(二〇〇三年。光文社カッパ・ノベルス↓現・光文社文庫)の表題作及び「不在の証明」は作者の時刻表ミステリーへの愛着の念が窺える作品だし、そもそも国名シリーズには、『マレー鉄道の謎』(二〇〇二年)という長篇もある。これは時刻表トリックではなく密室殺人を扱った作品だが、有栖川は同書で第五十六回日本推理作家協会賞長編及び連作短編集部門を受賞した。ミステリーの中には観光ミステリーというべきサブジャンルがあり、

「女王」と崇められたアガサ・クリスティーはこれを得意とした。有栖川にもその血脈が受け継がれており、火村シリーズの中にも『暗い宿』（二〇〇一年。角川書店↓現・角川文庫）のようにホテルや旅館に舞台を限った連作集や、『高原のフーダニット』（二〇一二年。徳間書店↓現・徳間文庫）表題作のような別荘地における犯罪を扱った作品が含まれている。そうした作品群を収めることができなかったので、代わりに本篇で旅情のかけらを味わっていただきたい。

「猫と雨と助教授と」（初出：「IN★POCKET」一九九七年四月号）

ページ数では折り返し点を越えたので、ここらでちょっとコーヒーブレイクである。

本篇は火村英生の私生活を描いた珍しい作品で、彼が英都大学の学生時代から住んでいる下宿の主・婆ちゃんこと篠宮時絵についても言及される。それにちなみ、他のキャラクターについても触れておきたい。

火村は警察からの出馬要請を受けて事件に関わる立場なので、各県に顔なじみの刑事がいる。アリスが住んでいるためか、最も出番が多いのが大阪府警の面々、禿頭《とくとう》の巨漢であることから〈海坊主〉とあだ名される船曳警部とその部下たちだ。特にジャニーズばりの外見とアルマーニを着こなす服装センスから異彩を放つのが森下刑事で、彼は火村もアリスも出てこない異色短篇「赤い帽子」で主役を張っている。『妃は船を沈める』で初登場した女性刑事〈コマチ〉こと高柳真知子も今後重要な役割を担いそうなキャラクターだ。

火村が住んでいる京都の府警には小柄な体躯が特徴的な柳井警部、同じく関西圏の兵庫県警には対照的に堂々たる長身と美声の持ち主である樺田警部がいる。できればこの三チームが登場する作品をすべて収録したかったのだが、樺田チームだけそれが叶わなかった。樺田の下には火村が捜査に参加することを内心快く思っていない節のある、叩き上げの野上部長刑事がいる。その緊張関係もぜひ読んでいただきたいので、関心がある方は『菩提樹荘の殺人』(二〇一三年。文藝春秋↓現・文春文庫)表題作などをどうぞ。

この他、忘れてはいけないのがアリスにとってはありがたいと同時に怖い存在でもある担当編集者の片桐光雄だ。ミステリーに強い珀友社に奉職する彼は「竜胆紅一《りんどうこういち》の疑惑」などの作品で、火村&アリスチームに作家絡みの事件をつなぐ役割も果たしている。長篇『狩人の悪夢』ではなかなかの活躍ぶりで、ファンの好感度も急上昇した。

本篇が収録された『ペルシャ猫の謎』(一九九九年)は第四作品集にあたり、森下刑事主役篇の「赤い帽子」が含まれるなど、変則的な内容、構成のものが多い一冊である。シリーズ中の異色作であることから、アンソロジーとしては「悲劇的」を採る案もあった。これまた火村のキャラクターを浮き彫りにする掌篇である。
「スイス時計の謎」（初出：「小説現代」二〇〇三年五月増刊号メフィスト）
第四回本格ミステリ大賞候補作にも推挙された、国名シリーズを代表する一篇である。この作品に関しては多くを説明するよりも、実際に目を通して曲芸としか表現できない論理の美技に驚嘆してもらうべきだろう。有栖川は二〇〇七年に発表した江神二郎ものの第四長篇『女王国の城』（東京創元社↓創元推理文庫）で第八回本格ミステリ大賞・小説部門を受賞するのだが、同作や同じ江神ものの第二長篇『孤島パズル』（一九八九年。東京創元社↓創元推理文庫）で示した推理と同等か、それ以上の切れ味を本篇は持っている。わずかな物証を元に堅牢な構造物を組み上げていく推理こそ謎解きミステリーの醍醐味である。
世界中にミステリー作品は偏在する。他国と比較した場合に日本ミステリーの特色となっているのが、ロジックを重視する作風である。日本で謎解きミステリーが隆盛を見たのは第二次世界大戦後の一九五〇年代以降だが、初期においては古典的探偵小説の型が踏襲され、トリック創造に偏重した作品が多かった。鮎川哲也などの戦後になって台頭した作家が実作によってそれを改めていったのであり、特に都筑道夫は評論集『黄色い部屋はいかに改装されたか?』(一九七五年。晶文社↓現・フリースタイル)で新たなミステリー観を言語化、後続の作家に決定的な影響を与えた。そうした系譜に連なる「スイス時計の謎」は紛れもなく現代日本ミステリーの里程標的作品なのである。本篇に衝撃を受けた読者はぜひ『長い廊下がある家』(二〇一〇年。光文社カッパ・ノベルス↓現・光文社文庫)所収の「ロジカル・デスゲーム」にもお目通しいただきたい。これまた極北の論理闘争を描いた一篇である。

本篇は二〇〇三年の第五作品集『スイス時計の謎』に表題作として収録された。『ペルシャ猫の謎』とは刊行に四年の開きがあるが、この時期から有栖川は短篇よりも中篇に重点を置くようになった。作品の中で推理だけではなく登場人物たちのドラマを展開するためには、ある程度の長さがあったほうが書き易いからだろう。中篇の時代だった二〇〇〇年代を経て二〇一七年現在の有栖川は長篇重視の執筆態勢をとることを宣言、二〇一五年の『鍵の掛かった男』(幻冬舎)、前出の『狩人の悪夢』と有言実行で作品を発表している。その直前の時期に発表された『菩提樹荘の殺人』は〈若さ〉を共通モチーフとする作品集で、収録作には火村の学生時代を描いた「探偵、青の時代」が含まれる。忘れてはいけないのは、アリスの青春を描いた表題作

「菩提樹荘の殺人」である。「スイス時計の謎」で披露された恋愛譚は、アリスを窪田正孝が演じた前述のドラマにも採用されたが、それに連なるエピソードが出てくる一話でもあるのだ。

「助教授の身代金」（初出：「小説現代」二〇〇四年九月増刊号メフィスト）

現時点では最新の国名シリーズである第六作品集『モロッコ水晶の謎』（二〇〇五年）の巻頭を飾った。この『モロッコ水晶の謎』も収録作選定に迷った短篇集だった。前述したように船曳・柳井・樺田の三警部に出番を与えたいという気持ちもあり、三都を舞台に連続殺人事件が起きる「ABCキラー」にも食指が動いた。キャラクターという点でいえば、『ペルシャ猫の謎』所収の「暗号を撒く男」から登場している、アリスの先輩で酒豪の作家・朝井小夜子が登場する「推理合戦」にも捨てがたい味があった。

本篇の題名について言えば、日本の学制が変更され、助教授の呼称が消滅して准教授が新設されたのは二〇〇七年のことである。ミステリーに多く登場する助教授キャラクターたちも以降は肩書を改めざるをえなかった。もっともこの作品の題名に謳われた「助教授」とは火村のことではない。『モロッコ水晶の謎』ノベルス版あとがきによれば、作品を発表してから「この題名は、あざとかったかな」と気づいたくらいで、火村危機一髪篇と勘違いさせるためにつけた題名ではないという。本篇の第一の魅力は複合体というべき構成にある。当初は誘拐ものに見えていたものが変貌《へんぼう》していく、展開の妙をご賞味いただきたい。

もう一つの特徴は、本篇の中にテクノロジーへの挑戦というべき態度が見られることだ。古くからのミステリーファンはご存知だろうが、一九九〇年代以降の情報技術の進展は謎解きミステリーに大きな変革をもたらした。その最たるものが携帯電話で、電話線を切って山荘を孤立させる、といった古典的な手段が以降は成立しなくなったのである。さらにNシステムなどの監視装置はアリバイトリックのありようを変化させ、ネット検索が一般的になったことで時刻表ミステリーはほぼ姿を消した。

こうした流れを嘆く向きもあれば、有栖川のように新時代におけるトリックや謎の創設に意欲をもって取り組む作家もいる。比較的新しい短篇集『怪しい店』（二〇一四年。角川書店→現・角川文庫）をご覧いただければ、いくつかの収録作で新技術を背景に使った物語作りが行われていることがわかるだろう。そうした試みの比較的早い例が本篇なのである。時代がどのように変わっても、ミステリーならではの謎解きは成立しうる。そんな作者の矜持が作品には示されている。

これで六篇、以上を火村英生シリーズの入口としてご提供する。

本書で火村英生ものを初めて読んだという方は、ぜひオリジナルの国名シリーズや、その他の作品も手に取っていただきたい。質量ともに充実しており、楽しい読書の時間が持てることは保証する。ありがたいことに、火村英生という現在進行形で論理の驚きを提供し続ける探偵がいる限り、ミステリーファンが退屈することはないのだ。

「赤い稲妻」
「ブラジル蝶の謎」
「ジャバウォッキー」
「猫と雨と助教授と」
「スイス時計の謎」
「助教授の身代金」

『ロシア紅茶の謎』（1997年7月）
『ブラジル蝶の謎』（1999年5月）
『英国庭園の謎』（2000年6月）
『ペルシャ猫の謎』（2002年6月）
『スイス時計の謎』（2006年5月）
『モロッコ水晶の謎』（2008年3月）
（すべて講談社文庫刊）

|著者|有栖川有栖　1959年大阪府生まれ。同志社大学卒業。在学中は推理小説研究会に所属。'89年、『月光ゲーム』で鮮烈なデビューを飾り、以降「新本格」ミステリムーブメントの最前線を走り続けている。2003年、『マレー鉄道の謎』で第56回日本推理作家協会賞を受賞。'08年には『女王国の城』で第８回本格ミステリ大賞を受賞した。近著に『鍵の掛かった男』、『狩人の悪夢』、エッセイ集『ミステリ国の人々』などがある。

名探偵傑作短篇集《めいたんていけつさくたんぺんしゅう》　火《ひ》村《むら》英《ひで》生《お》篇《へん》

有《あり》栖《す》川《がわ》有《あり》栖《す》

© Alice Arisugawa 2017

講談社文庫

定価はカバーに
表示してあります

2017年８月９日第１刷発行

発行者――鈴木　哲

発行所――株式会社　講談社

東京都文京区音羽2-12-21　〒112-8001

電話　出版（03）5395-3510

販売（03）5395-5817

業務（03）5395-3615

Printed in Japan

デザイン―菊地信義

本文データ制作―講談社デジタル製作

印刷―――株式会社廣済堂

製本―――株式会社若林製本工場

落丁本・乱丁本は購入書店名を明記のうえ、小社業務あてにお送りください。送料は小社負担にてお取替えします。なお、この本の内容についてのお問い合わせは講談社文庫あてにお願いいたします。

本書のコピー、スキャン、デジタル化等の無断複製は著作権法上での例外を除き禁じられています。本書を代行業者等の第三者に依頼してスキャンやデジタル化することはたとえ個人や家庭内の利用でも著作権法違反です。

ISBN978-4-06-293738-2

講談社文庫刊行の辞

二十一世紀の到来を目睫に望みながら、われわれはいま、人類史上かつて例を見ない巨大な転換期をむかえようとしている。

世界も、日本も、激動の予兆に対する期待とおののきを内に蔵して、未知の時代に歩み入ろうとしている。このときにあたり、創業の人野間清治の「ナショナル・エデュケイター」への志を現代に甦らせようと意図して、われわれはここに古今の文芸作品はいうまでもなく、ひろく人文・社会・自然の諸科学から東西の名著を網羅する、新しい綜合文庫の発刊を決意した。

激動の転換期はまた断絶の時代である。われわれは戦後二十五年間の出版文化のありかたへの深い反省をこめて、この断絶の時代にあえて人間的な持続を求めようとする。いたずらに浮薄な商業主義のあだ花を追い求めることなく、長期にわたって良書に生命をあたえようとつとめるところにしか、今後の出版文化の真の繁栄はあり得ないと信じるからである。

同時にわれわれはこの綜合文庫の刊行を通じて、人文・社会・自然の諸科学が、結局人間の学にほかならないことを立証しようと願っている。かつて知識とは、「汝自身を知る」ことにつきていた。現代社会の瑣末な情報の氾濫のなかから、力強い知識の源泉を掘り起し、技術文明のただなかに、生きた人間の姿を復活させること。それこそわれわれの切なる希求である。

われわれは権威に盲従せず、俗流に媚びることなく、渾然一体となって日本の「草の根」をかたちづくる若く新しい世代の人々に、心をこめてこの新しい綜合文庫をおくり届けたい。それは知識の泉であるとともに感受性のふるさとであり、もっとも有機的に組織され、社会に開かれた万人のための大学をめざしている。大方の支援と協力を衷心より切望してやまない。

一九七一年七月

野間省一

講談社文庫 最新刊

濱 嘉之
カルマ真仙教事件(中)
教団施設に対する強制捜査が二日後に迫った朝、地下鉄で毒ガスが撒《ま》かれたとの一報が。

堂場瞬一
身代わりの空(上)(下)
〈警視庁犯罪被害者支援課4〉
旅客機墜落、被害者は指名手配犯だった。堂場ミステリ最大の謎に挑む。〈文庫書下ろし〉

松岡圭祐
八月十五日に吹く風
一九四三年、窮地において人道を貫き、歴史を変えた奇跡の救出作戦。〈文庫書下ろし〉

香月日輪
大江戸妖怪かわら版⑦
〈大江戸散歩〉
魔都「大江戸」の日常を描いた妖怪ファンタジー。6つの短篇を収録したシリーズ最終巻。

呉 勝浩
道徳の時間
道徳の時間を始めます。殺したのはだれ？江戸川乱歩賞受賞作を完全リニューアル。

有栖川有栖
名探偵傑作短篇集 火村英生篇
名探偵・火村英生と相棒の作家・有栖川有栖が巧妙なトリックに挑む。プロ厳選の短篇集。

島田荘司
名探偵傑作短篇集 御手洗潔篇
名探偵・御手洗潔と相棒・石岡和己が数々の怪事件に挑む。プロ厳選のベスト短篇集。

法月綸太郎
名探偵傑作短篇集 法月綸太郎篇
名探偵・法月綸太郎と父・法月警視の親子コンビが不可能犯罪に挑む。プロ厳選の短篇集。

石田衣良
逆島断雄
〈進駐官養成高校の決闘編1〉
日乃元皇国のエリートが集《つど》う進駐官養成高校に入学した逆島断雄は、命をかけた闘いに挑む！

講談社文庫 最新刊

あさのあつこ　**さいとう市立さいとう高校野球部（上）（下）**
名作『バッテリー』の感動再び。笑いを絶やさず友情で結ばれる球児たちのザ・青春小説！

桐野夏生　**新装版 ローズガーデン**
自殺した前夫の視点で描いた表題作他、村野ミロの秘密を明かす短篇集。シリーズ第3弾！

中澤日菜子　**おまめごとの島**
東京での居場所をなくした秋彦《あきひこ》と言問子《こととこ》は小豆島にやってきた。家族の「やり直し」小説。

横関　大　**ルパンの娘**
泥棒の娘と刑事の息子。二人を結ぶのは顔のない死体の殺人事件。報われない恋の行方は？

小島正樹　**硝子の探偵と消えた白バイ**
警察車両先導中の白バイ警官が消失。捜査は助手任せの自称天才・朝倉が謎に挑む……。

高里椎奈　**星空を願った狼の**〈薬屋探偵怪奇譚〉
秋《あき》を誘拐したのはいったい誰？　リベザルは、〝ある秘密〟を胸に、懸命の捜索を開始する。

浜口倫太郎　**廃校先生**
閉校が決まった小学校。生徒と教師たちが紡ぐ、決して消えない「母校」という物語。

多和田葉子　**献灯使**
大災厄に見舞われ、鎖国状態の「日本」。それでも希望はあるか――傑作デストピア小説集。

二階堂黎人　**ラン迷宮**〈二階堂蘭子探偵集〉
密室トリック、足跡トリック、毒殺トリック！蘭子の名推理が不可能犯罪を解き明かす。

講談社文芸文庫

黒島伝治
橇／豚群

人と作品＝勝又　浩　年譜＝戎居士郎

プロレタリア文学運動の潮流の中で、写実的な文章と複眼的想像力によって農民、労働者の暮らしや戦争の現実を活写した著者の、時代を超えた輝きを放つ傑作集。

くJ1
978-4-06-290356-1

ヘンリー・ジェイムズ　行方昭夫 訳解説＝行方昭夫　年譜＝行方昭夫

ヘンリー・ジェイムズ傑作選

二十世紀文学の礎を築き、「心理小説」の先駆者として数多の傑作を著したジェイムズの、リーダブルで多彩な魅力を伝える全五篇。正確で流麗な翻訳による決定版。

シA5
978-4-06-290357-8

講談社文庫　目録

講談社文庫 目録

姉小路 祐 監察特任刑事《デカ》
秋元 康 伝 染 歌
浅田次郎 日輪の遺産
浅田次郎 勇気凜凜ルリの色
浅田次郎 勇気凜凜ルリの色 四十肩と恋愛
浅田次郎 地下鉄《メトロ》に乗って
浅田次郎 霞町物語
浅田次郎 勇気凜凜ルリの色 福音について
浅田次郎 勇気凜凜ルリの色 満天の星
浅田次郎 ひとは情熱がなければ生きていけない〈勇気凜凜ルリの色〉
浅田次郎 シェエラザード(上)(下)
浅田次郎 歩兵の本領
浅田次郎 蒼穹の昴 全4巻
浅田次郎 珍妃の井戸
浅田次郎 中原の虹 (一)(二)
浅田次郎 中原の虹 (三)(四)
浅田次郎 マンチュリアン・リポート
浅田次郎 天国までの百マイル
浅田次郎 原作 ながやす巧 漫画 鉄道員《ぽっぽや》/ラブ・レター

青木 玉 小石川の家
青木 玉 帰りたかった家
青木 玉 上り坂下り坂
青木 玉 底のない袋
青木 玉 記憶の中の幸田一族〈青木玉対談集〉
芦辺 拓 時の誘拐
芦辺 拓 怪人対名探偵
芦辺 拓 時の密室
芦辺 拓 探偵宣言〈森江春策の事件簿〉
浅川博忠 小説角栄学校
浅川博忠 小説池田学校
浅川博忠 「新党」盛衰記〈新自由クラブから国民新党まで〉
浅川博忠 自民党幹事長〈三百億のカネ、八百のポストを握る男〉
浅川博忠 小泉純一郎とは何者だったのか
浅川博忠 政権交代狂騒曲
荒 和雄 預金封鎖
阿部和重 アメリカの夜
阿部和重 グランド・フィナーレ
阿部和重 A B C〈阿部和重初期作品集〉

阿部和重 ミステリアスセッティング
阿部和重 IP/NN 阿部和重傑作集
阿部和重 シンセミア(上)(下)
阿部和重 ピストルズ(上)(下)
阿部和重 クエーサーと13番目の柱
阿川佐和子 あんな作家こんな作家どんな作家
阿川佐和子 恋する音楽小説
阿川佐和子 いい歳旅立ち
阿川佐和子 屋上のあるアパート
阿川佐和子 マチルデの肖像〈恋する音楽小説2〉
麻生 幾 加筆完全版 宣戦布告(上)(下)
麻生 幾 奪 還
青木奈緒 うさぎの聞き耳
青木奈緒 動くとき、動くもの
赤坂真理 ヴァイブレータ 新装版
赤尾邦和 イラク高校生からのメッセージ
浅暮三文 ダブ(エ)ストン街道
安野モヨコ 美人画報
安野モヨコ 美人画報ハイパー

講談社文庫　目録

朝倉かすみ　ともしびマーケット
朝倉かすみ　感応連鎖
天野　宏　〈薬好き日本人のための〉薬の雑学事典
阿部　佳　わたしはコンシェルジュ
秋田禎信　カナスピカ
朝比奈あすか　憂鬱なハスビーン
朝比奈あすか　あの子が欲しい
荒山　徹　柳生大戦争
荒山　徹　柳生大作戦㊤㊦
荒山　徹　友を選ばば柳生十兵衛
天野作市　気高き昼寝
天野作市　みんなの旅行
青柳碧人　浜村渚の計算ノート
青柳碧人　浜村渚の計算ノート　2さつめ〈ふしぎの国の期末テスト〉
青柳碧人　浜村渚の計算ノート　3さつめ〈水色コンパスと恋する幾何学〉
青柳碧人　浜村渚の計算ノート　3と½さつめ〈ふえるま島の最終定理〉
青柳碧人　浜村渚の計算ノート　4さつめ〈方程式は歌声に乗って〉
青柳碧人　浜村渚の計算ノート　5さつめ〈鳴くよウグイス、平面上〉
青柳碧人　浜村渚の計算ノート　6さつめ〈パピルスよ、永遠に〉

青柳碧人　浜村渚の計算ノート　7さつめ〈悪魔とポタージュスープ〉
青柳碧人　双月高校、クイズ日和
青柳碧人　東京湾　海中《かいちゅう》高校
青柳碧人　希土類少女《レアアース・ガール》
朝井まかて　花《はな》競《くら》べ〈向嶋なずな屋繁盛記〉
朝井まかて　ちゃんちゃら
朝井まかて　すかたん
朝井まかて　ぬけまいる
朝井まかて　恋歌
朝井まかて　阿《お》蘭《らん》陀《だ》西《さい》鶴《かく》
歩《あゆみ》りえこ　ブラを捨て旅に出よう〈貧乏乙女の"世界一周"旅行記〉
アダム徳永　スローセックスのすすめ
安藤祐介　営業零《ぜろ》課《か》接待班
安藤祐介　被取締役《とりしまられやく》新入社員
安藤祐介　〈大翔製菓広報宣伝部〉おい！山田
安藤祐介　宝くじが当たったら
安藤祐介　一〇〇〇ヘクトパスカル
安藤祐介　テノヒラ幕府株式会社
青木　理　絞首刑

天祢《あまね》涼　キョウカンカク　美しき夜に
天祢　涼　議員探偵・漆原翔太郎〈セシューズ・ハイ〉
天祢　涼　都知事探偵・漆原翔太郎〈セシューズ・ハイ〉
麻見和史　石の繭〈警視庁殺人分析班〉
麻見和史　蟻《あり》の階段〈警視庁殺人分析班〉
麻見和史　水晶の鼓動〈警視庁殺人分析班〉
麻見和史　虚空の糸〈警視庁殺人分析班〉
麻見和史　聖者の凶数〈警視庁殺人分析班〉
麻見和史　女神の骨格〈警視庁殺人分析班〉
赤坂憲雄　岡本太郎という思想
有川　浩　三匹のおっさん
有川　浩　三匹のおっさん　ふたたび
有川　浩　ヒア・カムズ・ザ・サン
有川　浩　旅猫リポート
青山七恵　わたしの彼氏
青山七恵　快楽
荒崎一海　無流心月剣〈宗元寺隼人密命帖㈠〉
荒崎一海　幽霊の足〈宗元寺隼人密命帖㈡〉
荒崎一海　名花散る〈宗元寺隼人密命帖㈢〉

講談社文庫　目録

浅野里沙子　花篝《はなかがり》　御探し物請負屋
朱野帰子《かえるこ》　駅　物　語
朱野帰子　超聴覚者　七川小春〈真実への潜入〉
東　浩紀　一般意志2・0〈ルソー、フロイト、グーグル〉
朝倉宏景　白　球　ア　フ　ロ
朝倉宏景　野球部ひとり
安達　瑶　奈　落　の　花〈堕ちたエリート〉
朝井リョウ　スペードの3
五木寛之　ソフィアの秋
五木寛之　狼のブルース
五木寛之　海　峡　物　語
五木寛之　風　花　の　ひ　と
五木寛之　鳥　の　歌(上)(下)
五木寛之　燃　え　る　秋
五木寛之　真夜中の望遠鏡〈流されゆく日々'78〉
五木寛之　ナホトカ青春航路〈流されゆく日々'79〉
五木寛之　海の見える街にて〈流されゆく日々'80〉
五木寛之　改訂新版　青春の門　全六冊
五木寛之　新装決定版　青春の門　筑豊篇(上)(下)
五木寛之　旅　の　幻　燈
五木寛之　他　力
五木寛之　こころの天気図
五木寛之　新装版　恋　歌
五木寛之　百寺巡礼　第一巻　奈良
五木寛之　百寺巡礼　第二巻　北陸
五木寛之　百寺巡礼　第三巻　京都I
五木寛之　百寺巡礼　第四巻　滋賀・東海
五木寛之　百寺巡礼　第五巻　関東・信州
五木寛之　百寺巡礼　第六巻　関西
五木寛之　百寺巡礼　第七巻　東北
五木寛之　百寺巡礼　第八巻　山陰・山陽
五木寛之　百寺巡礼　第九巻　京都II
五木寛之　百寺巡礼　第十巻　四国・九州
五木寛之　海外版　百寺巡礼　インド1
五木寛之　海外版　百寺巡礼　インド2
五木寛之　海外版　百寺巡礼　朝鮮半島
五木寛之　海外版　百寺巡礼　中　国
五木寛之　海外版　百寺巡礼　ブータン
五木寛之　海外版　百寺巡礼　日本・アメリカ
五木寛之　青春の門　第七部　挑戦篇
五木寛之　青春の門　第八部　風雲篇
五木寛之　親鸞　青春篇(上)(下)
五木寛之　親鸞　激動篇(上)(下)
五木寛之　親鸞　完結篇(上)(下)
井上ひさし　モッキンポット師の後始末
井上ひさし　ナ　イ　ン
井上ひさし　四千万歩の男　全五冊
井上ひさし　四千万歩の男　忠敬の生き方
井上ひさし　ふ　ふ　ふ
井上ひさし　ふ　ふ　ふ　ふ
井上ひさし　黄金《きん》の騎士団(上)(下)
井上ひさし　一分ノ一(上)(中)(下)
井上ひさし・司馬遼太郎　国家・宗教・日本人
池波正太郎　私　の　歳　月
池波正太郎　よい匂いのする一夜
池波正太郎　梅安料理ごよみ
池波正太郎　田　園　の　微　風

2017年6月15日現在